鍛治原成見
Illustration 縞
魔獣狩りの令嬢 2
DAUGHTER OF
A HEXENBIEST HUNTRESS
～夢見がちな姉と大型わんこ系婚約者に振り回される日々～
TOブックス

contents

［第二章］男爵令嬢は義兄（予定）にさっさと功績を立ててほしい。

CHARACTER LIST

オズウィン・アレクサンダー
辺境伯子息。キャロルの婚約者。
王家に並ぶ高い身分ながら、ピュアな大型ワンコ。
キャロル・ニューベリー
男爵家の次女。オズウィンの婚約者。
類まれな狩りのセンスを持つが、自己評価は低い。

元・ペッパーデー子爵家

アイザック

元イザベラ・ペッパーデー。メアリの婚約者。メアリに重い愛を注ぐ。

ニューベリー男爵家

メアリ・ニューベリー

キャロルの姉。アイザックの婚約者。しっかり者だが恋愛脳。

アレクサンダー辺境伯家

ジェイレン・アレクサンダー

現・辺境伯。オズウィンの父。辺境の中では常識人かつ苦労人。

モナ・アレクサンダー

オズウィンの妹。キャロルに戦闘で負けて以来、お義姉様と慕っている。

Illustration——縞
Design——浜崎正隆

［第二章］

男爵令嬢は義兄（予定）にさっさと功績を立ててほしい。

プロローグ

馬車の窓から見える外の景色は若い草木の葉が広がっている。空気は暖かく春の野花の香りが混ざっていて、春は盛りを迎えていた。

雲とやわらかな色の空は気持ちまで暖かくしてくれる。

「キャロル嬢、そろそろニューベリー領から辺境に入る頃合だ」

「それでは、どこかで休憩をいたしましょうか」

アレクサンダー家の馬車の中、向かいに座るオズウィン様に視線を移す。

私はキャロル・ニューベリー。

ドラコアウレア王国における貴族の中で男爵という、末端も末端、木っ端貴族の次女である。

特技と言っていいかわからないが、狩りはちょっぴり得意だ。

同じ馬車に向かい合わせで乗る、特徴的な赤毛でちょっと犬っぽい彼はオズウィン・アレクサンダー様。

彼は私の婚約者である。

私がオズウィン様と婚約するまでには紆余《うよ》曲折があった――私は休憩のために停まった街を眺める。

◇◇◇

立ち寄った街で、馬にエサと水を与え、私たちも食事をする。メアリお姉様にアイザック様がコットのクラフィティを食べさせているところを眺め、私はお茶を口にした。

やわらかな花の香がするお茶は、蜂蜜や砂糖を入れているわけではないのに甘さが口の中に広がる。とても美味しいフレーバーティーだ。

「メアリお姉様が婚約するなんて、ひと月前までは想像できませんでしたよ」

「そんなにかい？」

「ええ、そんなふうに思うくらいお姉様に婚約者が現れるとは思えなかったんです」

目の前に座るオズウィン様を見て、私は笑う。

「でもわかるな。俺も一ヶ月前までは魔獣を刈《か》り込《こ》み鋏《ばさみ》で倒す令嬢と婚約できるとは思わなかったな」

「ははは、私もまさか辺境伯ご子息と婚約するなんて夢にも思いませんでした」

そう、男爵家の私がまさか王家と並ぶ辺境伯の子息と婚約するなんて……ほんの一ヶ月程度前の、人生を変えた事件を思い出し反芻《はんすう》するのだった。

以前の私の悩みは姉メアリ・ニューベリーの存在だった。

メアリお姉様は『有罪機構』という小説を愛していて、それはもう熱狂的な愛読者だった。

その小説の中に出てくる「王子様」に憧れていたせいで「王子様と結婚する！」と夢見がちなことを事あるごとに私に言っていた。そんなことだから、二十歳の春になっても結婚どころか婚約もしていなかった。それなのに今こうして婚約ができているのは――

「王都のパーティーで古木女《こぼくめ》が暴れていなければ、キャロル嬢を見つけることもなかった。そう思うと、アイザックには感謝しないといけないな」

オズウィン様の言葉に思わず苦笑いをする。

そう、メアリお姉様の婚約、そしてオズウィン様と私の婚約関係は王都で行われた王家と公爵家の合同パーティーがきっかけだった。

あの時のパーティーは第二王子のエドワード・ブリュースター様とケリー公爵令息ニコラ様の婚約者探しだと噂されていた。しかし本当の目的は王国の守護者、魔境の防波堤である辺境伯の令息オズウィン様の婚約者探しだったのである。しかもそのパーティーに辺境で捕らえられた古木女という、人型の植物魔獣が持ち込まれ、その古木女が檻から出て暴れ出したものだから、それはもう大変だった。

「だからと言ってアイザック様のやったことはよくありませんでしたけどね」

古木女が暴れた原因はアイザック様――当時はイザベラ・ペッパーデー――だった。彼が古木女を洗脳し、檻から出して暴走させたのである。しかも目的がメアリお姉様と「王子様」たちがお近づきになるきっかけづくりという……そこまでしておいて結局はメアリお姉様の魅力任せという杜《ず》撰《さん》な計画だったのだけれど。そして「王子様とお近づき作戦」を偶然ぶち壊したのが、私である。

私が暴れる古木女を分解した刈り込み鋏で倒し、それを見ていたオズウィン様が、「辺境でやっていけそうな（武闘派）令嬢」と腕を見込み婚約を申し出てきたのである。

「まあな。だがアイザックの起こした行動のおかげでアイザックは想いが実り、ペッパーデー家の犯罪を突き止められたんだ。我が家は婚約者を見つけられたわけだし、良いことのほうが多かったと思う」

オズウィン様は思い出しながら笑っているが、私としては問題がすべて解決したわけではないのでまだまだ油断ができない。

ペッパーデー子爵家は取り潰しとなったものの、ドラコアウレア国の国王陛下アルフォンティウス・ブリュースター様の采配により、イザベラ・ペッパーデーは「アイザック」と名前を変えて処罰を免れることとなっている。そしてアルフォンティウス様の提案でメアリお姉様はアイザック様と婚約することになった。

アルフォンティウス様が「ニューベリー家に婿入りするように」とおっしゃったので、これですべて丸く収まり大団円……というわけではない。

一見、魔獣乱入事件は解決し、ペッパーデー家の思惑の絡んだ出来事は円満に幕を閉じ、悪人は罰せられ皆幸せ。国に平和が戻りました――という風に思えるがそうではない！

あくまでこれは大多数の視点からの大団円である。

我が家はむしろ危機に陥ってしまった。

アイザック様とメアリお姉様の結婚には、アルフォンティウス様から条件を提示されており、それをクリアしなければふたりは結婚できない。

実はそれが、今回私たちが魔境開拓最前線である辺境へ身を寄せる原因となっている。

アイザック様が罪の償いとしてアルフォンティウス様の認める功績を挙げること！　これを達成しなければ、メアリお姉様とアイザック様の結婚は認められないのだ！

ニューベリー家の子どもはメアリお姉様と私だけ。

メアリお姉様がアイザック様と結婚できなければニューベリー家が潰れてしまう！

ニューベリー家存亡の危機に私は考えを巡らせ、オズウィン様に協力を求めた。

王都から離れた辺境で魔獣狩りをし、功績をアイザック様になすりつける――じゃなく肩代わりしてもらう。なんとか上手いこと私が立ち回り、アイザック様がアルフォンティウス様に認められる功績を挙げさせる――そのために私はオズウィン様に頼み込み、オズウィン様と私は共犯者になった。

オズウィン様の口利きのおかげで私たち姉妹とアイザック様は辺境に向かうこととなっているのである。

さっさとふたりを結婚させないと、実家が潰れる！

「キャロル嬢、辺境最初の壁までまだかかる。しっかり休んでおこう」

「はい、もちろんです」

私は決意を胸に、辺境へ向かうのだった。

はじめまして辺境。こんにちは魔境。

魔境からドラコアウレア王国を守護する辺境。王国を魔境から守る三枚の壁のうち、最前線の第三の壁にたどり着いたのはニューベリー領を出て三日目のことである。

現在第三の壁に点在している要塞のひとつであるアレクサンダー家の居城を、オズウィン様と私は並んで歩いていた。

隣を歩くオズウィン様は申し訳なさそうに頭をかいている。私も恐縮してしまっていた。

「まさか全員転移酔いをするとはなぁ」

「いやもう本当に申し訳ありません……」

辺境にある最も昔に造られた、国の内側の第一の壁から、魔境開拓の最前線の第三の壁まで私たちは転移陣を使って移動した。

馬車を使うと本来であればもっと時間のかかる移動になるのだが、転移陣同士が繋がっているところであれば移動は一瞬である。しかし転移魔法は、王家の制限により使用が厳しく取り締まられている魔法のひとつだ。そのため王国の多くの人間は自身の転移には使用できず、日常生活で必要な上下水道とトイレ以外で転移魔法を使用していない。

自身の肉体を移動させることに慣れているのはごく一部の人間だ。それ以外のほとんどの人たちは瞬間的な移動を経験していない。

私も含め、我が家の使用人達も転移魔法での移動は初めてだった。念のために酔い止めを飲んで初めての転移魔法に挑んだのだが……

「酔い止めを飲んでも駄目だったかぁ……」

ニューベリー家の使用人達は転移直後、胃の中身を吐き出してしまったり、ひっくり返って倒れてしまったり……というような悲惨な状態になり、現在全員寝込んでしまっている。

つい先程までアレクサンダー家の使用人達に協力してもらい、救護室のベッドへ寝かせたり首元を冷やしたりとてんやわんやだったのだ。

「キャロル嬢もメアリ殿も転移酔いしなかったのはよかったが」

私は酔い止めの効きがよかったことと、普段から乗馬の駆足や川下りで揺れに慣れていた。転移酔いをしなかったのはそのためだろう。

メアリお姉様は自身の魔法が「空を飛ぶ」というものであるためか、転移時の無重力感と落下感に慣れていたようだ。

「おかげで転移酔いを起こしたアイザック様につきっきりですが」

案の定というかアイザック様は駄目だった。

嘔吐こそしなかったが、顔を真っ青にして壁にもたれかかる姿は、繊細な女性に見えた。現在彼は髪を短く切り、男性物の服を着て首に魔法封じの枷——アイザック様に逃亡や反抗の意思はないものの、けじめというか、必要なポーズだそうだ——をつけている。

見た目や周りの扱いが男性になったものの、以前の女性としての仕草や言葉遣いは抜けないようで、そのまま残っている。いちいち仕草が女性的なので未だに彼ではなく彼女と錯覚しそうになってしまう。

メアリお姉様はそんな未来の旦那様（仮）に付き添い、救護室でかいがいしく彼の世話をしている。連れてきた使用人達も全員が動けないので、メアリお姉様が彼らの世話をしているところだ。そして私がニューベリー家の代表として挨拶をしに赴くところである。

仕方ないとはいえ、ニューベリーから私一人で挨拶に行く、という緊張から動きが硬くなっていた。だってこれから挨拶に行くのは辺境伯であるジェイレン様と辺境伯夫人のグレイシー様のところ……！

私は表情を引き締め、気合を入れる。でもお腹が鉛を呑んだように重い。

辺境伯ジェイレン・アレクサンダー様は言わずもがな、辺境の守護者筆頭。巨大な熊に変身する魔法を使う戦士である。そして辺境伯夫人であるグレイシー・アレクサンダー様。彼女は雷獣竜という雷を操る巨大な魔獣を単騎にて討伐したといわれている女傑だ。

ジェイレン様はすでに王都でお会いし、豪快でありながら優しいお方であることは知っている。

しかしグレイシー様に関しては噂しか知らない。

雷魔法の使い手であるとか、魔獣討伐の際についた顔の傷をあえて残しているとか、雷を落として地震を起こすとか……

そんな女傑とお会いするのだから、胃が引きつらないわけがない。

「うぅ……緊張する……」

「大丈夫だよ、キャロル嬢。父上とはもう何度も会っているし、母上も君に会えることを楽しみにしているから」

「楽しみにされているというのは、それはそれで緊張しますよ⁉」

腹部を両手で握り、よじれる感覚を緩和しようとする私にオズウィン様は笑顔を見せる。それでも私は呼吸が浅くなっていた。

オズウィン様は少し考えるような仕草をして、私の手を取る。

「キャロル嬢、少し外の空気を吸ってから行こうか」

オズウィン様はそのまま私の手を引き、居城から出た。そして壁内部にある階段を上って行く。

無骨さを感じる石造りの長い長い階段を上り、扉を開く。途端、植物の匂いを含んだ風が吹き込んできた。

「さ、着いたぞ」

そこは砦の屋上だった。

「わぁ……」

眼下にはどこまでもどこまでも広大に魔境が広がっていた。

梢や木叢《こむら》のすきまには小型の魔獣が時折見える。黄色味を帯びた若い葉の香りが、風に乗って届いた。ずっと遠くには、龍の体であったとされる山脈が見えた。空は遮るものがなく、見渡す先が途切れないほど広い。

魔境はあまりにも雄大で、魔獣が跋扈《ばっこ》するというのに不気味さや恐怖は一切感じない。清々しく力強い自然と大地——思わず感嘆がもれた。

時々魔獣のものと思われる鳴き声と、ドォン……と響く衝撃音か地鳴りが風に乗って小さく聞こえる。

この魔境を切り開くその先に、王国に豊かさをもたらすものがたくさんあるのだろう。

私の目はきっと好奇心で輝いていたはずだ。

「どうかな、魔境の眺めは？」

オズウィン様の言葉に我に返った。

魔境の雄大さに心奪われていた私は、オズウィン様を振り返る。

「どんなに言葉や比喩を使っても、この雄大さを表現するのは無粋な気がします……ここはあまりにも広くて豊かです」

国教であるコルフォンス教が、前身である宗教よりも自然信仰を取り込んでいることがよくわかる。こんな力強い自然を目の前にすれば、ごく当然に魔境に対する畏怖と敬虔《けいけん》な感情が生じても何ら不思議ではない。

オズウィン様は嬉しそうに目を細める。

「辺境へようこそ」

声は弾むように楽し気で、高揚感を覚えているようだった。

これから私は辺境で魔獣と戦う日々に身を投じることになる。

命を懸けることもあるかもしれない。

人によっては一生魔獣と戦わずに済むのに、毎日その脅威に挑み、王国を守護することになるのだ。

——私は魔境の防波堤になるのか……

私はこうして辺境の最前線、魔境の開拓前線に迎え入れられたのだった。


「キャロル嬢、はい、深呼吸。一、二、三、四、五。一、二、三、四、五、六、七……」

応接間の扉前に着いてから、顔が強張っていたらしい私の肩にオズウィン様が手を置いて深呼吸を促す。

魔境を眺めて緊張をほぐしたはずだったのだが、直前になると息苦しくなってきた。息苦しさから首回りをこすると、汗も出てきたらしい。特に両手の平がじっとりしていた。

十分な深呼吸をし、頬をグニグニとほぐして笑顔を作る。もしかしたらかなり不自然な笑顔かもしれない。オズウィン様は大きな手で、不器用だが優しく背中をたたいてくれた。

いつまでも扉前で立ち止まっているわけにもいかない。

「よしっ」

腹部に力を入れて気合いを入れる。

オズウィン様はニコリと口角を上げて頷いた。

——オズウィン様のお母様に初めて会うんだ。良好な関係を築ける、第一印象が良くなるような完璧な挨拶を！

「父上、母上。キャロル・ニューベリー嬢をお連れしました」

オズウィン様が扉をノックし、返事を聞いてから押し開ける。

私は扉が完全に開かれる前にお辞儀をした。

「失礼いたしま」

「お義姉様あぁーっ!!」

「すっ⁉」

突然の体への衝撃――はほぼなく、羽毛のクッションがぶつかったような感覚の後、体が異様に軽くなった。重さのない体にバランスを崩しそうになったが数歩後退し、ぶつかってきた人物をなんとか受け止める。

私の胸に飛び込んできた人物のつむじを見た。

ふたつしばりの髪の毛で私を「お義姉様」と呼ぶ人物はひとりしかいない。

「モナ様」

私の呼びかけに勢いよく顔を上げたモナ様はぷくっと頬を膨らましている。

「モナって呼んでくださいって言ったじゃないですかお義姉様！」

不満そうな子犬が飛びかかってくる様子によく似ていて、私はモナ様の肩をぽすぽすと叩く。本当に子犬がじゃれついてきているようだ、と少し困った顔をしていると、ジェイレン様がモナ様の首根っこを掴んだ。

「やめんかモナ」

「やーん」

今度は子猫が捕らえられているようだった。ジェイレン様は呆れたようにモナ様を見て溜息を吐く。

「すまないな、キャロル嬢。モナがどうしても会いたいと言うから、学園からの一時帰宅の許可を取ったらこれだ」

「いいえ、お気になさらないでください」

少々驚いたものの、モナ様とジェイレン様のやり取りで、先程までの緊張はどこかへ飛んでいってしまった。視界の端ではオズウィン様が少しだけ残念そうに苦笑いをしていた。

ジェイレン様の気安い様子に、肩の力が抜ける。

「さ、入ってくれ」

「失礼いたします」

応接間の中に入ると席を勧められた。

着席すると、そこにはお茶を用意する使用人がいるだけで、グレイシー様らしき人物は見あたらない。部屋の中をくるりと見渡しても、それらしい気配はなかった。

「父上、母上はどこへ？」

オズウィン様も疑問に思ったのか、ジェイレン様にグレイシー様の行方を尋ねる。

ジェイレン様は困ったように顎髭を撫でている。

「ああ、少し前に西の要塞から厄介な魔獣出現の連絡があってな。飛び出して行ってしまった」

オズウィン様は「ああー……」とうなじをかいていた。ジェイレン様も申し訳なさそうに私を見てくる。

「すまないな、キャロル嬢」

オズウィン様がシュン、と落ち込んでうなだれる犬のように見えたのは内緒だ。

「いえ、お気になさらないでください！」

正直、ほっとしている。

先延ばしにされた「辺境伯夫人」との対面のおかげでゆったりと椅子に掛け、出されたお茶を味わうだけの余裕ができた。

美味しいブレンド茶である。甘いが、香ばしさの際立った味だ。

「さて。改めてこの度は辺境への訪問、ありがとう。アレクサンダー家は君たちを歓迎しよう」

「ありがとうございます、辺境伯。わたくしだけでなく、姉とその婚約者も受け入れていただき、感謝に堪えません」

「お義姉様が辺境に来てくれて、私本当に嬉しい！」

「モナ」

ジェイレン様がモナ様の頭を掴んで椅子に押しつける。相変わらずな躾《しつけ》の様子に思わず苦笑いしてしまった。

「姉メアリとその婚約者アイザックは転移酔いとその看病で遅れて参ります。ご容赦くださいませ」

「気にしないでくれ。転移魔法初経験者は大体転移酔いでひっくり返る」

ジェイレン様は穏やかに返答をしてくれた。

「さて、辺境にいる間は辺境の仕事を手伝ってもらうことになる。それは大丈夫かな？」

「はい、むしろありがたく思います」

「はは、それは頼もしい！」

ジェイレン様は豪快に笑う。

うまいことをして、大型魔獣など強力な魔獣を倒し、それをアイザック様の功績にできるよう立ち回るのが私の役割だ。

メアリお姉様とアイザック様の結婚を国王陛下に許可していただかなければニューベリー家は継ぐ人間がいなくなってしまう！　ニューベリー家を潰さないためにもなにがなんでもアイザック様に功績を立てさせねば……！

「むしろたくさんお手伝いさせてくださいませ。こちらはお世話になるわけですし。魔獣狩りとか、魔獣狩りとか、魔獣狩りとか」

張り切る私にジェイレン様は微笑ましいものを見るように目尻にしわを作り細める。「まあまあ」と少々宥めるように手を動かした。

「そうかそうか。なに、魔法や本人の適性で仕事は割り振らせてもらう。あまり心配はしないでほしい」

「お気遣いありがとうございます」

深々と頭を下げ、私は気合いを入れた。

——目指せ、巨大魔獣討伐！

ふんす、と鼻息を荒くしているとコンコン、と応接間の扉がノックされた。扉が使用人によって開けられる。

「失礼いたします。遅くなりまして申し訳ありません」

現れたのはメアリお姉様だった。その隣には顔色が良くなったアイザック様がいる。

メアリお姉様とアイザック様は並んでジェイレン様のところまで行き、上品にお辞儀をした。

「ジェイレン様、この度は妹だけでなく、わたくしとアイザックも受け入れてくださり誠にありがとうございます」

「そしてわたくしの処遇に寛大な対応をしていただきましたこと、国王陛下並びに王妃殿下とともに並々ならぬ感謝を」

アイザック様は体を半分に折りながら深々と頭を下げる。

ジェイレン様は手を掲げ、頭を上げさせた。その眼差しはとても優しく、お父様とはまた異なった父性を感じさせる。

「いやいや、むしろこちらとしては喜ばしい限りだ。息子の婚約者が辺境に滞在してくれることも、その姉君と婚約者が辺境と交流を持ってくれることも大変ありがたい」

ジェイレン様は笑みを浮かべ、私たちを迎えてくださった。本当に良いお人だとじんわりと胸が温かくなる。ジェイレン様のお人柄の良さが滲み出る、私たち全員への気遣いを感じる、温かい言葉だった。

ふと気づくと、モナ様がじっ、とメアリお姉様とアイザック様を見つめていた。ジェイレン様がモナ様に手を向け、ふたりに紹介する。

「ああ、ふたりは初めてだったか。紹介が遅れたな。娘のモナだ。仲良くしてやってほしい」

「キャロルの姉、メアリです。よろしくお願いいたします、モナ様」

「アイザックです。よろしくお願いいたします」

「モナ・アレクサンダーです」

モナ様はじぃ、とふたりを見ている。低めの位置からメアリお姉様とアイザック様に、少々不《ぶ》躾《しつけ》と言っていいくらい視線を向けていた。

何かあったのだろうか？

不安になりながら様子をうかがっていると、モナ様が不意にジェイレン様の方を向く。

「ねえ、お父様っ。前に療養に来ていた方もそうだったけど、辺境の外の人たちは細すぎると思うわ。食事にお肉を増やしましょう！」

突然の無遠慮な発言に、ジェイレン様はモナ様の頭にごちん、と拳を落としたのだった。

そういうモナ様も小柄だと思うけど……アレか、自分は成長期だから除外だということだったのだろうか？

目の前で行われていた辺境式躾に私たちが注目していると、ジェイレン様がごまかすように咳払いをする。そして思いついたように私たちを見た。

「ああ、そうだ。疲れていないなら月の市に行ってはどうだろうか？　なかなかに刺激的で楽しいと思うぞ？」

「月の市、ですか」

「そう、月の市。月に二日から三日行う市で、王都や港町の市ともまた違う雰囲気だ」

「扱っている物も他の領地とかなり異なっているから楽しめると思う」

ジェイレン様とオズウィン様が楽しげに語る。私はその様子に月の市への興味が湧いた。

どんな市だろう、と思わず背中がそわりとした。好奇心には勝てない。

「メアリお姉様はどうなさいますか？」

お姉様とアイザック様の方を見る。

すると何故か目を輝かせていたメアリお姉様が急に額に手をやり、アイザック様にしなだれかかった。

「ああ、ごめんなさい。今頃転移酔いが来たみたい……」

「まあ、メアリ大丈夫？」

――え、今更？　メアリお姉様、ついさっきまで転移酔いの様子もなくハキハキと話をしていたというのに、どういうこと？

頭に疑問符を浮かべる私に対して、メアリお姉様はチラリと私を見やる。

「だからキャロル、オズウィン様とふたりで……」

「お義姉様！　私が案内します！」

モナ様が元気いっぱい手を挙げる。そんなモナ様を何故か目を見開き見ているメアリお姉様……

何か念のようなものを送っているように思えるほど強い眼力でモナ様を見ているが、モナ様はまったく気付いていない。

私は何が起きているのかわからず、目を瞬かせながらふたりを見ていた。

モナ様が私の手を取り、元気よく立たせようとするが、ジェイレン様はモナ様の頭を掴む。

ジェイレン様は怒りの表情でこそないものの、細めた目の奥は笑っておらず、滲み出る空気が人を怯ませる圧迫感があった。

「モナ、お主は課題が終わっていないだろう？」

「……お母様からの課題はすでに終わっています！」

「違う。学園からの課題があったろう？」

しらばっくれるようにそっぽを向くモナ様の頭にジェイレン様は力を込める。指先がミシミシと食い込んでいる。

「……あだだだ！」

泣きべそをかくモナ様の様子に、私は慌ててジェイレン様を止めた。

「モナ様、次の月の市の時には一緒に出かけましょう？」

「本当!?」

ジェイレン様の手からスルリと抜け出し、モナ様は私の両手をギュッと掴んだ。ふたつに結わえた髪を弾ませて、モナ様はキラキラした目で私を見ながらジャンプをする。

「約束ですよ!?　絶対ですからね!?」

「はい、もちろんですよ」

私の言葉にはしゃぐモナ様だったが、再びジェイレン様に押さえつけられた。

「ホラ早く課題を済ませにいかんか」

「お義姉様ぁ～！」

モナ様は使用人に引きずられるようにして連れて行かれてしまう。

一方でメアリお姉様はジェイレン様の方を見て何かのハンドサインをしていた。

ジェイレン様も何故かお姉様にハンドサインを返している。

どういうことだろう、と首をかしげた。

私の疑問をよそに、ジェイレン様は話を進める。

「では、メアリ殿とアイザック殿は部屋に案内しておこう。オズウィン、キャロル嬢を案内してやれ」

「はい、もちろんです」

メアリお姉様の方を見れば、親指をこっそり上げて一度だけ首を縦に振った。だから、意味がわからない。

メアリお姉様の行動の意味不明さに困惑していると、オズウィン様が手を差し伸べてくれた。

「それではいこうか、キャロル嬢。辺境を案内させてもらう」

「はい、よろしくお願いします」

メアリお姉様が圧のある視線を向けてくる。私に視線をやりながら、口をパクパクさせている。

最近メアリお姉様に習った読唇術で、唇を読むと「が・ん・ば・る・の・よ」と言っていた。

何をがんばれというのか、と思いながら、私はオズウィン様と出かけることになったのだった。

……そういえばこれって二回目のデート？

月の市は思いのほか刺激的です。

「これが、月の市……」

思わず目を見開き、圧倒された。ニューベリーのそれなりに栄えた街並みとも、洗練された王都の街並みとも異なっている。

一言で言うと「活気があふれている」。月の市はその表現がぴったりだった。

あちこちから楽器の演奏や歌が聞こえ、様々な店が市を作り上げている。店だけでなく露店や出店も多い。それでいて建物も道路も新しく清潔だ。石畳はすり減りなどないし、ゴミも落ちていない。石畳の修理が定期的に行われていることはもちろん、辺境の人々に公衆衛生の意識がしっかりと根付いているためだろう。

空気を吸い込めば、焼きたてのパンの香ばしい匂いや新鮮な果物の甘く爽やかな匂いが飛び込んでくる。それ以外にも茶葉や菓子の匂いもする。

あまりにも五感を刺激する情報の多さに、どれに意識を向ければいいかわからなくなったくらいだ。

「はは、賑やかだろう？」

「え、ええ……」

オズウィン様の言葉にかろうじて返事をしたが、私は圧倒されて同意の言葉しか口にできていない。

とてもここが魔境と壁一枚隔てた場所とはとても思えないのだ。壁を一枚隔てているとはいえ、魔獣の脅威がすぐそこにある場所であれば、もっと殺伐とした空気が漂っているのではないかと想像していたのに……

パワフル。

その一言に尽きる。誰も彼もが元気で力強い。そして恐怖心など、どこにも存在しないのではというくらい楽しそうなのだ。

オズウィン様も楽しそうに問いかけてきた。

「さて、何を見て回りたいだろうか？」

「え、っと……」

情報が多すぎてどうしていいかわからない私を前に、オズウィン様は少し考える。

「何か食べるかい？」

時間帯的に軽食を食べてもいい頃合だ。言われると急に空腹を覚えるのは不思議だ。

「今度は角鴨以外にしよう」

「えっ」

最初のデートでのことを急に持ち出してきたオズウィン様に目を剥く。

エドワード様の入れ知恵で騙すようにして魔獣の肉（角鴨）の串焼きを食べさせられたことを思い出した。

また魔獣肉……？　と一瞬眉間に力が入った私を見て、オズウィン様は慌てて手を振る。

「いやいや、魔獣肉じゃないものにしよう、という意味で……！　キャロル嬢が食べたいと思ったものでも、魔獣を使っているものならすぐに教えるから！」

私の誤解に慌てて弁明するオズウィン様が面白くて、つい笑ってしまう。そうだ、この人は素直な善人なのだ。

笑い出した私にオズウィン様はきょとん、としていて頭上に疑問符が浮いているのがよくわかった。

「順番に見ていきましょう。案内、してくださいますか？」

笑いすぎて涙まででてきた。オズウィン様は照れくさそうに頬をかいてから、月の市に踏み出す。

「それじゃあ、行こうか」

「はい」

◇◇◇

月の市は賑やかで、一歩入れば人々のエネルギッシュな様子に圧倒されてしまう。

そして何より驚いたのはオズウィン様に声をかける人々の多さだ。

「オズウィン様！　今日はいい矢じりがありますよ！」

「オズウィン様！　燻製《くんせい》干し肉ができていますよ！」

数歩進むごとにテントを張って店を出している人々がオズウィン様に気付き、声をかけてくる。

その気さくな様子はとてもじゃないが、王族に並ぶ辺境伯の子息相手への態度ではない。

どう見ても平民の彼らに対し、オズウィン様自身もまるで貴族ではないようにやり取りしている。

「ああ！　後で見させてくれ！　今日は連れがいるんだ」

オズウィン様が「連れ」と口にしたことで私に注目が集まる。好奇の視線にさらされて、私は目を瞬かせてあたりをぐるりと見渡す。

恰幅のいい女性が驚いた表情で口元を押さえた後、ぱぁと表情を明るくしたのだ。

「あらまぁ！　オズウィン様、もしかしてこの方が婚約者のご令嬢⁉」

まるで漁師のように声の大きな彼女にたじろぎそうになるものの、笑顔を作って顔を見た。

「キャロル・ニューベリーと言います。本日から辺境に住まわせていただくことになりました」

「あんれまぁ、たまげた！　上品なお嬢さんだこと！」

彼女は口を大きく開けて笑う。オズウィン様の背中をバシバシと叩き「どこで見つけたのよぅ」と揶揄《からか》っている。

「（へ、辺境伯子息の背中をカーペットみたいに叩いてる……）」

マリーがカーペットを布団たたきでたたいている姿に重なってひやひやしていると、女性の店で出していた果物を差し出してきた。

「よければ持って行ってくださいな！　ウチの甘橙《オレンジ》はとびきり美味しいですよ！」

甘橙はつやつやとした皮に陽の光を反射させ、爽やかな酸味と甘みのある香りを鼻腔《びこう》に届けた。

「月の市を楽しんでいってくださいな！」

私とオズウィン様はそれぞれ手にまん丸の甘橙を乗せてもらい、目をぱちくりとさせた。女性に見送られ、私たちは明るい管楽器の音楽と雑踏の中を進んでいく。

「これを食べてから回ろうか？」

そう提案され座れるところにたどりつくまで、また声をたくさんかけられたのは言うまでもなかった。

◇◇◇

「えっ、ボードゲーム屋？」

ボードゲームを売る露店があるなんて思いもしなかった。立ち寄ってみれば種類の多さに更に驚く。

よくある盤と駒を用いた駒取りゲームはもちろん、裏表に模様の描かれたタイルを揃えるもの、すごろく、複数名で行う攻城戦略ゲーム――カードゲームも数字が書かれたものだけではない。王や教皇、騎士に農民、商人に吟遊詩人など様々な人が書かれたカードがある。魔獣が描かれているものもあった。

「ああ、これは引いたカードで役割が決まって、人間に紛れた魔獣を見つけ出すゲームなんだ。それからこっちは上札と下札を使って諺《ことわざ》をつくるゲームだな」

オズウィン様に説明されながらひとつひとつボードゲームとカードゲームについて聞いていたが、初めて見聞きするものがほとんどだ。結局、その露店にあったゲームの中で知っていたものは片手で数える程度。

それだけでも驚いていたのだが、まだ衝撃が続く。

「貸本屋がこんなに大きい……！」

貸本屋はニューベリー領にもある。店舗としてあるものと、半月に一度訪れる移動貸本屋だ。しかしその蔵書量はニューベリーのものとは比較にならなかった。

五人家族の平民が暮らせそうな店内には所狭しと本が並んでいる。我が家に時折来ていた移動貸本屋の馬車五台分は簡単に超えそうな量だ。しかも本に関しては貸本屋だけでは終わらなかった。

「えっ、露店でこんなに本が売っている……⁉」

露店で売られている本は薄めではあるものの、表紙に細かな絵が描かれていて手が込んでいる。

オズウィン様は露店の薄い本を手に取り、パラパラと中身を見た。

「ああ、これは個人で作った本だな。たまにこうやって技術書だったり詩集だったりを個人で作って売る店もあるんだ」

「個人で本を作る⁉」

仰天情報に私は思わず叫んだ。

文章を書く技術。

本を作る技術。

そしてそもそも本に書くような情報を平民がもっていることも驚きだ。

「たまに面白い娯楽小説が売っていたりするんだ。モナも年に二度ほど大量に購入しているよ」

オズウィン様のさらりとした発言に、驚きのあまり間抜けに口をぽかんと開けてしまう。

ゲームを楽しむには知識や教養も必要だ。まずそもそも文字が読めなければ楽しめない。読書にしてもそうだ。読むだけでなく書くなんて！

オズウィン様は私があっけにとられていることに気付いていないのか、別の商品に手を伸ばす。どうやらそれは木でできたパズルらしい。しかしいったいどういったものなのだろうか？

オズウィン様は説明書を手に取り、ざっと目を通す。

「この木製パズルなんか面白いよ。組み立てると天体球になって動かせるらしい」

――天体球!!

オズウィン様が差し出した説明書には細かな部品の組み立て方と完成図が描かれている。

もう私は驚きっぱなしだった。

私は改めて月の市を見渡す。

あちこちから音楽が聞こえてくるのだが、その中には貴族が学ぶような楽器の演奏があった。

平民の演奏する楽器なら、てっきり木を削った物や金属板を変形させて作った、比較的単純なつくりのものだと思っていた。しかし大量の部品で組まれていることが一目でわかる楽器を、ごくごく平凡そうな若者が自由にのびのびと演奏しているのだ。

格好からどう見ても貴族ではない彼らが、そこいらの貴族令嬢や令息が弾くようなクラシカルで上品な曲ではなく、明るく跳ねて踊るような曲を演奏している。その激しい指の動きから相当高い技術でもって演奏をしていることがうかがえた。

王家が各地に学校を建て、王家の手が届かないところは教会が一定水準の教育を最低限施している。だが識字率などは上がってきてはいるものの完全ではない。

それが辺境の人々はどうだろう？

こういったゲームや娯楽書籍、あんなに細かい説明付きの組み立てパズルを楽しめるのだから、識字率や知識レベルは高いのだろう。そして個人で本やパーツの細かい商品を作ることができるなんて、製本技術や工作技術が恐ろしい……

それでいて楽器の演奏もきちんとした教育を受けたであろう技術練度であることが、私にもわかった。複雑なつくりの楽器を所持している上に習うなんて、時間と財力に余裕のある立場の者がすることのはずだ。それを市場にいるような平民がするなんて……

しかも行儀よく座って演奏するのではなく、全身を使って踊りながら演奏している者が多い。それなのに音のブレがないのだから、下手な貴族の手習いより技術が上回っていることが想像に難くない。

辺境が王都に並ぶ文化都市であるというのは本当だったのだ――

私の暮らしていたニューベリーの領地は発展途中だ。

それでも教会の手助けと祖父母や両親のおかげで生活水準は向上していると思っていた。

実際、上下水道の管理、衛生環境、飢餓の撲滅――そういった技術は年々向上している。大きな疫病などは出ない程度に。

しかしこういった娯楽が発展するほどの技術や教養教育は、ニューベリーにはまだほとんどないといっていい。

辺境に圧倒的に及ばない――頭がクラクラしそうだった。

だが考えてみれば辺境からこういったものを取り入れてニューベリーに普及させてもらえるではないか。こういうときの婚約者特権！

魔獣加工技術だけではない。

娯楽を楽しむために教育水準が上がれば学習に一層力が入る。

教育レベルの高くなった領民が増えればニューベリーはより一層豊かになるだろう！

「オズウィン様！　まずは一通り市を見たいと思います！　興味深いものが多いです！」

「それじゃあ他のところも回ってみようか」

私を見ながらふっと笑ったオズウィン様は、市の賑やかな方向を指さす。

「はい！」

まずは市場調査をせねば。

気合いを入れて私は月の市を進む。ふと振り向くと、オズウィン様が微笑ましいものを見るように笑うので、私は目を瞬かせた。

目が合うとオズウィン様はパッと顔をそらした。ほんのり頬が赤らんでいることに気付いた私は、なんとなく気恥ずかしくてうなじを掻くのだった。

◇◇◇

「すごい……見たこともない食べ物もたくさんある……魔獣素材を使った服に日用品……魔境産の植物鉱石金属、たくさんあふれてる……」

どれを購入したらいいかわからなくなるくらい、気になるものが多かった。

試しに店先に出されていた管楽器を手に取ったが、恐ろしく大量のパーツから成り立っていた。貴族のパーティーで演奏される楽団所有の楽器のように見た目がしっかり整えられているわけではない。それなのにパーツの動きは精密だし、試しに音を出せば楽しくて心弾むような音色が奏でられた。

そんなものだから私の財布は緩み、あれもこれもと手を出してしまった。

「結構買ったなぁ」

とりあえず色と形が様々で綺麗なガラスのパズルといくつかの書籍を購入した。それと革細工の道具と鉱石灯と釣り針型の楽器も。

一度にたくさん購入してしまったため、大量の荷物をオズウィン様が持ってくださった。

「メアリお姉様とアイザック様にもお土産が買えましたし、ありがとうございます」

「喜んでもらえたなら何よりだ」

オズウィン様は荷物を掲げ、笑いかけてくれる。

ふたりには揃いの裁縫道具と素材を買った。何せ辺境は扱う素材が魔獣であることが多い。レース編みの道具と糸も魔獣素材に合わせた方が良いだろう。

それとアイザック様はペッパーデー家が財産没収になったこともあり、持ち物があまりなかったはずだ。メアリお姉様も刺繍や手芸が好きだし、ふたりで仲良く針仕事をすればいいと思う。ついでにレース編みの道具と材料も一緒に購入する。

いやしかし、露店に訪れるというのも中々に楽しいものだ。商店に赴くことや、家に商人を呼びつけるのとはまた違った楽しみ方である。

「お父様とお母様には何を贈ろうかな……」

おそらくマリーに運んでもらうことになるだろうから、あまり重たいものではないほうがいいかな……食べ物で生のものは無理だが、保存が利くお茶や砂糖か塩をたっぷり使ったものなら大丈夫だろうか？

うーん、と悩んでいるとオズウィン様も首を傾ける。

「俺からもニューベリー男爵と夫人に何か贈りたいと思う。キャロル嬢が手紙を送るとき、一緒に届けてもらいたいのだが、おふたりは何が好きなのかな？」

「好きなもの、ですか……」

うーん。

ふたりともお茶とそれに合わせたお菓子が好きだ。

それとお酒も嗜《たしな》む。

そういえばお父様もお母様もパズルの組み立てや数字遊びをしていたっけ。

「パズルや数字遊びが好きなので、長く遊べそうなパズルがあったらそれにしようかと」

「それならあちらにピースの多い立体パズルがあったはずだ。見に行こう」

オズウィン様に連れられ、月の市を進む。

しばらく歩くと人だかりができていた。

なんだろう？　よほど人気の店でもあるのだろうか？

人だかりの方を注視すると、暗く濃い赤毛が頭ひとつ分以上とび出ていた。

オズウィン様もその赤毛の頭を見ると表情が変化する。

「ディアス兄上？」

え、お兄様⁉

オズウィン様は長兄ではなかったのだっけ⁉　兄妹はモナ様だけだと思っていた！

内心焦る私に気付かず、オズウィン様は「兄上」に大きく手を振る。

「兄上！」

オズウィン様の声に「兄上」が振り返る。

オズウィン様に気付いた彼は、集まった人々を避けながらこちらへ向かってきた。彼が手をかざせば人混みが自然と彼を避ける。そういう魔法を見せられているような気分にさせる光景に、私は目を丸くしていたと思う。

「久しいな、オズウィン」

純白の聖衣を着た巨大な男性の声は低く響くようだった。

体格はジェイレン様と同じくらいに見える。いや、体格こそジェイレン様と近いが、若く張りのある筋肉は現在が肉体の全盛期であることを表しているようだ。心身に緊張はなく寛いでいるが、一切の隙はない。不意打ちで襲われたとしても攻撃が掠るかどうかも怪しい。

特徴的な赤毛は癖があるらしく、撫でつけられた前髪から垂れた一房はウェーブがかかっている。

そして垂れ目気味だがその眼光は鋭く、金色だ。

顔にある傷は彼の勇ましさに拍車をかける。

堂々とした姿はジェイレン様とよく似ていた。だが小さな山のようなジェイレン様に対し、彼は巨大でしなやかな獣のようだった。

格好からすると国教であるコルフォンス教の祭司様に見える。けれど全身真っ白の聖衣なんて、ニューベリー領では見かけない。

もしかしてかなり地位が高い方なのだろうか？　地位の高い聖職者なんて緊張する。私はいつも以上に背筋をまっすぐ伸ばした。

「ディアス兄上、ご無沙汰しております」

「式の時以来か」

低く、どっしりとした声音はその見た目に相応しい。短く端的な言葉遣いは彼の見た目によく合っていた。おそらくおしゃべりではないのだろう。寡黙そうな見た目と同じらしく、軽薄にペラペラと話すわけではないようだ。

「そうですね。壮健そうで何よりです」

オズウィン様は人懐こい笑みを浮かべている。

私は失礼にならないよう、様子をうかがいながらそばに控えた。

「兄上、紹介します。俺の婚約者、キャロル・ニューベリー嬢です」

オズウィン様の紹介を受けて、私はスカートをつまんで挨拶をする。

「お初にお目にかかります。コンラート・ニューベリーおよびルイーズ・ニューベリーの娘、キャロルと申します。よろしくお願いいたします」

「ディアス・アンダーウッドだ。オズウィンの従伯父《いとこおじ》にあたる」

従伯父、ということはジェイレン様の従弟ということか。推測する年齢からすると、ジェイレン様よりもオズウィン様との方が年は近そうだ。だから「兄上」と呼んでいたのかと納得する。

ディアス様と言葉を交わした後、オズウィン様はキョロキョロとディアス様の周りを見渡し、首をかしげた。

「兄上、今日はセレナ様がいらっしゃらないのですか？」

「セレナ様」という人物を探していたらしい。

オズウィン様の言葉にディアス様は自分の背後を振り向く。

「いるぞ」

ディアス様が一歩横に移動すると、そこには私よりも拳ひとつ分くらい背が低く、そして細身の白い女性が立っていた。

「ふふ、お久しぶりオズウィンさん。そして初めまして、キャロルさん」

白い、と表現したのはディアス様と同じように純白の聖衣に身を包んでいるということだけではない。聖衣からのぞいた肌は日に焼けておらず、髪も綿雲羊《わたぐもひつじ》の毛のようにやわらかそうで色素が薄

かったからだ。

貴族のものとは異なる清浄な空気と穏やかな物腰と優しい雰囲気を持つ女性だ。腰に帯びた手振り鐘と同じように澄んだ声である。

清廉な彼女の姿を目にした者、優しい声を聴いた者——心が洗われ涙を流すかもしれない。

私は思わず目を奪われ、間抜けにも口をぽかんと開けていた。

「セレナ・アンダーウッドと申します。お見知りおきを」

意識が王都まで飛んでいた私は、声をかけられてハッとする。

覚えのある名前だが、なんだったか……

しばし考え、喉元まで出かかっている。えーと、えーと……

答えが出せずにいる私に、オズウィン様が助け舟を出してくださった。

「多分『塩の聖女』といった方がわかるかな?」

「えっ、『塩の聖女』様ッ⁉」

オズウィン様の言葉に、今度は目を剥く。

塩の聖女ことセレナ様は口元を押さえ、ふふふ、と笑っていた。

「(こ、こんなところで聖女様に会うなんて……！)」

私は心臓が口から飛び出しそうになっていた。

コルフォンス教大司教の息女であり、物質を塩に変える魔法を使う彼女は「塩の聖女」と呼ばれている。

多分、現在のコルフォンス教徒の中で最も有名なお方だ。各地への慰問《いもん》も一番訪れているはずなので、平民の知名度は下手をしたら国王陛下や教皇様より上なのではなかろうか？

枢機卿の方々のフルネームがうろ覚えの私だって知っているのだから相当なビッグネームだ。

——それがこの人⁉

まとう空気に神聖なものがあったが、聖女様だったから……⁉

あわわ……と動揺しているとセレナ様が首を傾けて微笑みかけてきた。

「ふふ、あまり緊張なさらないでください。キャロルさんがオズウィンさんと結婚なさったら、親戚になるのですから」

「えっ」

親戚、という言葉に私は硬直する。

聖女様と親戚関係⁉

どういうこと⁉

「わたくしの夫であるディアスとオズウィンさんは従伯父甥の関係ですから、オズウィンさんの妻になれば、ね？」

——ああああ！　そういえばふたりは姓が同じだった！　聖女様との遭遇に動揺してすっぽ抜けていたが、そういうことか！

そこまで聞いて私はハッとする。

——もしやオズウィン様が下級貴族から妻を迎え入れなければならなかったのは、聖女様と従伯父様の婚姻があったからでは……？

聖女様は国教であるコルフォンス教の中でもかなりの重要人物だ。

そんな人物が辺境伯のジェイレン様の従弟と結婚したならば、アレクサンダー家の権力が教会にも広がっているということになる。そりゃ次に一族が婚姻関係を持つならば権力を持たない貴族でないと辺境が権力過多だと文句がでるのも当然だ。

さらに教会は暴力行為を行わないとされるがそれは大間違いである。

教皇様や聖女様、信仰に信者、教会そのものを守るためにかなりの僧兵を保持している。しかもただの兵ではない。彼らは厳しい禁欲や節制さえ乗り越えて己を鍛え上げる。そんなコルフォンス教の僧兵は一般兵の十人分の技量を持つとされているのだ。

そんな教会と結びつきがあるアレクサンダー家……想像していた以上に大きな辺境の権力と戦力に、私は体のあらゆるところが縮み上がりそうだった。どこかで平均値を下げる人間――例えば私――を入れなければ脅威以外の何物でもない。

下手な野心を持つ人物がいたら、王位簒奪《おういさんだつ》とかあり得そうで怖い。

そうならないのはおそらく辺境にも教会にもそういった欲がないからだろう。

「も、もしわたくしがとつぐことになりましたらそのときは、なにとぞよろしくおねがいいたします……」

深々と頭を下げながら出た言葉はもうガタガタに震えていた。

だってただでさえ辺境伯は王家に並び立つ身分。そこに王家の庇護の下、とされているとはいえ王家以上に国民――特に平民の生活と精神に浸透しているコルフォンス教の幹部と関わるという状況……これに尻込みしない木っ端貴族がいるわけがない。

――あ、いたか。ごく身近に……

メアリお姉様が胸を張る姿が頭をよぎり、顔を上げる。

メアリお姉様がアレクサンダー家に相応しい心構えを、両親がアレクサンダー家に見劣りしない格好をしっかり準備させてくれた。にもかかわらず、教会の重要人物を目の前にすると臓腑《ぞうふ》が縮み上がってしまう。上級貴族の家に嫁げるだけの技量を持てるよう、家族がたくさんのことをしてくれたのに、私の性根には身分に対してまだまだ怯えが染みついているらしかった。

どうしようもないくらい自信がないことを、内臓をギュウと握り潰される錯覚で実感してしまう。

絶対に機嫌を損ねてはいけない――教会の聖女様ともなれば、多少のことなど気にしないだろうけれども。

「よろしくね、キャロルさん」

「はひぃ……」

セレナ様に手をぎゅっと握られ、私は背中がびっしょりと湿るくらい汗をかいていた。

いくら心構えをしたとはいえ、内臓が縮み上がるのは我慢しようがない。

呼吸もまともにできていない私と清らかな笑みを浮かべるセレナ様。

オズウィン様とディアス様は私たちを見守るような眼差しをしている。

オズウィン様は思い出したようにディアス様を見た。

「そういえば兄上、今日はどういった御用向きでいらしたのですか？」

「ああ、そろそろ塩の供給の時分だろう？」

ディアス様の言葉に、オズウィン様は納得したように笑みを浮かべる。

「ああ、なるほど。そうだったのですね」

「先程いくらか魔獣も狩った。塩作りに使おうと思ってな。今城に運び込んでもらっている」

もしかしてオズウィン様と魔境を見下ろしていたときに聞こえた鳴き声や地響きってディアス様達が魔獣を狩っていた音……？

そんなあっさりと魔獣狩りについて話されると、私としては練度が違いすぎて腰が引けてしまう。

ジェイレン様に大見得きったくせに。

「おふたりはこれから何か用事があるのかしら？」

「えっと……買い物は大体済んでおります」

なんとなくデート？　だとは言いにくい。

気恥ずかしさもあった。

それに大体の物は購入したし、お父様とお母様への贈り物はもう少し考えてからでもいい。辺境の食べ物は時間をかけて選ばないとうっかり魔獣素材の物になりそうだ。両親が驚いてひっくり返りかねない。

セレナ様はやわらかな笑みを浮かべ、手をぽん、と合わせた。

「城に戻るなら一緒に行きませんか？　キャロルさんとお話、させてもらいたいわ」

嬉しそうに笑うセレナ様に対して断るなんてできるはずもなく、オズウィン様を一度見て、確認をしてから首を縦に振った。

「それでは、馬をとってくる。教会前で待っていてくれ」

「はい、承知しました」

たぶん、私の声は震えていた。緊張のせいだけでは、無い。

◇◇◇

オズウィン様と一緒に、預けていた馬をとりに行く。一旦聖女様達と離れたことで、脚から力が抜けてしまった。おかげで足取りはヘロヘロ。

オズウィン様は手を貸してくださっていたものの、笑いを噛み殺しているようだった。

「……オズウィン様」

「ぶふ、す、すまない、キャロル嬢……父母への挨拶より緊張していたようで、つい……」

じと、とした目でオズウィン様を見ると、口元を手の甲で押さえて肩を震わせていた。

――このぅ……

預かり所に着くと、ニューベリーから連れてきていた私の馬であるアンカーは、オズウィン様の愛馬・ジェットと並んで飼い葉を食んでいた。

大分仲良くなっていたようで、私たちが近付くと同時に顔を上げた。

「アンカぁー……聖女様にあってすごく緊張したよぉ……」

アンカーは私の服をハムハムと噛み、ちょっかいを出してくる。体温とその悪戯に私はようやく落ち着きを取り戻した。

「……オズウィン様、行きましょうか」

「キャロル嬢、気をつけて」

あまりにもヘロヘロな私を心配したオズウィン様に声を掛けられる。

しかしオズウィン様の口元が笑っていることを、私は見逃さなかった。

こうしてオズウィン様との二回目のデートは幕引きをした。

したの、だけれど……


「(……そういえばメアリお姉様とアイザック様がずっと着いてきていたのは何だったんだろう?)」

セレナ様達と会ったあたりから姿が見えなくなっていたし、一体何だったのか……

メアリお姉様達の謎の行動に疑問符を浮かべながら、私達は待ち合わせの教会に向かうのだった。

挿話　メアリ・ニューベリーは辺境を満喫する。

キャロルとオズウィンが月の市を回っているとき、その様子を物陰からのぞく人物がふたりいた。

「あーあ。これはもうデートにならないわね」

「まさか聖女様夫妻がお供もつけずに市を歩いているとは思わなかったわ……残念ね、メアリ」

「でもオズウィン様もわたしたちも同じじゃない？　お供なしでわたしたちも王都を出歩いていたし」

そう、メアリとアイザックである。

こっそりとつけていたもののふたりは素人。アイザックに至っては魔法を封じられている。キャロルに感づかれて当然である。

キャロルとオズウィンの結婚を強く望むジェイレンと、妹に幸せになってほしいメアリはわずかなやり取りで通じ合っていた。月の市の話を出した際、瞬時にハンドサインで「ふたりきりでデートに行かせよう」と示し合わせたのである。

キャロルとオズウィンを月の市に送り出したものの、ジェイレンはふたりがうまくいくか心配だったらしい。

ジェイレンはこの後大事な仕事があるらしく、後をつけて見てきてほしいとメアリに頼んできた。

さすがに令嬢をひとりで出かけさせるわけには行かないということで、アイザックと一緒に行くことを許可される。といってもふたりの尾行能力は高くないだろうとジェイレンは考えていた。本気ではなくメアリとアイザックに息抜きをさせようというジェイレンの茶目っ気である。

ジェイレンの気遣いもあり、ふたりは少々地味な格好に着替え、オズウィンとキャロルのデートの後ろをつけていた。

「私がお供でしょう?」

アイザックが首を傾けながらメアリに言うと、メアリはきょとんと、フクロウのように首を傾けた。

「アイザックはお供じゃないわよ?」

「まあ、メアリったら」

セレナに話しかけられるキャロルをがっかりした様子で見ていたメアリだが、今はお供論争でアイザックといちゃいちゃしている。

はたから見ると大変甘ったるい光景である。

最近すっかり恋する乙女状態のメアリは以前より可愛らしくなり、整いすぎた顔立ちの美しいアイザックと並ぶと系統の異なる人形のようである。もちろん現在、アイザックは魔法を封じられているため彼の美貌は剥き出しだ。そんなふたりはなかなかに衆目を集めているのだが、まったく気にした様子はない。

「どうする、メアリ? まだふたりをつける?」

ひとしきりいちゃついたアイザックはメアリに尋ねる。

妹のデートをのぞき見ていたが、どうやらこの後はふたりきりではなくなってしまうようだと察したようだ。

「仕方ないわね……たぶん聖女様たちと一緒に行動するだろうから、つけても意味ないと思うわ」

メアリは大変残念そうに溜息一つをする。しかしすぐに切り替えるようにくるりとアイザックに向き直った。

「そうだわ！　アイザック、今からデートしましょう」

「えっ」

デート、という言葉にアイザックは頬を赤らめる。

何せ今までは「女友達」として出かけていただけで、デートというものでは一切なかった。アイザックは「デート」という言葉に胸を高鳴らせ、耳の奥で鼓動が大きくなっているようだった。

まだ国王陛下から結婚の許しを得てはいないものの、アイザックはメアリを愛し（それこそ法を破ることも躊躇《ちゅうちょ》しないくらい）ているし、好意をこじらせていた。

王都の魔法学園で出会って以来、ずっとずっとずっと絶えず燃え続けていたメアリへの愛情があふれ出す程度には。

アイザックは目を潤ませ、耳まで赤くなっていた。

年齢のわりに初心なアイザックの様子に、メアリはくすぐったい気持ちになっていた。

「折角辺境の月の市に来たのだもの！　アイザックと色んなところを見て回りたいわ！」

けれどメアリは意地悪もからかいもせず、純粋な気持ちでアイザックの手を取る。

メアリの笑顔にはあふれ出す恋心が見えた。アイザックへの想いは、小説の中の王子様に対して抱いていた憧れと混ざり合い、山より高く積み上がっているように見える。

「さ、行きましょう！　今度はわたしたちのデートよ！」

アイザックは長い間こじらせていた恋心を、天真爛漫《てんしんらんまん》に包んでくれるメアリと、メアリとの結婚を提案してくれた国王陛下には感謝が絶えない。国王陛下のお役に立ち、功績を上げ、絶対にメアリと結婚するとアイザックは誓う。

アイザックはメアリの手を握り返し、月の市へ改めて繰り出す。

この後ふたりはたっぷりと時間をかけて月の市を回るのだが――目撃した人々が口の中が蜜でいっぱいになるような感覚に襲われるほど甘ったるい空気を垂れ流すこととなる。

そんなふたりの幸せを、邪魔できるものは誰ひとりいない。

それこそ、神でさえ邪魔ができるか怪しいものである。

聖女様は意外とおしゃべりなようです。

ぱっかぱっかと三頭の馬の蹄の音がする中、セレナ様は穏やかに話しかけてきた。

「キャロルさん。そのお馬さんはなんという名前ですの？」

「アンカー、と言います……」

「いい名前ですわね。安全、無事、幸運の象徴で。とても賢いようですし」

「セレナ様、の？　お馬の名前はなんというのですか？」

「リンデンと言います。とっても可愛らしいでしょう？」

「ええ、目がとても可愛らしいです」

「そうなんですの！　くりくりした目がとても可愛いくて！　わたくし乗馬は不得手だけれどこの子は安心して乗れますの」

ころころと鈴を転がすように嬉しげに笑うセレナ様は、ディアス様と相乗りをしていた。

巨大で筋骨隆々とした白馬に。


——でっっっっっっか……！


白い毛並みは美しく、まるで輝きを放っているかのよう。一本一本の毛が真珠のようで、宗教画に描かれている神の乗り物のようだ。

気性は穏やかそうである——のだが、私のアンカーやオズウィン様のジェットよりも高さもあれば太さもある。脚なんかむっきむきである。蹄鉄《ていてつ》なんて、アンカーが使っているものよりも二回りは大きいんじゃないだろうか？

小型の魔獣なら踏み潰しそうだし、中型の魔獣も蹴散らせそうな迫力がある。

何故か私がオズウィン様に贈ったナイフケースに顔を時々近づけていた。

好奇心が旺盛らしい。

多分だけれどあれだけ立派な馬であると、いい軍馬二頭くらい買えそうな気がする。教会の財力、おそるべし。

そんな太陽金貨《ソルきんか》何百枚分だよ、と考えてしまう立派な馬――リンデンに跨《また》がるディアス様は堂々としていて、やっぱりジェイレン様を連想させた。

そしてセレナ様はディアス様の腕の中にすっぽり収まっている。

「(体格差、エグいな……)」

この人たちが夫婦なんだよなぁ、とぼんやり考える。

体格差がありすぎて、セレナ様がディアス様の四分の一に思えてしまうのは目の錯覚だと思う。

「そういえばディアス様がセレナ様の家に婿入りしているのですね」

ディアス様がアンダーウッドの家名を名乗っているならば、そういうことだ。

アンダーウッド家は代々教会に仕える聖職者の家系のはずだ。紋章の盾の部分が馬頭であるのがその証拠である。

「ええ。教会が私を嫁がせたくなかったらしくて。条件に合った相手がディアスだけでしたの。それで結婚したのが、ようやく今年になってから」

「学園を卒業してだいぶ経っていましたのよ」とセレナ様は頬に手を当てて小さく息をもらした。

聖女様はメアリお姉様より少し年上らしい。それでも教会は年齢を理由に結婚相手の条件を下方修正する気はなかったようだ。

――聖女様が相手ともなれば下手な結婚させたくないよなぁ……

私はうんうんと頷きながら納得した。

家柄。

本人の素行。

他にも色々条件があるだろう。貴族同士の結婚よりもある意味厄介だったに違いない。

「婚姻に至るまで大変だったのですね」

「キャロルさんも大変だったでしょう？」

「えっ」

きょとんとしていると、セレナ様は口元を押さえてふふ、と笑っていた。

もしかして色々噂が耳に入っているということなのでは、と私は恥ずかしさで手綱を握る手に力が入る。

王城での古木女討伐のことだろうか？

それとも洗脳されてオズウィン様の顔に手袋を投げつけて決闘をした挙げ句、みぞおちを執拗に攻撃したことだろうか？

巨大化したナイジェル様の金的に氷の塊を当てたことだろうか⁉

聖女様の耳にあまり入ってほしくない内容ばかりが浮かんでは消え浮かんでは消え、私は馬上であるにもかかわらず頭を抱えたくなった。

「貴族令嬢も聖女も、立場と身分に縛られがちでしょう？　相手がオズウィンさんでは、気苦労が大きかったのでは？」

あ、そっち？　もしかしてオズウィン様に魔獣肉いきなり食べさせられたり、「誓約書」を持ち出されたりした話だろうか？

ちら、とオズウィン様の方を見れば、思い出して恥ずかしいのか気まずいのか、唇を強張らせて目をそらしている。

「いえ、セレナ様ほどでは……」

正直な感想だった。

だって、教会の聖女様だ。

もしかしたら十年すれば教皇様になる可能性がある方が父親にいる、そんなお立場の方である。私の身分差からくる気苦労とは、性質が違う。

きっと私が想像できない苦労もあったのだろうに。

頭の中を見透かしたように、セレナ様は言った。

「キャロルさんも平民であれば恋のひとつやふたつ、している年頃でしょう？」

「恋」と言われて一瞬ぽかんとしてしまう。聖女様の口から「恋」なんて単語が出てくると思わなかったからだ。

ふふふ、と笑うセレナ様にディアス様はちらと一度視線をやっている。しかしセレナ様は気付いているのかいないのか、無邪気な表情のまま続けた。

「でもわたくしたちにとって、恋愛というものは物語の中ではなくて？」

「ええ、そうですね……恋愛といわれてもピンとこないというのが本心といいますか……」

メアリお姉様が身近だったせいで自分が異質なのかと思っていたが、セレナ様も私と同じ考えらしい。思わず本音がこぼれた。

セレナ様の言葉を否定しないあたり、ディアス様もオズウィン様も互いの婚姻や婚約に色恋を含めて考えている様子はないようだ。

貴族の結婚なんてそんなものだ。普通は。

幸いなことに私は婚約段階でオズウィン様と信頼関係を築けていると思う。

何せ一緒に巨人退治をした仲だ。

そんじょそこらの貴族夫婦より信頼関係は厚いと思う。

――オズウィン様もそう思ってくれているといいのだけれど……

「でも結婚するなら仲がいいに越したことはないと思わない？　ね、オズウィンさん」

「えっ、はい！　そうですね！　キャロル嬢とは拳を交わした仲ですし……」

不意打ちのように投げかけられたセレナ様の言葉に、なぜかオズウィン様はギクリと肩をはねさせる。自分に話題が振られると思わなかったらしい反応だ。

「オズウィン、そういうことではないと思うぞ」

ディアス様の言葉に「あー」「えっと」と言いよどんだかと思っているとオズウィン様。心なしかうっすら汗をかいていないだろうか？

「キャロル嬢とは良好な夫婦関係を築ければと思っています……」

オズウィン様の言葉に、息が止まって硬直した。

「夫婦」という単語がオズウィン様の口から出たのは初めてでは……？　柄にもなく私は顔が熱くなった気がした。

ちら、とうかがうように視線を向けてきたオズウィン様と目が合う。先ほどの言葉の後だったため、心臓が跳ね上がる。不自然なくらい勢いよく顔を反対に向けてしまった……

首が痛い……

「あらあら、まあまあ。オズウィンさんにそんなこと言わせる人、初めてではなくて？　ね、ディアス」

セレナ様が鈴を転がすように笑っている。

「セレナ」

「なぁに、ディアス？」

「口数がいつもより多いぞ」

「だってキャロルさん達が可愛らしくて」

「あまり揶揄ってやるんじゃない……」

セレナ様とディアス様が話している声に、カッと体が熱くなり、私は羞恥心から下唇を口の内側に巻き込んだ。

——聖女様は存外俗っぽいようだ……

そうこうしているうちに要塞が近付いてきた。大きなものが運び込まれており、騒がしい様子だ。

何かあったのだろうか、と私はアンカーの上から首と背中を伸ばして見る。

遠目では大人が四人、手を繋いだぐらいの太さの丸太？　のような物だ。それが一、二、三、四……たくさんの人たちが大きな輪切り？　を運んでいる。

なんだろう？

「黒長鰐《くろながわに》ですね！　いやぁ、なかなかの大物だ」

——黒長鰐⁉

黒長鰐は巨大な顎と太く長い胴体を持つ魔獣だ。古典の劇にも登場し、あらゆる生物を貪り食う凶暴さは領地をひとつふたつ簡単に荒れ地に変えてしまうという。

——そんな凶悪な魔獣に対して「立派」⁉

オズウィン様の言葉に動揺し、冷や汗をかきながら目を見開いてみていると、今度はディアス様がこともなげに答える。

「ああ、さすがに大きなままだと持ち込めないからな。いくつかに分けてきた」

まるでケーキをカットしてきたかのような口ぶりに、私は狼狽えてしまう。喉から変な音が出て分けてきたとは。

思わずすくみ上がった。

オズウィン様は目を輝かせディアス様と黒長鰐を見ている。

「さぞ大きかったのでしょうね！　大物故の傷はあれど、損傷がほとんどない」

「セレナが一撃で倒していたからな」

「（えーっ⁉）」

あの虫も殺せなさそうな聖女様が⁉

小さな山並にでっかい黒長鰐を一撃で⁉

愕然としている私に対して、セレナ様がニコ、と微笑みかける。私の顔は多分引きつっていた。

「流石。王国最強と名高い『塩の聖女』様だ」

感心するオズウィン様。

物質を塩に変化させる魔法というのは希少だし、使い方によってはとても強力だとは思う。でもこんな魔獣を一撃で⁉

セレナ様の強さに、私は己の貧弱な魔法を恥じた。

王都での大捕物で少し自信が持てたけれども、王国を見渡せば、私は雑魚《ざこ》もいいところである。

「セレナ、手を」

「ありがとう、ディアス」

ディアス様がセレナ様に手を貸し、リンデンから降りる。

セレナ様は本当にひとりで馬の乗り降りもできないらしい。

あの細い腕では剣どころか弱い弓も引けないだろうに。

それでも彼女の魔法はあの巨大で凶暴な魔獣を一撃で倒すのだ。

そりゃ、辺境伯の従弟が婿入りするわけだ。

しょんぼりと肩を落としながらアンカーから降りる。

「アンカー、痛い痛い」

下馬した直後、アンカーが顔を私の頬にぐいぐいと押しつけてきた。完全に自信喪失した状態が伝わったらしく、アンカーは慰めるような、励ますような仕草をしてきた。アンカーを撫でてやると「気にしすぎ」とでも言うようにくりくりの目で見つめてくる。

「ありがと、アンカー」

◇◇◇

広々とした作業場には大きく分けられた黒長鰐が運び込まれている。

作業場には巨大な鍋と窯、巨大な漏斗《ろうと》など大量の道具と人々がせわしなく動き回っていた。

「黒長鰐は台座へ運べ！　頭は定位置へ！　そうだ！　供物の型だ！」

ジェイレン様が大声で指示を出している。黒長鰐の体は台座に積まれ、まるで蛇がとぐろを巻き、頭を下げているような形になっている。黒長鰐の乗せられている台座も、ただの台座ではないようで、どうにも宗教色が見られる。

いわゆる祭壇というヤツだろうか。

オズウィン様達と一緒にジェイレン様の元へ向かうと、ちょうど気付いたらしい。

ジェイレン様はセレナ様に深々と頭を下げた。セレナ様とディアス様も、ジェイレン様に頭を下げて挨拶を交わす。

「来てそうそう、魔獣退治をしてもらって助かりました。セレナ様、ありがとうございます」

「いいえ、運搬作業などは任せてしまいましたし、お気になさらないでください」

「聖女様にそこまでさせるわけにはいきませんからな。月の市は楽しめましたか？」

「ええ、ディアスとあちこち回って、楽しませていただきましたわ。それにどこへ行っても皆様お土産を持たせてくださいますの」

鞄が一杯ですわ、と微笑むセレナ様にジェイレン様も微笑む。

「辺境の民は聖女様達に生活を支えていただいておりますからな。感謝の気持ちです。どうぞ受け取ってくだされ」

「いえいえ、王国の平和を守ってくださる辺境の方々のお手伝いをさせていただいているだけですわ」

和やかな雰囲気だが、これは国を動かす人々の会話だ。

私は聞いているだけでお腹が緊張してしまう……だって国防と塩の流通の話だ。

和やかに話してはいるけれど、これってかなり重要な内容。

どちらかが損なわれるだけで王国は大混乱になるんだもの。

胃がきゅーっとなる感じを覚えていると、オズウィン様のところに人が集まりだした。

顔を上げてオズウィン様の方を見れば、年の頃の近い男性達にもみくちゃにされている。私は思わずギョッと目を見開いた。

「オズウィン様！　おかえりなさい！」

「オズウィン様がいない間、飯の下ごしらえ大変だったんスよ～」

だってオズウィン様に絡んでいく青年達はどう見ても平民だった！

オズウィン様の肩に気安く腕を回し、言葉遣いも下町の若者らしい。

オズウィン様もそれを気にする様子はなく、ジェイレン様も周りの人々も咎めない。

「（え、えええええ……？　王家に並ぶアレクサンダー家の子息に気安すぎでは……？）」

私は若干顔に引きつりを覚える。

先程のセレナ様の話もそうだが、月の市といい今といい……辺境の人々というのは身分を気にしないのだろうか？

私の常識ではあり得ない光景に若干引いてしまう。

押し黙る私にジェイレン様が気付いたらしい。

「びっくりしたかな、キャロル嬢。辺境は魔獣と常に戦う。故に一枚岩といっていい。そこにあるのは身分ではなく力による信頼と繋がりだ。驚くかもしれんが、少しずつでいいから慣れてほしい」

まるで「肩の力を抜け」と言わんばかりに大きな手で私の肩を叩いた。

オズウィン様に絡んでいた青年のひとりが、私とジェイレン様のやりとりに気付いたらしく、目を見開いて私の方を見た。

「えっ！　もしかして噂のオズウィン様の婚約者ですか⁉」

「あっ、はい。キャロル・ニューベリーといいます」

大きな声に驚くものの、私は彼に対して軽く会釈をして答える。周囲の人々が一斉に私の方へ視線を向けた。

「モナ様に勝ったっていう⁉」

「王都でオズウィン様と共闘したご令嬢⁉」

「わぁ、本当に髪が赤みがかってる！　ヨソの人で赤毛って初めて見た！」

「もしかして辺境家のご先祖様に親戚関係があったんじゃないの？」

わいわいと好奇心に目を輝かせるオズウィン様の友人とおぼしき人々に囲まれる。こんなに同世代の異性に囲まれたのは始めてだ。

少々動揺して目をぐるぐるさせてしまう。

ジェイレン様が「力による信頼と繋がり」といっていたことを思い返して咀嚼する。モナ様が手合わせして勝った自分に対して敬称を抜くように言ったりするのも理解できた。

けれどその一方、ジェイレン様は身分や立場をきっちり考えて発言や振る舞いをしているようだ。

「（もしやジェイレン様は辺境の少数派なのでは？）」

ぐるりと自分を囲む人たちを見渡してみて考えた。本当に「頭辺境」だらけなんだな……

「……？」

和気あいあいとした雰囲気の中に一瞬、違和感を覚えた。うなじを擦り、もう一度周りを見渡す。

肌に刺さるような視線を感じたのは気のせい、だろうか？

初労働、辺境にて。

「よし、始めるぞ！」

ジェイレン様の号令で、ハッとした。

ずっしりと台に積まれた黒長鰐の周りには、巨大な鍋や漏斗などが設置されている。

奇妙で不思議な状態のこの場に、私は頭の中が疑問符でいっぱいになっていた。何が起きていてこれから何をするのかさっぱりわかっていない。塩作りをするのではないのか？

私はこっそりオズウィン様に尋ねた。

「あの、オズウィン様……これから塩作りをするのですよね？　なぜ祭壇や大鍋を使うのですか？」

セレナ様が魔法で黒長鰐を塩に変えればすぐ済むのではないのだろうか？　そのまま塩を使うのでは駄目なのだろうか？　首をかしげていると、オズウィン様が説明をしてくださる。

「セレナ様が魔法で魔獣を塩に変えてくださるのだが、まず祈りを捧げるんだ。やはり教会の協力のもと行われる塩作りだからな。それに魔獣を塩に変えるわけだから、聖女が祈りを捧げることで清めるという意味合いもある」

まあ、確かに。元が魔獣であっても、聖女様が祈りを捧げて清めた塩であるならば、忌避感よりもありがたさのほうが増すだろう。

「聖女様の塩って魔獣が材料だったのは知りませんでした」

それでもぽろりと口から確認するような言葉が漏れてしまった。

「すべてがすべてではないからね？」

魔獣肉の件があるせいか、オズウィン様は念を押すように言ってきた。信用されてないと思っているんだろうか、魔獣食とかそのあたりに関しては。

「鍋と漏斗も使うのですか？」

「水に溶かしてから結晶化させるんだ」

何故そんな手間を……と疑問に考えているのがオズウィン様に伝わったらしい。

オズウィン様は笑顔を浮かべたまま説明を続けてくださる。

「セレナ様の生み出す塩はしょっぱくて細かく、海の塩や岩塩と少し違うんだ。だから一度、水に溶かして辺境用に色々混ぜたり、結晶の大きさを変えるんだ」

そういえば塩は産地によって味がまったく異なる。

甘みを感じる塩。

苦みを感じる塩。

酸味を感じる塩。

旨味を感じる塩。

たしかそこに含まれる栄養によって味が異なると学園で学んだ覚えがある。

ニューベリーの料理人も「粒の形状で味が大きく変わるので、料理によって塩の産地を変えている」と言っていたっけ。

なるほど。

辺境用に調整するなら、その都度やるよりまとめて一気にやった方が良いということか——と、納得しながら様子を見ていた。


祭壇の上に置かれた黒長鰐の前にセレナ様が歩み寄る。

聖職者特有の体を上下させない特殊な歩き姿だけで楚々として美しい。

黒長鰐の頭に手をかざし、コルフォンス教のシンボルである円とT《タウ》の動きをとる。

「神よ。この魔獣を人々の糧とさせていただくことに感謝いたします」

澄んだ祈りの声に合わせ、皆一同にセレナ様と共に祈る。

セレナ様は腰に帯びた手振り鐘を手に取り、黒長鰐の体に向かって振った。

すると真っ黒な魔獣の体は音を立て、色を変えてゆく。黒長鰐はその体を塩に変えていったのだ。

「ほぇ……」

神秘的にさえ思えるその様子に、思わず声がもれる。

完全に塩に変化した黒長鰐に今一度、祈ると、セレナ様が祭壇の前から下がった。

「よし！　それでは鍋に水を張れ！」

控えていた人々が一斉に作業に取りかかる。

大きな鍋に水が張られ、黒長鰐から作られた塩がスコップやバケツで放り込まれて行く。

「そらオズウィン！　お前も手伝え！」

「はい！　父上！」

少し待っていてくれ、とオズウィン様は塩運びのために祭壇にかけていった。

私はぽつねん、と立ち尽くしてしまう。

作業の様子に圧倒されていると、ジェイレン様が私に声をかけてきてくださった。

「キャロル嬢。よければ塩作りを手伝ってみないか？」

手伝う、とは言われても何をすればいいかわからない。

身軽とはいえどスカートで参加してよいものだろうか、と私は気になった。

「あ、あの何をすればいいかさっぱりなのですが……」

「大丈夫大丈夫。そんなに難しいことはしない。キャロル嬢には大鍋で湯を沸かしてもらいたいのだが」

大鍋のところまで連れられてゆくと、そのひとつのそばにディアス様がいた。どうやらディアス様も大鍋係らしい。

ディアス様の濃い金色の目が見下ろしてきて背中がピンと伸びる。ジェイレン様よりも背丈が大きいためか、圧を感じてしまう。

「炎使いか？」

端的なディアス様の言葉に、私も端的に答える。

「いえ、触れたものの熱が操れます」

「ほう、それはいい。助かる」

塩の投入が終わり、準備が終わる。

ジェイレン様が手招きをし、大鍋を乗せた台座のところへ導かれる。大きな鍋をかき回す金属製のお玉を渡された。

「キャロル嬢はこの鍋を沸かしてくれ」

「はい！」

「ああ、キャロル嬢！　手伝ってくれるのか！　助かるよ、ありがとう！」

オズウィン様が塩を運び、私の担当する鍋にドサドサと入れていく。

緊張気味に大きなお玉を掴み、鍋をかき回す。

――お、重……

お玉から鍋の中に熱を加える。

大きな鍋の底には塩がたっぷりたまっていて、動かすのはなかなか体力を使う。

腕だけで動かすのではなく、腰を使い塩が早く溶けるように熱と回転を加える。

上ってくる湯気は熱いし、全身を使っているため汗が流れる。鍋に汗が落ちないよう、袖で汗を拭いながら撹拌《かくはん》を続けた。

「全部溶けました！」

「よしよし。こちらの塩水を濾《こ》せ！」

目の細かい濾し布を入れた漏斗に鍋の塩水が注がれる。

そしてかすかなゴミが取り除かれ、大量の塩水ができあがった。

「添加作業！」

鍋の中に粉やら液体を入れて、ぐるぐるとかき回す。

ここまででも結構な重労働であるのだが、まだ塩は水に溶けたままである。

「あとは、これで水分を飛ばすだけだ」

――結構量があるなぁ……大変そう。

そう思い、タオルや水を配っているセレナ様を見る。

セレナ様は私の視線に気付き、にっこりと笑ってこちらにやってきた。

「一種の魔法訓練ですから、頑張って水分を飛ばしてくださいな」

これ、訓練の一種なのか……たしかに単純な効率や塩の確保であれば、ここまで回りくどくて面倒なことはしないのだろう。しかし魔法の訓練、といわれれば……まあ、魔法を使い続ける持久力は間違いなくつくと思う。

また鍋に熱を加え、ぐつぐつと塩水を煮る。

水が減り、鍋肌に塩の結晶がつき始めるものの、まだ半分はある。

「(あつい……それに疲れる……)」

今までこんなに長い時間、大量の湯を沸かし続けたことがなかったため、もう頭がぐらぐらしてきた。

このままでは脱水症状を起こしかねないと思った私は、短時間で水を蒸発させようと鍋を掴み、一気に熱を上げた。

頭が煮えそうなくらい熱くて、体の水分も飛んでいっている気がする。

「キャロル嬢！　ストップストップ！」

ジェイレン様が飛んできた。

塩の焼ける匂いがしてきて、ようやく水を飛ばしきったのだと理解する。

「お疲れ様、キャロル嬢。オズウィン！　こっちの塩を剥がしてくれ！」

「了解しました！　父上！　キャロル嬢、あとは俺がやるから少し休んでいてくれ」

オズウィン様がスコップを背負ってかけてくる。鍋肌にこびりついた塩をガリガリと剥がし、こんもりと塩ができあがった。

——達成感。

「お、おわったぁ……」

魔力は使い切り、熱を上げる魔法のせいで私は汗で髪もぐっしょりだ。

もう少し時間がかかっていたら汗も蒸発して倒れたかもしれない。

まるで一時間全力疾走したような気分で、吐き気がしそうだった。

「お疲れ様。大丈夫かな？」

「は、はい……」

作業を終えたオズウィン様が飲み物とタオルを差し出してくださる。

コップに入っていたのは檸檬《れもん》と蜂蜜を入れたものらしい。

檸檬の酸味が蜂蜜の甘さで丸くなっている。

どうせならと少しだけ凍らせれば、喉を落ちる冷たさに体がすーっと涼しくなっていく。

「はぁっ……おいしい……」

染み渡るような感覚に、体からほてりが抜けてほっとする。

「お疲れ様、キャロル嬢。あれだけ大きな鍋だと一苦労だろう！」

「はい、体中の水分が全部なくなるかと思いました……ごちそうさまでした、オズウィン様」

一気に蜂蜜と檸檬を飲み干した私の手から、オズウィン様はコップを受け取る。

するとまた視線を感じた。

ちょうど顔を上げると、数名の女性兵士と目が合う。

すぐ逸らされたものの、睨まれた、といっていいくらい鋭い目つきだった。

わずかな時間ではあったけれど、いい気分ではない。

「(なんだろ……居心地悪……)」

うなじをさすり、私は何も見なかったことにしよう、と視界と思考から彼女たちを消したのだった。

「よし、残りは天日だ！　運べ！」

塩がたくさんの袋に詰められ、積み上げられて作業はようやく終わったようだ。

全部釜で水分を飛ばすわけではないらしく、途中まで煮詰めた半分は日に当てて水分を飛ばすらしい。

それから道具の片付けや塩の運び出しをするようだ。

「よし、各砦に送る分を分けて運べ！　道具は洗って片付けておくように！」

ジェイレン様の指示で、各々が動き出す。

わいわい、がやがやと騒がしい。あれだけ大量にあった塩が運び出されてゆく。

「ディアス、教会へ送る分の確認を手伝ってくれ」

「了解した。セレナ、行ってくる」

「行ってらっしゃい、ディアス」

セレナ様は背伸びを、ディアス様は背をかがめて頬を寄せ合う。仲よさげな様子に、私はなんとなく恥ずかしくなってしまった。

恋愛などせずに結婚したという話だったが、そんなものせずともこんなに仲睦まじくなるものなのか……とよくわからないが私の方が照れてしまう。

ジェイレン様は一通り指示を終えてから、オズウィン様を捕まえた。

「オズウィン。そろそろ夕食の準備が始まる。『皮剥き』をしてこい」

「はい、父上」

――え、皮剥き？　皮剥きってあの下ごしらえとかの皮剥き？　オズウィン様の立場でそれを？

思わずぽかん、としている私にオズウィン様が手を振ってくる。

私がそれに応えるように手を振ると、オズウィン様は笑顔のまま厨房へ向かったようだった。

ジェイレン様はぐるりと辺りを見渡し、指示を終えたことを確認したらしい。

セレナ様と私の方を向き、ニカリと笑ってきた。

「キャロル嬢、今回は疲れたろう。応接室で茶と菓子を用意させるから、聖女様と一緒に休んでいるといい」

「は、はい、ありがとうございます……」

「誰か、応接室までふたりを……」

ジェイレン様が使用人を呼ぼうとすると、セレナ様は制止のポーズをとる。

「いえ、大丈夫ですわ。わたくし場所もわかりますし」

「そうか。すまない聖女様」

「お気になさらず、辺境伯」

ジェイレン様とディアス様が連れ立って作業場からいなくなり、残っているのは私たちを含めた数名の女性。

そしてどういうわけか、彼女らはものすごく鋭い目で私たちを見ていた。

「(え、なに……?)」

「キャロルさん、行きましょうか」

セレナ様は気付いていないのか、やわらかい笑みを浮かべたまま、私を呼ぶ。

手招きをするセレナ様。

女性たちのもの言いたげな視線を黙殺してその場を去ろうとすると、前に立たれて先を塞がれてしまった。

「あの、なんでしょう?」

一体全体なんなのだろう。

ついつい訝しげに見てしまうが、仕方ないと思う。

しばし黙っていたかと思えば、気の強そうなリーダー格が口を開いた。

「……貴女がオズウィン様の婚約者？」

見下ろすように尋ねてきて、正直いい気分ではない。

それでも私は貴族のあり方として正しいよう、きちんと受け答えをした。

「……はい。ニューベリー男爵が次女、キャロル・ニューベリーといいます」

しっかり家名も名乗る。しかし相手は忌々しげに視線を向けるだけで黙りこくっている。

失礼だなぁ〜!?

顔には出ないよう胸の内で怒っていると、セレナ様が穏やかな様子のまま、割って入ってきた。

「貴女。相手が名乗ったら自分も名乗るのが礼儀でしてよ」

セレナ様が優しく注意してくださっているというのに、彼女はフンッ、と鼻を鳴らした。

「ヴィヴィよ。爵位は騎士」

あまりにもつっけんどんな様子に、思わずあんぐりと口を開いてしまいそうになった。しかもヴィヴィと名乗った彼女の後ろにいる数名もヴィヴィと同じように睨むような視線を投げかけてきている。

「（家名がない一代貴族か）」

一代貴族ということは、相応の功績を挙げた実力者なのだろう。でもそれだからといって上から下までジロジロと不躾に視線を投げていいわけではない。

「あの、なんでしょうか？」

少しだけ片方の眉を上げ、ヴィヴィを見る。するとヴィヴィはまた口を開いた。

「なんなの、アナタ」

「はい？」

「オズウィン様の婚約者がこんなたるんだ女なんて……！」

「たっ……⁉」

失礼すぎる言葉に、私は思わず目を見開いてしまった。

私が間抜けなくらい口をぱっくり開けている間も、「たるんだ女」発言をしたヴィヴィは睨んでくる。

木っ端とはいえこれでも私は世襲貴族。失礼過ぎる。

相手が辺境外の上級貴族であったら首が物理的に飛びかねない物言いに、私は怒りよりも驚きでわざとらしいくらい激しく瞬きをしてしまった。

「オズウィン様に手を振ってもらってニヤニヤ笑っちゃって！　飲み物いただいた時だって締まりのない顔して！」

私をこき下ろそうとしているのか、言いがかりのようなことをヴィヴィは叫ぶ。

あっけにとられて立ち尽くしている間も、ヴィヴィは続けた。

「ディアス様も、弓も碌《ろく》に引けなければ馬にもひとりで乗れないようなひとと結婚するなんておかしい！」

ヴィヴィの後ろの女性達もうんうんと肯《うなず》いていて、私はギョッとした。

私はまだしも、コルフォンス教の聖女であるセレナ様に対してなんて無礼な！　教会に喧嘩を売る気か⁉

「失礼ですよ貴女‼」

私はセレナ様を守るように立ち塞がり、ヴィヴィを睨み付ける。ヴィヴィは私に一切怯むこともなく、見下すように私の胸を指さしてきた。

「それにアナタ、さっきからずっとユッサユッサ野放図に胸揺らして！　常に魔獣と戦えるよう備えてないブッたるんだ貴族令嬢なんて辺境に相応しくないのよ！」

「はぁっ⁉」

――胸⁉

無礼に指をさされて思わず胸を押さえる。

だって今は平時だから胸をベルトで押さえつけていない。

ずっと押さえつけていると苦しいんだもの！

それにコルセットみたいにガチガチに固定する下着じゃないのだから、押さえてなければ揺れるのは当たり前でしょうが！

そんなこと知ったことかといわんばかりに見てくるヴィヴィたちの胸元は平らだ。

小ぶりな乳房は知的で謙虚、とか俗説があるけど絶対嘘だ！

ヴィヴィは失礼極まりなく、セレナ様にも指を向けた。

「聖女様だってディアス様に守ってもらっているんでしょう？　その腰にぶら下げた手振り鐘……魔法強化の紋が刻まれていますよね？　そんなものに頼らなきゃならない程度の『王国最強』なら黒長鰐だってディアス様に助けられて狩ったのではなくて!?」

「聖女様になんて口の利き方するんですか!!」

教会に消されるよ!?

流石にそれは口にできず、なんとかヴィヴィを黙らせようと私は必死だった。

そこにセレナ様が穏やかに口を挟んだ。

「かまいませんよ、キャロルさん。仮にそうだとして、それはいけないことですか？」

セレナ様の穏やかな言葉に私はハッとする。

「そうです！　遠くのものを見るために望遠鏡を使ったり、険しい山を登るときに杖や鋲《びょう》付きの靴を装備するのはごく当たり前のことですよね？　それと同じではないのですか？」

「それとこれとは違います！」

「どのあたりがでしょうか？　要は目的達成ができればいいわけですよね？　セレナ様は魔獣を倒し、塩を作ることが今回目的だったわけです」

ぐぬ、とヴィヴィが黙ったところに私はさらに続ける。

「『聖女様が魔法強化の道具を使う』――この点は倫理的政治的宗教的、どの点においても問題ないはずですすよね？　それに最強でも聖女様一人を魔獣と戦わせる方が問題ですよね!?」

ヴィヴィも後ろの兵士達も完全に黙った。

——完全勝利！

とりあえずこれでヴィヴィ達を黙らせられた。セレナ様は笑顔で、怒ってる気配は……ない。あとはセレナ様にお茶とお菓子で彼女らの無礼を忘れてもらわねば……

そう思い、セレナ様をここから連れ出そうとした瞬間、ヴィヴィがため込んでいたものを吐き出すようなうめき声で言葉をひり出した。

「本当だったら私がオズウィン様の婚約者になるはずだったのに……！」

「——はい？」

いつもの私であれば流していたであろう突拍子のない言葉だったが、どうにも聞き捨てならないことをヴィヴィが言い出す。

オズウィン様の婚約者が自分？　一体どういうことだ、と思わずヴィヴィの方を見てしまった。

「オズウィン様の兄君がご存命だったら……！　オズウィン様は辺境の外の貴族なんかと結婚しなくてよかったのに……！」

オズウィン様って次男だったの？　という間抜けな疑問はさておき、私は眉間に力が入った状態でヴィヴィに疑問を投げかける。

「オズウィン様と個人的に婚姻の約束でもあったんですか？」

「ない！　でも兄君の失踪前は下級貴族や準貴族達の中から婚約者を募るっていう噂があったから……！」

なんじゃそら。

個人的な約束でもしたのかと一瞬心配してしまった。そんな話、もしメアリお姉様が聞いた日には「禁断の恋……!?」とか目を輝かせそうだ。

しかし噂程度でよくもまぁ王家と並ぶ辺境伯子息――次男だったとはいえ――と結婚できると妄想できるものだ。

ヴィヴィは私が呆れた目で見ている様子に気付いたのか、食って掛かってくる。

「でもオズウィン様が後継にならないなら私にもチャンスがあった！」

「そうよ！　ディアス様だって兄君がご実家を継いでいらっしゃるから私たちが結婚できるかもしれなかったのに！」

ギャンギャン、と騒ぎ立てるヴィヴィ達に対し、セレナ様はのほほん、と呟いた。

「辺境では平民との結婚や恋人関係は割と普通にありますからねぇ。あ、オズウィンさんは今まで恋人いませんでしたよ？　もちろんディアスも」

――平民と結婚あるんだ!?　でも恋人関係だったわけでもないんかい！　というか家の都合で婚姻関係が結ばれているのにそんなこと言われる筋合いないわ！

頭辺境な物言いだけでなく、恋愛脳か……！　と頭が痛くなりそうになっていると、ヴィヴィ達はさらにヒートアップしていった。

「それに聖女様！　そんな細い体で、ディアス様を受け止められるんですか!?」

「そうよ！　オズウィン様だって今はまだ細いけど間違いなくジェイレン様みたいに逞しくなるは

ずなんだから！」

「夫婦生活だってちゃんとおくれるか怪しいもんだわ！」

彼女らの卑猥な物言いに、さすがに私も動揺した。

「な、なにいって……！」

言い返してやりたかったが言葉も出ないとはこのことだ。

なんという余計なお世話！

あまりにも余計なお世話かつ俗なことを投げかけられると思わず、顔が熱くなった。

するとセレナ様が袖を引き、顔を寄せて耳打ちをしてきた。

「辺境って筋肉がたくさんついて、おっきくて逞しい男性が好まれる傾向にあるんです。ディアスやジェイレン様はものすごくモテますの」

——結婚相手を体で選ぶな！　この頭辺境ども！

呆れと怒りと恥ずかしさで、顔に変な力が入る。なんと言い返してやろうと頭の中でぐるぐると考えていると、背後で人の気配がした。

「あら、ジェイレン達はこっちじゃなかったのかしら？」

夕焼けのような髪をなびかせ、顔に大きな傷を持つ逞しい女性が現れたのだった。

やはり親子は似るもののようです。

緩やかに波打つ夕焼けのような髪。強い意志を感じる青い眼差し。

鍛え上げられた肉体。

そして治癒治療の魔法で消すことも可能であるのにわざわざ残されている顔の大きな傷——この方は……！

私が反応するよりもはやく、ヴィヴィ達が一斉に彼女に向かって胸元に拳を当てた敬礼をした。

「お帰りなさいませグレイシー様！」

——やっぱり！　辺境伯夫人、グレイシー・アレクサンダー様だ！

私も背筋をただし、足先を揃えた。

「ごきげんよう、辺境伯夫人」

「ごきげんよう、聖女様」

セレナ様だけは様子を変えず、リラックスした様子でグレイシー様に挨拶をする。

グレイシー様も気安げにセレナ様に挨拶を返した。

私はそんなふたりの様子に緊張しきっていた。

だってグレイシー様の足運びを見ただけで、かなりの「達人」であることがわかってしまったから！　しかも漲《みなぎ》る覇気は圧倒的で、並の人間であれば気圧されてしまうだろう。

グレイシー様の視線がこちらに向いた瞬間、私は体を跳ね上がらせてしまった。

――挨拶しなければ！

私は声を裏返らせながら、音をひり出した。

「あ、あの！　初めましてキャロル・ニューベリーと申します！」

かっくん、と硬さが目に見えるカーテシーをしてしまったが、そんなものはどうでもいい。とにかく名乗らねば、という焦りから、色々すっ飛ばしてしまった。

しかしグレイシー様は私が名乗った瞬間、目をぱっと丸くして笑顔を作る。

「ああ！　初めまして。オズウィンの母のグレイシー・アレクサンダーよ」

セレナ様にしたように、気安げに声をかけてくださる。そして握手を、とでも言うように手を差し伸べてきたのだ。

私は見えないように裾で手を擦ってから、グレイシー様の手を握る。所々肉刺《まめ》もある。そして手の甲側の中指の付け根あたりが硬くなっているように見えた。

――拳ダコ……？

グレイシー様はじっと私の顔を見つめてきていた。

なんだろう、顔に何かついているかな、と反射的に左手の指先で頬を擦る。

握手をしたのはほんの数秒。しかし先程までのあれこれがすっ飛ぶくらいの衝撃だった。

心臓がバクバクいっている。

こっそり深呼吸をしていると、グレイシー様がヴィヴィ達の方を見て首を傾けた。

「それで？　少し騒がしかったみたいだけど何があったのかしら？」

グレイシー様の言葉で、先程までの騒動が思い出される。

私が行動するよりも先に、ヴィヴィ達が声を上げたのだ。

「グレイシー様！　本当にこの方がオズウィン様の婚約者で良いのですか⁉」

ヴィヴィの発言にギョッとする。

「(貴族の家同士が決めた結婚に口出すとかどういう神経してるの⁉　ホれたハれたで結婚決める平民とは訳が違うんだから！　というか辺境伯夫人によくもまぁそんな口利けるね⁉)」

下級貴族である私に対する発言だけならまだ聞かなかったことにすることも可能だったかもしれない。しかしよりにもよって辺境伯夫人であるグレイシー様に異議申し立て⁉

「あら、なんで？」

グレイシー様は特に動じるでもなく、ゆったりとヴィヴィに言葉を返す。

しかしヴィヴィはグレイシーの反応が悪くないと思ったらしく、更に言葉を続けた。

「こんな日頃から危機管理能力もなく、魔法も大して強くなさそうな相手と結婚なんて、オズウィン様が将来苦労なさいます！」

そこに他の女性兵士も便乗するように口々に言葉を発した。

「そうです！　ディアス様だって聖女様をいつも守ってばかりで、ディアス様の本来の力を生かせていないに違いません！」

――きょ、教会の聖女様に対してまで好き勝手言って～……！

怒りと呆れと焦りで顔がぐにゃぐにゃになっているのを感じ、何か言ってやろうと言葉を組み立てる。

一方グレイシー様はヴィヴィ達の苦言――どう聞いても文句にしか聞こえないが――に耳を傾けている。

やいのやいのと喚くヴィヴィ達の話をすべて聞いてから、グレイシーは答えた。

「それで、貴女たちはふたりがオズウィンとディアスの相手として相応しくないと言いたいの？」

あれこれヴィヴィ達が喚いていたが要するにそういうことだ。

さも正しいかのように言葉を並べても、先程まで私やセレナ様に投げかけていた内容からそれ以外は読み取れない。グレイシー様の反応は当然だろう。

「おふたりのように強いお方にはグレイシー様のようにお強い方が並び立つべきだと思うのです！」

――頭辺境だらけだな！　結婚は家や政治的判断の上で決まるものなの！　そんなこともわからないのか⁉

もう腹が立って仕方ない。

国王陛下と王妃殿下の笑顔の圧を思い出し、私はヴィヴィ達に一言言ってやろうと口を開こうとする。

「それはつまり彼女たちが強ければ納得できると？」

それよりも先にグレイシー様が疑問を投げかける。

ヴィヴィ達もその言葉に大きく肯いた。

「そうです！」

うんうん、と首を縦にふるヴィヴィ達。

私は嫌な予感にチラリとグレイシー様を見る。すると決闘をしたときのオズウィン様を思わせる、獣じみた恐ろしい笑みを浮かべていたのだ。

私は先程までヴィヴィ達に感じていた怒りや呆れといった感情が吹っ飛び、ギョッと目を見開く。

グレイシー様は指をパチン、と鳴らして「いいことを思いついた」とでも言わんばかりの表情になった。

「なら手合わせしましょうか？　そうしたら納得できるのではなくて？」

——また手合わせ⁉

頭によぎる、笑顔のモナ様。

再び提案された辺境式親睦方法——頭辺境……！

「私は嫁にくるなら強い方が良いわ。だから強さを示してほしいのよ。ディアスは難しいけど、オズウィンのほうにはジェイレンに話をしてもいいわ」

「(はあああ⁉)」

グレイシー様の辺境伯夫人とは思えない軽率な発言に思わず声を上げそうになる。

——そんな辺境伯が決めて……しかも王家の思惑も入っているオズウィン様と私の婚約をあっさり覆すようなことを辺境伯夫人が言ってしまうの⁉

そこにセレナ様が相も変わらず穏やかな口調で言葉を挟んだ。

「あら。それならもし、わたくしに勝てたら家と教会にディアスとの婚姻の解消、話してさしあげますわ」

セレナ様の発言に更にギョッとしてしまう。教会を代表する聖女様が軽々しく言っていいことではない。彼女の婚姻は教会を巻き込んだものだ。けして個人の意思で決めていいものではないのだ。

それでもセレナ様はふふふ、とたおやかに微笑む。

「わたくしが勝てば、皆さん納得してくださるのでしょう？」

呆然、唖然。

多分今私の顎は外れそうになっている。

顎を押し上げ、セレナ様を見ると、いたずらっ子の表情をして視線を返してきた。

「大丈夫、わたくし負けませんもの」

上品な笑みをヴィヴィ達に向ければ、それを挑発と捉えたのか、ヴィヴィ達は顔を真っ赤にしていた。そこにセレナ様が更に油を注ぐ。

「どちらが強いかはっきりすれば、戯言を口にしなくなりますよね？」

「戯言」というあまりにも挑発的な言葉はヴィヴィ達の怒りの沸点を低くする。セレナ様は私の腕に抱きつき、ヴィヴィ達の前に一緒に立たせた。

「何人でもかまいませんわ。わたくしもキャロルさんも受けて立ちますわ」

「（えっ⁉　ちょ、まって！）」

セレナ様の言葉に怒りの炎を燃やすヴィヴィ達。

グレイシー様は楽しげに手を叩いた。

「いいわね。せっかくなら闘技場をつかいましょうか？」

「それなら人も集めるといいですわ。お嬢さん方がわたくしたちから妻の座を奪いたいというなら、それに相応しいだけの力を、辺境の有力者の皆様に示したら良いのではなくて？」

セレナ様はヴィヴィ達を挑発し続ける。私は胃が痛くなりそうだった。

グレイシー様は実に楽しそうに、わくわくした様子で計画を話す。

「では十日後に闘技場で行いましょう！」

——と、十日後～!?

なんだか大変なことになってきた気がする……

◇◇◇

「手合わせを闘技場でやるぅ!?」

執務室にジェイレン様の素っ頓狂な声が響く。

「あら、いけない？」

グレイシー様のしれっとした様子に、ジェイレン様は頭を抱えていた。

執務室にはセレナ様と私、作業を終えたオズウィン様にディアス様、そしてなぜかメアリお姉様とアイザック様がいる。

私は頭を抱えるジェイレン様に申し訳なさを感じた。

「辺境の連中は強さを認めないと納得しないから。将来の辺境伯夫人候補であるキャロルさんの強さを知らしめれば後が楽でしょう？」

ジェイレン様は「それもそうだが……」と理解はできるものの納得がいかないという表情をしている。

ジェイレン様はちら、とセレナ様のほうを見てまた溜息を吐く。

なんとも痛ましい表情で。

「キャロル嬢に関しても問題だが、セレナ殿相手に手合わせなんて……下手なことをしたら教会が黙っていないぞ？」

額に手をやるジェイレン様は急に老け込んだ気がする。

それもそうである。

教会幹部――しかも当代現役の聖女相手である。

万一のことがあれば、辺境と教会の関係悪化は避けられない――そう考えているのだろう。

しかしセレナ様は楽しそうな表情でジェイレン様に語りかける。

「大丈夫ですわ、ジェイレン様。父や母は『セレナ相手に下手なことができる者がいるなら見てみたい』と言っておりますから」

ジェイレン様もセレナ様も今は私人ということでお互いの呼び方が変わっている。先程よりも気安さがあった。

セレナ様があまりにも明るく答えるものだから、ジェイレン様は確認するようにディアス様を見やった。

ディアス様も相変わらずの表情で、一切動じることなく首を縦に振る。

「義両親たちは日頃からそう言っている。安心していい。俺が保証しよう」

「だ、そうよ？」

グレイシー様はセレナ様とディアス様の言葉に、にやりと笑う。企むような様子のグレイシー様にジェイレン様はまた深い溜息を吐いた。

「しかしヴィヴィ班長、いくら実力者とはいえ、いきなりキャロル嬢に手合わせを願うとは……キャロル嬢、大丈夫か？」

「ははは……まあ、はい……」

オズウィン様は私とモナ様の手合わせの件を知っている。そしてそれを叱られジェイレン様にモナ様共々鉄拳制裁を受けているのだ。

私はというと、セレナ様とグレイシー様に押されて乾いた笑いしか出ない。

今まで黙っていたメアリお姉様が、一歩踏み出す。その眉はキッとつり上がり、口はキュッと結ばれている。

少しヒヤヒヤしながら私はメアリお姉様を見た。

「お初にお目にかかります、グレイシー辺境伯夫人！　そしてセレナ様、ディアス様！」

声は少々怒っているようであるけれど、そこはメアリお姉様。カーテシーの角度から指の先まで完璧だ。

礼を尽くした姿勢のまま、グレイシー様に向かって声を上げた。

「先程から黙って聞いていれば、辺境の方は男爵家……いえ、キャロルを軽んじ過ぎです！」

メアリお姉様が堂々と食って掛かるため、私は慌てて止めようとした。しかしメアリお姉様は私に手の平を向けて止めた。

「辺境の方々が強さを重視し、一致団結して魔獣と戦うために身分に重きを置いていないことはわかります。しかしアレクサンダー家から請われて婚約を結んだキャロルに無礼と暴言を吐いていいことにはなりませんよ！」

メアリお姉様の言葉にジェイレン様は申し訳なさそうに額に手を置き、グレイシー様は面白そうにメアリお姉様を見ている。

「そうです母上、何をお考えですか？」

オズウィン様も何か探るようにグレイシー様を見ていた。

一方私は居心地悪くおふたりをチラチラとうかがう。

「なんというか……申し訳ありません」

いたたまれなくなってしまい、私は軽く頭を下げた。

「いやキャロル嬢が謝ることではない！　むしろうちの兵士が失礼なことをした……」

ジェイレン様が慌てて謝罪してきて、私はまた申し訳ない気分になる。

ジェイレン様に非はない。

「大丈夫よキャロルさん。一度ガツンと力関係をわからせてやれば、辺境の連中は逆らわないから」

グレイシー様は快活に私の肩を叩き、笑う。

そこにメアリお姉様は更に食って掛かった。

「でしたら！　兵士達を指導してください！　上級貴族に嫁ぐからと一生懸命各種マナーと歴史地政学の勉強をやり直しているキャロルの頑張りも知らない無礼な騎士身分は特に！」

「メアリお姉様……」

辺境へくるにあたり私は一ヶ月の間必死に勉強をし直した。それはもう、髪が抜けるのではないかと思うくらい。両親やメアリお姉様に頼んで立ち振る舞いはもちろん、王国各地の生産物や軍事力、各家の交友関係も叩き込んだ。

たぶん王都の魔法学園に通っているときの五倍勉強した。

辺境を守るアレクサンダー家との婚約関係を結んだのだもの。

鍛錬だって今まで以上に厳しくした。

各種武器は武術指南に実戦形式で毎日訓練をした。おかげで先日ニューベリー領に出産のため現れたはぐれ魔獣の鱗鹿《うろこじか》や花喰鼬《はなぐいいたち》をひとりで狩れるようになった。以前とは比べ物にならないくらい容易く。

たった一ヶ月という期間ではとても完璧とは言えない。

それでも努力したし、お父様もお母様も、家や領民の皆の期待を背負って辺境へやってきたつもりだ。

初対面の相手にあんな無礼なことを言われる筋合いなんてなかった。

「（あー！　もー！）」

メアリお姉様は堂々と身分などものともせず辺境伯夫人に向かって抗議する。私は嬉しい反面、頭を抱えたくなっていた。

私が喉の奥で唸っていると、セレナ様ののんびりとした声が聞こえた。

「ねえディアス。キャロルさんはどうかしら？　辺境の戦士を黙らせられそう？」

そんなおっとりとしたセレナ様の声に、私はディアス様を反射的に見てしまった。ディアス様は特に表情を作るわけでもなく、無表情のまま、私をじっと見てくる。

見極めるように私を見てくる濃い金色の目。

ジェイレン様と違って明るい表情を作っているわけではないため、大柄さから威圧感を感じ取ってしまう。

時間にすればわずかではあるが、体感ではお茶をゆっくり一杯飲みきるくらいの時間私を見た後、ディアス様は口を開いた。

「魔法の練度が低い」

ディアス様の言葉に私はショックを受ける。

やっぱり私は辺境で通用しないのか……そう思い落ち込みそうになったとき、セレナ様が少し驚いたようにディアス様を見ていた。

「つまりまだキャロルさんの魔法練度はまだまだ伸びしろがあるということ?」

「そういうことだ」

セレナ様が「まあ!」と表情を明るくすると、私に向かって満面の笑みを浮かべた。

「ディアスがそう言うなら間違いないわ! キャロルさん、手合わせの日まで訓練しましょう?」

私は嬉しさと同時に疑問が浮かんだ。

剣にワイヤーをつなげる。

水分を利用する。

熱の伝導効率のよいものを使うなど――これでも今まで自分の「熱を操る」魔法を工夫して使ってきた。

それをこれ以上どうしろというのだろう?

思いつく限りの工夫はもう散々やってきたのだ。

それで練度が低いと言われても……

私はどうにもセレナ様の「伸びしろがある」という言葉に納得ができていなかった。

「貴女の魔法にあう武器も手配するわ。楽しみにしていて」

そこに乗っかるようにグレイシー様が武器の話まで始める。

どう反応していいかわからない私は助けを求めるようにジェイレン様を見てしまった。ジェイレン様は申し訳なさそうに私に「すまない」と唇を動かしている。

「メアリ嬢、キャロル嬢……彼女たちに対しては私から厳しく言っておこう。だが上司である私から言ったところで本心から従うかと言えば今回に関しては思えない。申し訳ないがこれを利用して、オズウィンの『婚約者』としてキャロル嬢が文句のつけようのない実力者であることを見せつけては」

「……彼女たちは言葉よりも実力を見せることで納得する人種なのですね」

メアリお姉様は渋々といった表情をしている。私のほうをキッ！　と見つめ、私の両肩に手を置いた。

「キャロル！　わたしは腕っぷしに関してはどうしようもないから嘴《くちばし》を挟めないけど、オズウィン様の婚約者にふさわしいっていう実力でねじ伏せるのよ！」

心なしか脳筋な発言をしているメアリお姉様におののきのけぞってしまう。私は口元を引きつらせて力なく答えた。

「はい、がんばり、マス……」

世界は神が作ったのではないのですか？

翌日、さっそく訓練をすることになったのだが、グレイシー様に連れて来られたのは「研究室」とプレートの掲げられた部屋だった。

訓練の言い出しっぺであるセレナ様とディアス様もご一緒である。

オズウィン様も一緒に来ると言っていたが壁付近に魔獣が現れたとのことで、ジェイレン様と魔獣狩りにいった。

その後、月の市についての報告会だそうだ。

辺境伯とその跡継ぎともなると、やはり多忙らしい。

そして訓練、という名目で連れてこられたのだが、何故かメアリお姉様とアイザック様もいる。

全員が動きやすいパンツスタイルだ。

「お姉様たちも訓練するんですか？」

「アレクサンダー家にお世話になるにあたって働くと聞いたわ。その前に魔法を診せるようにおっしゃられたのよ」

メアリお姉様は空を飛ぶしかできないのに？　と疑問符を浮かべる。アイザック様に関してはどういった仕事に使うのだろう、と考え込んでしまう。

私がうんうん唸っている間に、グレイシー様が「ウィロー研究室」と書かれた部屋の扉を開いた。

「ウィロー、いるかしら？」

グレイシー様が先に部屋に入ると、壁には大量の蔵書が壁一面に並んでいた。

反対側は引き出しだ。そこからほんの少し紙がはみ出ているところを見ると書類が詰められているらしい。

「あら、こっちじゃなかったかしら？」

グレイシーは部屋から出て隣の「実験室」と書かれた扉に手をかけた。

「実験室」のプレートの下には「ただいま実験中」という看板がぶら下がっている。

部屋の壁には何に使うかわからない、変わった形のガラスの器や金属の棒が並んでいる。

さらに奥を見れば動物の皮や毛、爪や角、鱗など様々なものが詰められた瓶が所狭しと並べられていた。

広いその部屋の中央に、白衣の人物はいた。

彼女は何やら葉っぱを入れたガラス容器を火にかけて、管を伝わせて気化したものを精製しているらしい。

「ウィロー、入るわよ」

グレイシー様の声と、今更のノックに彼女は反応する。

まん丸の眼鏡に前髪を持ち上げて額を丸出しにしたその人は、ウィローと呼ばれていた。

モナ様ほどではないが背は低く、なんとなく栗鼠《りす》を彷彿《ほうふつ》とさせる。

私たちに気付き、にか、と笑う様子は、私よりおそらく一回りは年上であるはずなのに幼さを感じさせた。

「あら～？　グレイシー様。セレナ様にディアス様と知らない顔がたくさん」

ウィローと呼ばれた人物は、私たちを見渡してぐにぃん、と体を横に曲げて見せた。

この行動だけでなんとなく変人臭を感じ取ったのは仕方ないと思う。

「ウィロー、こちらニューベリー男爵の御息女とその婚約者。こちらがキャロルさん、メアリさんとアイザックさんよ。皆、彼女はウィロー博士。私のお抱え研究者」

グレイシー様の紹介に合わせ、私たちは頭を下げる。

ウィロー博士は手をぽん、と合わせ声を上げた。

「ああー！　噂のオズウィン様の婚約者さんですね！　グレイシー様ってばさっそく婚約者さん連れ回して嫁いびりですか～？」

辺境伯夫人への態度に、私はまたぎょっとする。

昨日から辺境の身分制度に対する意識の希薄さを感じているけれど心臓に悪い……

「違うわよ。それに嫁いびりならお姉さんやその婚約者まで連れてこないし、教会の重役の目のないところでやるわ」

グレイシー様もウィロー博士の言葉や態度を気にしていないのか慣れているのか、軽く否定する。

人目がないところだったらするんだろうか、嫁いびり……と一瞬不安がよぎったのは内緒だ。

「あら、では何をしに？」

「魔法に関する講義と適した武器の選定をしてもらうために」

「そうでしたかー。では皆さんお席についてくださいな」

ウィロー博士が壁のレバーをガッチャン、と動かすと上から大きな黒板が降りてきた。どういう仕掛けだ、とあんぐりしていると、ウィロー博士は黒板を見やすい位置に椅子を並べてくれる。デイアス様には大きな椅子がだされた。サイズ的にジェイレン様用の椅子と思われる。

「それでは今から魔法に関する講義を行います。解説はわたくし、ウィローでございます」

メアリお姉様とセレナ様が拍手をし、それに釣られて他の人たちも拍手をした。

けれど私は拍手をしながら首をかしげていた。だって王都の魔法学園で魔法に関して一般人より学んでいるのにいまさら？　と思ったからだ。

「おっほん。ではまず魔法とは何か、わかりますか？」

ウィロー博士はとても基本的なことを尋ねてきた。私は挙手をして、王都の魔法学園で習ったことを思い出しながら口にした。

「神が与えたもうた奇跡、ですよね？」

コルフォンス教の聖書の「世界創造」部分にそう書いてある。

神が混沌《こんとん》をかき混ぜ、天と地と海を創り、世界を創った。
神は燃える金と銀の樹を天に置き、太陽と月とした。
神が大地に息を吹きかけ、森が生まれた。
神が乳を滴らせ、獣が生まれた。
神が血を滴らせ、人が生まれた。

神の血から生まれた人は知恵を持った。
神は人に言った。地に住み、地を走る獣と水に住む魚と森や大地の実りを糧にするようにと。
そして神は人に「魔法」という力を与えた。

ドラコアウレア王国の教会と、学校と名のつく場所で最初に教わる話である。

ウィロー博士はニカー、と口角を上げ教鞭《きょうべん》を持ち、私に笑いかける。「そうそう、待ってましたその反応！」というような様子に見えるのは気のせいだろうか？

「そうですね。授業ではコルフォンス教の世界創造でそう習っているはずです」

ウィロー博士は楽しそうに説明を続ける。

「魔法そのものに関しては、王都の魔法学園であっても『神の与えたもうた奇跡』以上の教え方はしていないんですね。まず魔法というものの由来……そもそも我々人間の起源から説明しましょうか」

ウィロー博士は地図のように森を描き、ぽつぽつといくつかの丸を描いた。そこに猿っぽい模型を取り出して説明を始める。

「元々人類は魔境に住んでいた魔獣でした」

「えっ、魔獣⁉」

私は思わず声を上げた。

まさか自分の祖先が魔獣だったなんて思わなかったからだ。

人間は元々人間で、魔獣とはまったく別物だと思っていた……というか、大体の人はそう思っている、たぶん。

だって教会の世界創造のお話で『神が血を滴らせ、人が生まれた』って言っているから。人によってはショックで寝込むかもしれない。いや信心深い人ほど落ち込むはずだ。

ウィロー博士は楽しそうな表情をし、再び説明を開始する。

「魔境には『龍穴』と呼ばれる魔力の源、魔素のあふれる場所があります。多分、これはご存知ですよね？　そこから魔素を大量に得るほど『生物進化的にあり得ない』進化をとげるんですね」

『龍穴』は学園の授業で習っている。

私はウィロー博士が何を言っているかよくわからなかった。

生物進化的にあり得ない、といったが実際に魔獣はいる。

そもそもだが生物進化的にあり得ないとはどういうことだろう？

「本来、植物は人のような姿をとって動かないし、羊のような綿毛を作っても羊そのものにはなりえません。だからそこから外れた不自然な進化を遂げた生き物を『魔獣』といいます」

広義の意味では我々も魔獣ですよ、と言われ、私は軽くショックを受けてしまう。

――私も魔獣なの⁉　先祖が魔獣だっただけじゃなく⁉

両手で顔をベタッと触り、皮膚と産毛以外ないことを確認する。

うん、鱗とか針とかの感触はない。

ほっとしてメアリお姉様とアイザック様の方をチラリと見る。

メアリお姉様は自分の手の裏表をクルクル返して確認し、アイザック様は視線をウィロー博士に固定したまま腕をさすっている。

急に鱗や針や毛が生えることはないとはいえ、自分が魔獣と言われると不安になったに違いない。

「そんなわけで、魔獣の一種である私たち人間の『生物進化的にあり得ない』もの、というのは『魔法』なんですね」

思わずぽかん、と口を開けてしまう。

そのままウィロー博士は説明を続ける。

「我々の祖先は『魔法』の使用という進化を遂げたものの、龍穴どころか魔境での生存競争に負けてしまったんです。そして魔素の薄い土地に逃げて、文明を築いた訳です」

ウィロー博士の説明の数々に、私たちは呆然とするしかない。

学園ではそんなこと教わらないし、しかもこれってコルフォンス教の教義を覆す内容ではなかろうか？

私は恐る恐る手を挙げる。

「あの、今の説明はコルフォンス教の教義を揺るがす内容ではないですか……？」

ウィロー博士はまたニカー、と笑ってセレナ様に説明を求めるように両手を差し出した。

セレナ様も大層にこやかに私たちを見る。

「大丈夫ですわキャロルさん。今時『神が血を滴らせて、人間が生まれた』なんて本気で信じている者は教会の上層であるほどいませんよ」

――えー⁉　コルフォンス教の聖女様がそれを言うの⁉

まさか教会の聖女様に教義を否定するようなことを言われて、目を見開きぎょっとしていたと思う。これ、外にもれたらそれこそスキャンダルでは……？

私がソワソワしていると、ウィロー博士は黒板に人の絵を描く。

再び説明が始まると思い、黒板に注目して口をキュッと引き締めた。

「大昔の人類は魔法を複数持つのが当たり前でした。しかし現代に至るまで、魔境や龍穴から離れた影響でゆっくりと魔法を衰退させています。何もせずあと二、三百年すれば人は魔法を使えなくなるでしょう」

もうさっきから衝撃的事実の連発で、私は頭に痛みを感じていた。

大量の情報を与えられて処理し切れていないに違いない。

「実際、龍穴から離れた南の方の国では王国よりずっと魔法を使う力が弱まっており、魔法が使えない人がほとんどです。そのため別の技術が発展してきているんですよ」

学園では習わなかった事実に私とアイザック様は息をのみ、口元を押さえて黙りこくってしまう。

一方、メアリお姉様は興味深そうにうんうんと頷いている。メアリお姉様は精神的にもタフだ。目がキラキラしているのは気のせいだろうか？

「蛇足ではありますが、魔法が衰退した地域もありまして、そこだと我が国とは大きく社会構造が異なりますね。身分から性差から産業や文化。何から何まで」

「もしかして魔法を必要としない人工的な技術や武器だったり、医療が発達していたりしますか？」

メアリお姉様が興味深げに尋ねると、ウィロー博士となぜかセレナ様も反応した。

「あら、よくご存じなのね」

「本で読みましたから！」

メアリお姉様はどこから取り出したのか『有罪機構～王国復興編～』と書かれた分厚い本を取り出した。

セレナ様は「あらまぁ」と口元を押さえる。

「後書きに書いてあったんです。魔法の衰退した地域の存在から発想を得て書いたものだと！」

該当のページを開くメアリお姉様にセレナ様は「ああ、そういえば書いていましたね」と呟く。

セレナ様の言葉に違和感を覚えたが、すぐに別のことが頭に浮かんだのであっという間に違和感は消し飛んだ。

「衰退しているならなぜ教育の場で教えないんだろう……」

私はぽろ、と疑問が口から零れてしまう。独り言のような言葉に、グレイシー様が答える。

「簡単な話よ。魔法は使い方によっては大変危険だから」

――確かに。

今ここにいるセレナ様の物質を塩に変える魔法は、やり方によっては痕跡も残さず人を消すことができる。私の魔法だって、血液を沸騰させることもできる。

アイザック様は顔を伏せている。

どうやら自分が今までしたことを思い出しているようだ。

人々は魔法について学ぶとき、おおよそ二段階を踏む。

自分の魔法がどういったものなのかを知り、基本的な使い方を学ぶ『基本的使用法』。

自分の魔法を制御する『制御』。

多くの平民はこの二つを学んで終わる。

王都の魔法学園など、貴族や一部の平民はその先の自分の魔法を使ってできることを学ぶ『応用』まで学ぶ。

実際私も学園では魔法の活用方法――いわゆる『応用』と呼ばれるところまでしか学んでいない。

「教会も平民の人々に学習の場を提供している。だが『基本的使用法』と『制御』までしか教えない理由はそのためだ」

今まで石のように黙っていたディアス様が補足するように口を開いた。

「多くの人々は『制御』までは習います。それより先を学べば、人によっては国や他人の害になりかねない場合があるんですね」

「もしかして学園でさえ『応用』までしか教えないのはそのせいなんですか？」

メアリお姉様が尋ね、ウィロー博士は「正解」という。

「国防や重要な立場にある人々、もしくは日々戦う人々は魔法の『応用』の次、『発展』までやります。多くの人はそこまで深掘りしないんですね」

「『発展』は魔法の力そのものを強化したり、底上げをし、魔法の使い方に応用をきかせる術を学ぶことを目的としていますの。実は魔法って極々一部の人たちが占有しているんですのよ？」

セレナ様が微笑みながら補足をする。そのとき私は背中に冷や汗をかいた。

「（え、そんな重要なこと聞いていいの……？）」

にっこり笑うウィロー博士とグレイシー様、そしてセレナ様。まるで知ってはいけないことを知ってしまい、共犯者に仕立て上げられているような感覚……。

「独学で『発展』までできる人もいることにはいるけれど、教わるっていうのは大事だからね」

「これから三人は否が応でも『発展』までやらなければならなくなったわけです」

――ギャーッ！　国家の重要機密に踏み込んだーっ!?


あっさり重要機密に足をつっこんでしまった後、私たちは広く見通しのよい実験場へ案内される。

ウィロー博士は白衣をひらめかせ、くるりと私たちの方に向いた。

「とりあえずそれぞれの魔法を教えていただきましょうか？」

ウィロー博士は両手を私達に向け「さあ、どうぞ」というポーズを取った。

「えと、私は熱を操れます。直接触れるか、もしくは物を介して触れれば冷やすことも温めることもできます。狩りでとらえた獲物の氷結や湯沸かし、それと蝋を溶かすくらいまでしか試したことはありません」

私は挙手をし、正直に答える。

取り繕ってもどうしようもないからだ。

次にメアリお姉様が挙手をする。

「わたしの魔法は空を飛ぶことです。頑張れば人ひとり抱えて飛ぶこともできます。速さは自分で走るのと同じくらいです」

アイザック様も控えめに挙手をしながら説明をする。

「私の魔法は……その、暗示と認識の書き換えです……範囲は結構広いです。高さは三階、広さは百二十から百六十歩程度、だと思います。認識の書き換えに関しては一日中使っていました」

アイザック様は今までの家族からの扱いもあり、あまり魔法について口にしたくなさそうだ。

私たち三人の魔法について聞いたウィロー博士は顎に手をやり、順番に私たちを見る。

「うーん、そうだなぁ……」

少し考えるようにしてからメアリお姉様を手招きした。

「メアリ様、ちょっとこっちにいらしてください」

「はい！」

元気いっぱいに返事をするメアリお姉様。

ウィロー博士はポケットから色のついた紙を取り出し、破いて地面に撒く。

——一体何をしているんだろう……

おそらくアイザック様もメアリお姉様も同じことを考えている。

ウィロー博士は手を叩き、メアリお姉様を見た。

「メアリ様、ここで飛んでみてください。そんなに高く飛ばなくて結構です」

疑問符を浮かべつつ、メアリお姉様は魔法を使ってその場で飛んだ。高さにすれば膝の高さくらい。

色のついた紙が一緒に舞い上がるだけで特にいつもと変わりない、メアリお姉様の飛行魔法だ。

場所によっては葉っぱか砂を巻き上げるだけで、それが紙に代わっただけだ。

「はい、もう結構ですよ〜」

ウィロー博士の言葉でメアリお姉様は地面に降りる。一緒に舞い上がっていた紙がひらひらと落ちてきた。

一体全体、これがなんなのだろう？

メアリお姉様も頭に疑問符が浮いていた。

「なるほど。メアリ様の魔法は『空を飛ぶ』ではありませんね」

「えっ？　でも学園の先生にはわたしの魔法は『空を飛ぶ』だと……」

「あはは、王都の魔法学園でも特別授業の教師でなければそう言うでしょうねぇ」

王都の特別授業、というのは一部の学生のみに行われる課目だ。王族や公爵家、一部の貴族など……そこに極めて一部の平民の生徒が参加を許される。この課目は自主的に選ぶのではなく、学園側から声をかけられた生徒しか参加できない。

メアリお姉様もアイザック様も、もちろん私も特別授業には出ていない。

「えと、一体どういうことですか？」

メアリお姉様も私も声を上げた。

だってどこからどう見てもメアリお姉様は飛んでいた。それがなぜ『空を飛ぶ』ではないと判断されるのだろう？

私たちの疑問に答えるように、ウィロー博士は説明を始める。

「空を飛ぶのはあくまで副産物的なものです。メアリ様の魔法は『風を操る』です」

きょとんとしているメアリお姉様。

よくわかっていない私。

ぽかんとしているアイザック様。

私たちの反応が面白いのか、ウィロー博士はニコニコ――いやニヤニヤしながら説明を続ける。

「まず『空を飛ぶ』魔法はいくつか種類があるんです。メアリ様の場合は風を起こして体を浮かせています」

まさかの二十年目の真実にメアリお姉様は驚きを隠せていないようで目をまん丸に見開いている。

「でもウィロー博士、わたしは風を起こして物を動かしたりできませんよ？」

「それは出力と制御ができていないからですね。ディアス様、お願いします」

「ああ、了解した」

ディアス様がメアリお姉様の前に来て手を差し出す。

「手を」

メアリお姉様はディアス様に手を差し出し、その大きな手で包まれるように握手をした。

それをアイザック様は威嚇するように見つめている。どうどう。

三拍程度の時間、手を握っていたかと思うとディアス様はすんなり手を離した。

私たち、特にメアリお姉様は訳がわからないという風にディアス様を見ている。

ディアス様は私たちから距離を置き、目を閉じる。意識を集中しているようだ。

――ひゅう……

するとディアス様の周りに風が生じだした。

「えっ？」

ディアス様の周囲に生じた風は勢いを増し、拳に集中してゆく。そしてディアス様が拳を構え、空に向かって突き上げた。

次の瞬間、すさまじい音とともに風の塊が放出され、雲に穴を開けたのだ。

私たち三人は揃ってぽかん、と口を開き、空を見上げている。

雲に穴が開き、空が青さを増していく……あたりが静かになり、そこでパチパチと拍手が聞こえてきた。ウィロー博士の拍手である。

「いやー、さすがディアス様。すぐに使いこなしてしまいましたね」

「えっ……もしかして、今の魔法はメアリお姉様の……？」

まさかディアス様がメアリお姉様の魔法を使ったということだろうか？　そんなことができるのか、と口をパクパクしていると、セレナ様が自慢げな笑顔で胸を張った。

「ええ、そうですわ。ディアスの魔法は『写し取る』。すごいでしょう？」

もう顎が外れそうだった。

他人の魔法を写し取るなんて、規格外もいいところだ。それにメアリお姉様の魔法が実はこんなに強力なものであるなんて……

「今のはディアス様の制御の上手さと出力の大きさ故にできたことです。今のメアリさんにはできませんが、訓練すれば同じことができるようになりますよ」

「これが魔法の『発展』ということよ」

「魔法の、『発展』……」

これが学んでいる者といない者との差か、と私は手を握り、じっと見つめる。私の魔法にはまだ、伸びしろがある、というのは本当らしい。

「さ、キャロル様とアイザック様も見てみましょうか？」

ディアス様が大きな手を差し出し、私の方を見た。

「手を」

「は、はい……！」

手に汗をほんのりかきながら、私はディアス様と握手をする。三拍ほど置いてから手が離れ、ディアス様は自身の手を数度握ったり開いたりしていた。

「博士、傘を」

「はいさー」

ウィロー博士が人数分の傘を持ち出して配り、全員が傘をさしたタイミングで再び手を天にかざした。何が起こるのだろうと注視していると鼻の頭にぽつりと何かが当たった。

「……雨？」

そう呟いた瞬間、ザァッ！　と雨が降り出す。

あまりにも急に降り出した雨。それは一瞬で収まったが、ディアス様が何をしたのか分からず、私は混乱した。

まさかこれがディアス様の力を上乗せした私の魔法だというのだろうか？

「おお～素晴らしい！　雲の温度を変えて雨にしたのですね！」

——はぁ⁉　何それ⁉　雲は高いところにあるし、雲の温度を変えるってどういうこと⁉

私が説明を求めるようにディアス様とウィロー博士を見る。

ディアス様は一切服を濡らさずに説明を始めた。

「魔法の効果範囲を広げただけだ」

「広げただけだ、って……」

たったそれだけで雲を雨に変えられるのか、と口元が引きつった。信じられない。

私が口元を引きつらせて硬直していると、ディアス様が再び手を出した。

その先はアイザック様だ。

「手を」

アイザック様は恐る恐るディアス様に手を差し出し、触れる。

メアリお姉様と私にしたのと同じように握手をしてからディアス様はしばし沈黙する。もしかしてアレは自分の中で魔法の分析のようなことをしているのだろうか？

私がまた疑問を浮かべて瞬きをしていると、途端、視界が暗くなった。

今度は太陽を遮ったのだろうか？　と疑問が浮かび首を傾けるが、首に襟が当たった感触がしない。そもそも布ずれの音もなかった。

私はそのことにゾッとした。

——もしかして五感が無くなっている……？

私は慌てて顔に触れる。

しかし顔の皮に触れている感覚もなければ、頬にも感触はない。

空気の匂いも一切なく、産毛に空気の流れさえ感じない。

舌を出しても空気の味もない。

衣擦れどころか自分の鼓動さえも聞こえない。

今私は完全な闇の中にいた。

しかもすべての五感を失い、左右どころか上下もわからない。

時間もどれだけ経過したかわからない。

まるで肉体を失い、精神だけがむき出しに晒されたような恐怖――寒さなど感じないはずなのに、魂から凍えるような感覚に私は悲鳴を上げた。

その悲鳴さえ聞き取れない。

――気が狂う……！

そう思った瞬間、ぱっと世界に光が戻った。

私は絶叫と表現して差し支えない悲鳴を上げていた。

メアリお姉様は地に伏し、アイザック様は膝を突き、私は顔をかきむしっている。

おそらく全員が同じ暗闇にいたのだろう。そして私たちの五感すべてを奪ったであろうディアス様は静かに私たちを見ていた。

「先程は魔法で感覚を司るすべてを騙した。五感も時間感覚も痛覚もすべて失っていただろう？」

そうディアス様に説明をされて、アイザック様の魔法の恐ろしさを改めて実感した。

まさか自分たちの魔法が、ここまで強力なものになるとは、全員が思っていなかったろうから。

真の暗闇からようやく戻ってきた頃に、明るい声でウィロー博士は何やら書き留めていた紙をディアス様とセレナ様、そしてグレイシー様に手渡した。

「それでは今三人の問題点の洗い出しができたので、後は訓練あるのみ！　ですね」

――え、あれで？　ただディアス様の魔法のすごさを見せつけられ、暗闇の中に放り込まれて恐怖していただけでは？

私の疑問をヨソにウィロー博士は話を進めていく。

「それではディアス様。キャロル様をお願いしますね」

「ああ、了解した」

「それと、他ふたりは……」

「メアリさんは私が連れて行くわ」

「アイザックさんはわたくしが見ますね」

どうやらあの短いやりとりで訓練の方向性が決まったらしい。

私たち三人は動揺しながらそれぞれ担当の人物に頭を下げた。

「「「よろしくお願いします」」」

それぞれに続き、ぞろぞろと実験場をあとにする。

「それでは私はキャロル様の武器を選定しておきますので～」

ウィロー博士に見送られ、それぞれが訓練の場所へ連れて行かれるのだった。

これが辺境式訓練、なのですか……!?

「よろしくお願いいたします」

「ああ、わかった」

それきり特に話さなくなったディアス様についてゆく。

――気まずいな……

なんとなく居心地の悪さを感じていると、ちょうどオズウィン様と廊下で鉢合わせた。

「キャロル嬢」

「オズウィン様、お帰りでしたか」

「ああ、俺もそろそろ訓練の時間だからと月の市の報告会の途中だったが、父上に帰されてきたんだ」

報告会よりも訓練が優先になるのか……腕っ節優先具合が滲み出ている。

「たぶん目的の場所は同じだろう。一緒に行こうか」

「ディアス様、よろしいですか?」

「かまわない」

ディアス様とオズウィン様と一緒に、城の中を進んで行く。一体どこに連れて行かれるのだろう?

「あの、ディアス様。どちらへ向かわれるのでしょうか？」

「厨房だ」

訓練なのに厨房？　と今私は怪訝な顔をしているに違いない。

「エドワードの婚約者たちもそんな顔をしていたよ。魔法の訓練というと、学園でやっていた的当てや対人戦闘を思い浮かべがちだから」

オズウィン様の言葉にますますわからなくなる。

「何事も、目標が具体的かつ明確であるほど達成しやすい。特に生活に密着していると、具体的な用途などがわかりやすく、想像もしやすい、ということだよ」

「そういうことだ」

「そういうものですか……」

実際、そういった訓練を日々しているふたりの後ろを歩いていると強さが見て取れる。

特にディアス様だ。

筋肉のつき方だけではない。

静かな足運び、視線。どれをとってもすさまじい鍛錬をしているかわかる。

それでいて先程の魔法の「写し取り」だ。

他人の魔法を写し取って、元の持ち主よりも高い精度と出力を出せるなんて——そんなの並大抵のことではない。

いったいどういう鍛え方をすればそんなことができるのか、疑問が尽きない。

――でも厨房でそんなすさまじい鍛錬なんて、想像ができないな……

厨房に訪れると、エプロンと三角巾を身につけさせられた。

手を洗い清め厨房に入ると、多くの料理人が昼食を作る準備をしていた。

ニューベリーよりも人が多いのだから当然なのだろうけど、熱気も活気もすさまじいことこの上ない。

多分野戦場ってこういう感じかもしれない……そんなことを考えていると料理人がひとり、声をかけてきた。

「ディアス様、いらっしゃいませ。いかがなさいましたか？」

「非常携帯食を作りに来た」

非常食となっ
魔法の訓練と非常食作りにどういう関係が？

「ああ！　話は伺っております。隣の作業室に準備してありますので、どうぞお使いください」

「感謝する」

「いえいえ。こちらこそとても助かります」

私がますます混乱して頭に疑問符を浮かべていると、エプロンと三角巾をしたオズウィン様が顔を出す。

「料理長。俺の作業分はどれかな？」

オズウィン様が声をかけると、料理長は野菜の山に手を向ける。

「芋とタマネギ、人参。そこにある物を全部お願いします」

山盛りになっている芋とタマネギ、人参は「これ何人分だ？」と思うような量だ。

オズウィンは笑っているが「うわぁ」という雰囲気が出ている。

「はは、いつも以上に多いなぁ……」

「今日は保存食用の分もございますから、お願いしますね」

「ああ、わかった。それじゃあキャロル嬢。俺はこちらで作業だから、詳しくは兄上から」

「えっ、あ、はい」

何をするんだろう、とオズウィン様を見ていると芋を手に取った。芋を両手で包むように持つと真ん中で割けるように皮がずるりと外れるではないか！

オズウィン様はひたすら芋を手に取り、次々と皮を剥いてゆく。

――お、オズウィン様が魔法で野菜の皮剥きをなさっている……

辺境伯子息のすることなのかと驚く。そういえば塩作りの時にオズウィン様と親しげに会話していた彼らは皮剥きがどうとか言っていなかったっけ？

そしてなぜ芋を撫でて皮が外れているのかわからないでいた。

するとディアス様がこんもりと薄切り人参を入れたボウルを持ち、横目で説明してくださる。

「オズウィンは野菜の可食部位と皮の間ギリギリを分解している。あれは魔法の精度を高めるための訓練だ」

「以前は皮剥きをやらせるとすべて角材か球体のようになっていた」と追加説明をしてくださるデ

ィアス様。

——野菜の形に合わせて、しかも皮をほとんど傷つけずに皮を剥いている……つまり文字通り皮一枚の精密な魔法操作をしている……!?

ディアス様がオズウィン様の剥いた芋の皮を見て、その厚さをチェックしていた。皮を指ではさみ、こする。

「まだ厚い。透けるくらい薄く皮を剥くんだ」

「わかりました兄上」

——あれでまだ厚いの!?

目を丸くしながらオズウィン様を見ていると、すさまじいスピードで可食部分を多く残しつつ次々と皮剥きをしていた。

しかも、オズウィン様はディアス様と会話している間も手を止めない。かなり精密な魔法を使っているというのに会話なんてしていれば意識がそれて集中が切れそうなものなのに。

少なくともニューベリー領でこんなに精密に魔法を使える人間はいなかったと思う。

「さあ、こちらも作業を始めるぞ」

「あっ、はい！」

驚いて間抜けな顔をしているであろう私にディアス様が声をかけ、隣の作業室へ連れていかれる。

作業室には網のトレーと見たこともない大きな道具が並んでいた。

「それでは、訓練を始めよう」

◇◇◇

「まずどういう作業をするか説明しよう」

ディアス様は網のトレーの上に薄く切られた人参を並べていった。

そして大きな道具の中に網のトレーをいくつか入れて蓋を閉じた。

「次にこの装置を使う。この装置に炎や熱の魔法を使い、足下のペダルを踏む。すると庫内に置いた野菜などが熱風によって乾燥する」

ディアス様はトレーを庫内に入れ、飛び出した筒状のパーツに手を入れる。筒の中には取っ手のようなでっぱりがあった。そして写し取った私の魔法を使う。するとその取っ手から熱が空気に伝わるらしい。さらに足元のペダルを踏むと熱風が庫内に吹き込むようだ。構造的には髪を乾かすときに使う温熱扇風機の魔道具に似ている。

しばらく熱風を送り続けていると、網の上の人参は水分が飛び、小さくなっていた。ディアス様は網を取り出し、水分のなくなった人参の干物をひとつとり、私の手に置く。

「このように野菜を乾かし、保存食のための乾燥野菜を作っていく。使用用途は主にスープだ」

「乾燥野菜の、スープ……」

「ああ。この乾燥野菜は辺境でも教会でも重宝されている。教会ではこの乾燥野菜のスープを始め、災害時用の非常食を作っている」

ディアス様が「災害時用非常食」といってハッと思い出す。

――二年に一度やる非常食の交換のとき、聖女印の堅焼き塩ビスケットと一緒に出される乾燥野菜を使ったスープってこれか！

幸い、ニューベリーの領地が災害に見舞われることはなく、非常食が活躍することがない。

しかし不作や災害時のために、各農村でも非常食を常備させている。

両親も、使用人たちも困らないよう、屋敷に多く非常食を備蓄している。

お父様の話では教会から購入しているという話だったが、こういう風に作っていたのか……

「教会の収入源のひとつだ。今回は辺境用に作る」

「もしかしてセレナ様とディアス様が辺境にいらしたのは、塩作りと非常食を作るためだったのですか？」

ディアス様は「そうだ」と肯く。

てっきり聖女様というのは祈りを捧げたり慰問活動をしているとばかり思っていた。こういった保存食作りや魔獣退治をしていたというのは目から鱗だ。

「それで、この乾燥野菜を作ることが私の訓練、ですか？」

「その通り」

ディアス様は指を二本立ててみせた。

「安定して魔法を出力できるようにすること、そして体力をつけること。今回はこれが目的だ」

なるほど。体調や精神状態にかかわらず、魔法を安定して出力できることは大事だ。魔獣と戦っているときに腹が痛い、熱がある、疲れたなんて言い訳はできない。そんなことをしている間に魔獣に返り討ちに遭うだろう。

「これは毎日してもらう。基礎の基礎だ。他にも耐熱・耐冷の上限を上げる訓練をするが、今日はこれだけだ」

「……」

カットされた野菜が大量にある。ディアス様は網を作業台におき、その上に野菜を綺麗に並べた。

「数は多い。いくらでも練習できるぞ」

その量の多さに、私は気合いを入れた。拳を作り、例の装置の前に立つ。

深呼吸して魔法を発動させようとしたちょうどその時、作業室の扉が開かれた。

「兄上、お持ちしました！」

皮むきをしていたはずのオズウィン様が現れたのだ。オズウィン様の登場で集中が切れてしまい、オズウィン様のほうを見る。

オズウィン様の手にはボウルがあり、大量の薄切り人参が入れられていた。

どうやらオズウィン様が持ってきた薄切り人参も私の訓練用らしい。

「おぅ……」

「次の分ができたら持ってくる。頑張ってくれ、キャロル嬢！」

こんもりとした明るい色の小山は、まだ追加で増えるらしい。

私はその山盛りの人参に思わず声をもらすのだった。

挿話　メアリ・ニューベリーは存外タフらしい。

メアリは自分の魔法が実は風を操るものであったことを知り、興奮していた。

――『有罪機構～王位継承編～』でベネムが自分の出生を知り王位継承の試練を受けるときってこんな気分だったのかしら⁉

フンフン、と鼻息が荒くなっているメアリは「やる気十分」という様子で辺境伯夫人グレイシー・アレクサンダーの後をついていた。

「メアリさん、貴女にはここで訓練してもらうわ」

「洗濯部屋？」

魔法の修行になぜ洗濯部屋なのだろう、と首をかしげるが、すぐにピンときた。

「洗濯物の乾燥をするのでしょうか⁉」

風を操り、干された洗濯物に風を当てて乾かす――つまり風の魔法を放出できるようにするということではないだろうか⁉

メアリはそう見当をつけ、グレイシーに言った。

グレイシーは面白そうにメアリを見て、人差し指を立てた。

「それもあるけどその前にやる訓練があるわ。来てちょうだい」

石けんの匂いと熱気が部屋には満ちていた。

洗濯物の乾燥とアイロンがけ、畳み作業もこの広い部屋で行われているようだ。

こんなに熱くて倒れないのだろうか？　と洗濯部屋で働く人々を見てメアリは心配になる。夏場、気温が上がれば結構な負担がかかりそうだ。

「メアリさん、こっちよ」

メアリの目の前には自分の腰より少し高さのある大きな樽があった。その中には石けんの匂いのする水と、たくさんの服が浸っている。

「この樽の中身を洗濯してちょうだい」

「洗濯って、叩いたり擦ったりするのではなくてですか？」

「それだと一日あっても終わらないわね」

グレイシーは樽の中に手を入れるひとりの作業人に声をかけて、その様子をメアリに見せた。

作業人は樽に手を当てて、中をのぞき込んでいる。樽の中ではぐるぐると水と洗濯物が回転し、泡が立っていた。

十回程度回転すると、今度は逆回転を始める。

それを繰り返し、洗われている物の汚れがなくなっていった。

グレイシーが試しに一枚洗濯物を取り出す。

「へぇ、すごい……！」

目の前で作業をしているのは水魔法の使い手だろうか？

メアリがまじまじと目の前の人物と樽の中を見ていると、グレイシーが手を二回叩いた。

「彼は水を操る魔法を使うけど、やること自体は同じ」

「水と洗濯物をぐるぐる〜っと樽の中でかき回すということですか？」

「その通り。貴女の場合、風を操るけど、風って目に見えないでしょう？　まず視覚的にとらえやすいよう、水と洗濯物を樽の中で動かせるようにしましょう」

なるほど、視覚的に把握しやすくてコツをつかみやすい。しかもそれが労働に組み込まれているのだから、わざわざ訓練の時間を作らなくてもいい。

――なんて効率がいいうえに役立っていることが実感しやすいんだろう！

メアリは元気よく手を上げ、グレイシーに返事をする。

「はい！　洗濯、がんばらせていただきます！」

「いい返事よ、メアリさん」

グレイシーはメアリの前向きな様子に口角を上げるのだった。

◇◇◇

一方、辺境の壁の内側にある牧場に連れてこられたアイザックはセレナの一歩後ろを歩いていた。

どうにも乗り気ではないようだった。

「アイザックさんの魔法は暗示と認識の書き換えですね」

「はい……」

ペッパーデー家ではいい顔をされていなかったのでコンプレックスの魔法。しかも自分の魔法があまりにも凶悪であることを先ほど見せつけられたばかりである。

アイザックは胃に鉛の塊を飲み込んだような重苦しさを感じた。

「これから家畜の誘導などをしていただきます」

「家畜、ですか？」

辺境では家畜は魔獣に狙われてしまうため、育てていない、という知識があったアイザックは思わずセレナに聞き返す。

「ええ。辺境の家畜は少し特殊ですの。ほら」

にっこりと笑うセレナが指さした先には牛がいた。しかし違和感がある。

「……二足で歩いている？」

「そうです。あれは普通の牛と、牛に近い種の魔獣を掛け合わせた家畜です」

「えっ!?」

「わたくしが乗っている馬も、魔獣の金剛一角馬と掛け合わせた馬なのです。ここ数年辺境で増えてきた畜産業ですのよ」

頭部は確かに角を切られた牛なのだが、首から下、その姿勢が猿の仲間に似ている。前足？　は手のようにも見える構造をしていて、後ろ足？　には蹄がある……

「あ、アレは何に使うのですか……？」

なまじ魔獣に取り憑かれていた分、アイザックは嫌悪感を覚えた。

セレナはきょとん、としている。

「雌は乳を搾られ、雄は去勢してしばらくしたらお肉になります」

「ヒェッ……」

アイザックは何故か下半身が寒くなった。セレナは気にせず説明を続ける。

「あの牛の半魔獣達の世話をしてもらいます」

「どうやって⁉」

アイザックは思わず叫ぶ。

どう軽くみても自分の二倍はありそうな巨大な牛の半魔獣。

「まずあの牛半魔獣たちを従えましょう」

「だからどうやって⁉」

「アイザックさんが家畜を従属させるくらい強そうに見せたらいいんじゃないですか？」

「無理ですよ！」

「ここの世話を担当している人は一番強いボスを投げ飛ばして従わせていましたよ」

セレナは何でもなさそうに語るが、その異常さを理解しているアイザックは青ざめている。

ぽん、と肩を叩き、アイザックの封じの枷を指さした。

「大丈夫です。家畜の世話をしている間は封じの枷を外してもよいと言われていますし、万一逃げるために魔法を使おうものならわたくし助けませんので。まあ、そんなことをする前に家畜たちに襲われて腕をもがれてしまうと思いますから」

「全然大丈夫ではありませんよね⁉」

「まあまあ、とりあえず魔法の効果範囲の拡大と、強化ができるように頑張りましょう」

セレナはその細腕に似合わず、男であるアイザックを軽くぺいっと柵の内側に放り込んだ。

頑丈そうな柵の内側に入れられてしまうアイザック。

ギロリと睨んでくる牛の半魔獣――

「ひ、ひいいいぃぃいぃっ！」

アイザックは両手を胸の前で握りしめ、高い悲鳴を上げた。

「頑張ってくださいね～」

聖女セレナは相変わらず穏やかな笑みでアイザックを見守るのだった。

新しい武器は「私のためにあるもの」らしいです。

そろそろ食事の時間、ということで訓練は区切りになった。

水分がきちんと飛ばなければやり直し。熱を込めすぎて焦がせば使えなくなる。思ったより一定の出力を保つというのは難しい。

ひたすら野菜を乾燥乾燥乾燥……

「あいたたた……」

魔法の連発と長時間使用で魔法回路が痛い……胸のあたりから肩、腕、肘、掌にかけて引きつるような痛みを感じている。ついでに延々とペダルを踏み続けていたせいで足の裏の筋肉が引きつりそうだ。

「キャロル」

「メアリお姉様」

呼びかけられて振り返れば、メアリお姉様がいた。

「食事かしら？　一緒に行きましょう」

「はい……」

メアリお姉様の声は明るいが、一体どんな訓練をしたのだろう？　グレイシー様がメアリお姉様にどんなことをさせたのか、とても気になった。

「ふぅ……それにしてもなかなか大変なのね、魔法の操作って。お腹が減って仕方ないわ」

メアリお姉様は石けんの匂いをさせながら手や腕を揉んでいた。でも「大変」という割には楽しそうな様子だ。

メアリお姉様、実は結構筋がいいのか？

じっと見ていると、メアリお姉様は私の脇腹をつついてくる。

「キャロル、姿勢が悪いわよ」

「連続して魔法を使っていたせいで少々くたびれてしまいまして……」

「あら、キャロルって意外と魔法の持久力なかったのかしら」

「かもしれません……」

瞬発的に高出力の魔法を使うことは多かったが、一定出力を保って長時間魔法を使うなんてこと、ほとんどしてこなかった。

魔法を狩りに使用するにしても割と一瞬である。

氷を作るのもお湯を沸かすのもそこまで時間はかからない。

「なら早く食事をして回復させましょうね」

メアリお姉様に腕を引かれ、食事部屋へ向かっていると、途中でアイザック様と鉢合わせた。

「アイザック！」

「めあり……」

メアリお姉様の呼びかけで振り返ったアイザック様はげっそりとした表情をしていた。しかもどういうわけか顔がぐちゃぐちゃだ。

まるで顔を動物に舐め回された後のように見える。実際、家畜っぽい臭いがしたから当たっていると思う。

「アイザック、どうしたのその格好？」

あまりにも酷い有様にメアリお姉様が手を伸ばすが、アイザック様はその手を避けて背を向けた。

うっそでしょ、アイザック様がメアリお姉様を避けるなんて⁉

「……すごく汚れているから、着替えてくるわ」

そそくさと自室へ小走りで向かった。体を清め、着替えるつもりらしい。まあ、愛しいメアリお姉様の前で汚れた格好はしたくないのだろう。

「……先に行きましょうか」

「そうですね」

私たちはそのまま食事部屋へ向かうのだった。

◇◇◇

しっかりとした主食と肉、そして野菜で作られた昼食が運ばれてきたものの、あちこち痛くてフォークを掴むのも辛い。

ちら、とメアリお姉様とアイザック様を見れば、アイザック様はミルクスープを震えながらスプーンで掬っていた。メアリお姉様だけは元気よくもりもり食べている。

「……お姉様、よく食べられますね」

「だってたくさん魔法を使ってお腹が減ったんだもの！　午後もたくさん洗濯をしないといけないからしっかり食べておかないと！」

洗濯？　本当にどんな魔法の訓練をしているんだか……多分今私は不思議そうな顔をしていると思う。

「ねえ、アイザック。アイザックはどんな訓練をしていたの？」

口元をナプキンで拭うお姉様はすっかり皿を綺麗にしてしまった。慣れない環境でここまでしっかり食べられるのはすごいことなのかもしれない。

アイザック様はげっそりとした様子でぽつりぽつりと語り出す。

「牛の……牛？　の世話、かしら……？」

何故に疑問形なのだろう。

すると途端ガクガクと震えだし、ミルクスープの器まで揺れる。ミルクスープがびちゃびちゃと飛び散っているというのに、アイザック様は気にするほどの余裕がないらしい。

「アイザック？　アイザック⁉」

メアリお姉様がアイザック様の肩を掴み呼びかけてようやくハッとする。どうやら相当な訓練をされたらしい。セレナ様の姿が浮かんだが、何故かエドワード様とよく似た笑みを浮かべていたような気がした。

――なぜあの腹黒王子と聖女様の笑みが被ったのだろうか……

妙な既視感を覚えつつ、私はよく焼けた肉をしっかりと噛みしめる。午後は乾燥野菜作りをしないが、ウィロー博士のもとで訓練するよう指示されている。

ウィロー博士がどんな訓練を用意しているのか、私にはちょっと想像が付かない。

――しっかり食べて備えなければ……

◇◇◇

なんとか食事を終えたころ、ウィロー博士がニコニコしながら食事部屋を訪れた。その様子は楽しい行事を待つ子どものようで、どう見ても一回り年上のはずなのに年下に思えた。

「キャロル様～。お食事終わりましたか～？」

「あ、はい。済んでおります」

「午後の訓練予定は聞いておりますでしょうか？」

「はい。ウィロー博士について訓練をし、野菜の乾燥はまた明日だとディアス様に言われました」

「はい、その通りです！　午後は少々私にお付き合いください」

ウィロー博士の笑みは、子どもが小さな虫を捕らえて観察するものに似ている気がした。あの無邪気に翅《はね》や足を引っ張ってじっくりと見る、そんな空気を纏っているようで少しばかり不安になった。

そんな私の心配を感じ取ったのか、ウィロー博士は道化師のように大げさな動きでおどけて見せた。

「まあまあ、あまり心配なさらないでください。キャロル様向けの武器をご用意しておりますので、それをお渡ししようと思ったんですよ」

「武器、ですか？」

「はい。キャロル様用の、キャロル様のためだけの武器です」

再び大げさな動作で大剣を振るい、弓矢を射る仕草をするウィロー博士は、エドワード様やセレナ様とは別方向で捉えにくい。

「ささ、一緒に研究室に参りましょ～」

ウィロー博士に背を押され、再び研究室への道を行く。

流石にここまでくると辺境の距離感にはもう驚かない。

研究室に招かれ、ウィロー博士は机に置かれていた物を持ち、私に差し出す。

「こちらです〜」

一見ただの長い棒にしか見えない。

受け取り、手に取ってみるが、先に槍の穂がついているわけではない。見た目ほど重くはなく、太さとしても太すぎずしっかり握れる程度でちょうどいい。振るうにも問題はなさそうだ。

「これが私用、ですか？」

だが「私用」と言われてもピンとくる見た目ではない。しかしウィロー博士は「まさにまさに！」とよくわからないハンドサインをしてきた。

「そうです。この杖は特殊な金属でできていて、まさしくキャロル様のためにあると言っても過言ではありません！　この金属は魔境産のものでして、特殊な性質を持っております。原理としては加熱することにより金属同士の密度が……」

楽しそうに解説をするウィロー博士はまるで激しく鳴く小鳥の群れのようだった。だがまくし立てられるように原理やら何やら話されてもついていけない。

決して私が勉強不足なわけではなく！　その早口さと専門知識の多さのせいであって……！

私が目をぐるぐるさせていると区切りのいいところまで話したらしく、ウィロー博士はぱっとまたおどけ出した。

「まま、何はともあれ実際に試すのが一番です。さ、魔法を使ってみてください」

ウィロー博士の言葉に促されるまま、棒に対して魔法を使い、熱を込めてみる。そして変化はすぐに起こった。

「えっ⁉」

そのあまりにも急激な変化に、私は思わず目を見開く。

ウィロー博士はニカー、と笑い、私の二の腕を叩いた。

「後はこれをうまく使えるように頑張ってください」

「は、はい……」

ウィロー博士はまた子どもっぽい笑みを浮かべていた。しかしその眼差しの奥には子どもっぽい好奇心と老成した知性が同居したアンバランスなものが見えた気がした。

今まで接したことのある平民とも貴族とも聖職者とも異なる人種のように思える。なんとも表現しがたい、道化師のようなのに賢者のような人物であった。

◇◇◇

「ふっ！　はぁっ！」

ウィロー博士からもらった武器は、ここ数日で存外私の手に馴染んだ。相手に見立てた木の人形に、突きや打ち込みをする。素早く杖を回し、杖を支えにして人形目がけて蹴りを入れるなど、工夫をしてみた。

「キャロル嬢！」

オズウィン様の声に振り向くと、水入りのボトルが飛んできた。それを棒で一度突き、撥ね上げてから受け止めた。

「いい動きだ」

パチパチと乾いた拍手の音がして、オズウィン様が現れる。私は頭を下げていた。

「最近の訓練はどうかな？」

オズウィン様は優しい笑みを浮かべて尋ねてくる。私はどういった表現をすべきか悩み、少々困りながら笑顔を作る。

「体中筋肉痛です。これでもそこそこ動けて魔法も使えると思っていたのですけれど。魔法回路も最初はしばらく痛みが出るほどでした」

「以前養生に来ていたエドワードの婚約者達もそんなことを言っていた」

オズウィン様は思い出し笑いをしている。魔法回路が痛みを覚えるなんて、日頃の魔法使用量を大幅に超えたりしなければ起こりえないことだ。

どれだけ辺境の人々や教会の僧兵たちが魔法回路を鍛えているか、実感を持ってよくよく理解した日々である。

「キャロル嬢、よければ手合わせしよう」

「えっ」

「あ、大丈夫。ただ練習相手に、と言う意味で。ほら、今回の相手は魔獣ではなく人間だろう？」

そういう意味なら、と私は「お願いします」と言って杖を構える。オズウィン様は嬉しそうに刃を潰した長剣を手に取り構えた。

しばし私たちは見つめ合う。そしてどちらともなく一歩を踏み込んだ。間合いは私の方が広い。

ただ振り回すだけでもただの長剣よりも威力がある。しかしそれではオズウィン様には通用しない。距離感をはかりにくいよう、まっすぐ刺すように杖で突く。オズウィン様はただ杖を弾くだけではない、力も強いからしっかり握り込んでいないと武器を手放す羽目になる。

——まったく、この人は強くて仕方ない。

金属のぶつかり合う音と、弾ける火花。

十合以上打ち合ってもオズウィン様の隙は見えない。徐々に興奮で表情が獣じみたものに変化していく。以前決闘で見た、あの笑みだ。

「強くなったなキャロル嬢！　以前よりさらに動きに切れがある！　しかも臂力《ひりょく》も強くなっているな！」

「おかげさまでッ！」

手が痺れるほど強くぶつかり合う武器。私は口角を上げてオズウィン様を見た。更に打ち合い、一旦距離を取る。

再び視線がぶつかり合う。

そのときなぜかヴィヴィのことが頭に浮かんだ。婚約者になるはずだったとかいう妄言を思い出してしまった。多分、オズウィン様と睨み合っていたせいだ。

私は距離を保ったまま、オズウィン様に尋ねる。

「……そういえばヴィヴィさんと親しかったりしたのですか？　もしくはオズウィン様の婚約者候補のひとりだったとか……」

なんとなく引っかかるモヤモヤをどうにかしたかった。個人的な約束はなかったそうだし、セレナ様の情報では恋人関係にあったわけではなかったようだし……けれどヴィヴィがあんなに期待する程度に親しかったりしたのだろうか？

私が眉間に力が入っているのを感じていると、オズウィン様はきょとんとしている。

「ヴィヴィ班長より親しい友人は多くいるから、特別親しいとは思わないが……」

オズウィン様は一度構えを解いて顎に手をやる。考え込むような仕草をした。

「彼女を婚約者候補に、なんて話、父上からも母上からも聞いたことがないな」

両親から婚約者候補に、ということを聞いていないという言葉に私は少しほっとしていた。

オズウィン様も、結婚を個人ではなく家のものとして考えているようだった。私も同じ考えだ。

けれど何となくもやもやしたものが残っている……気がした。

「今まで婚約者に誰かを求めたことはなかったし、キャロル嬢以外をというのは考えられないんだが」

「いきなりなんですかっ」

オズウィン様の意外な言葉に、声が上ずった。

首をかしげるオズウィン様に、先程の発言の意味が恋とかそういうことではない、と察した。

「（一瞬、嬉しく思ってしまった……オズウィン様に他意があるわけないじゃない……）」

自分の脳内に「あれ？」となる。

つい今さっき頭に浮かんだ内容に首の後ろをさすった。

「俺はキャロル嬢が婚約者になってくれて嬉しいと思っているよ。背中を任せていいと思った女性は初めてだったから」

オズウィン様らしい言葉に呆れと安心が混ざった感情がわいた。けれど私の頬は緩み、先程までのもやもやが消え失せていることに気付く。

私は仕切り直しに杖を握り込み、背筋を伸ばして息を吸い込んだ。

「オズウィン様！　続きをしましょう！」

「ああ、行くぞキャロル嬢！」

その後、私は日が暮れるまでオズウィン様と打ち合いをし、ふたりそろって厨房の手伝いを忘れてしまうのだった。

◇◇◇

ヴィヴィとの戦いの前日まで、私はディアス様の指導の下、厳しい訓練でしごかれぬいた。もう一時は感情がなくなると思う程度に。たぶん泣いたり笑ったりできなくなって、波打ち際に打ち上げられた魚のような顔になっていたと思う。

そんな状態でノロノロと自室へ戻る途中、メアリお姉様の部屋に寄った。ちょっとした成果物をメアリお姉様に贈るつもりだったからだ。

コン……コン……と力の入っていないノックだったが、メアリお姉様はすぐに気づいてくれる。中からぱたぱたと足音が聞こえたかと思うと、扉が内側に開く。

「キャロル、とても疲れた顔をしているし、煤《すす》だらけだけどどうしたの？」

メアリお姉様に貸し与えられている部屋に招き入れられる。

私は部屋の中を汚さないように慎重に歩いてテーブルに近づいた。

「おねえさま、これ、さしあげます……」

布を被せて抱えていた荷物をテーブルに置き、メアリお姉様にそれをプレゼントした。

メアリお姉様は興味津々で布を取り、現れたそれを二度見した。

「あら、立派な龍の硝子《がらす》細工！　キャロル、これはどうしたの？」

乳幼児くらいの大きさがありそうな上質な硝子の龍を持ってきた私に、メアリお姉様は褒めながらも疑問を浮かべていた。

この大きさだと結構な値段がする。

辺境でこんな大きな硝子細工が販売していたかどうか気になったらしい。

魔獣素材ならわかるが、こんなに細かい硝子細工を第三の壁付近で作っている工房や扱っている店はあったかしら？　と考えている表情に見える。

「わたしがつくりました……」

私の言葉にメアリお姉様は目を瞬かせて私と硝子の龍を見比べている。

王家の紋章に使われている金の龍そっくりな硝子の龍は、自分でいうのもなんだが出来がいい。

心の中で少し胸を張っていた。

「キャロルが作ったの⁉　すごいじゃない！　でもなんで硝子細工を作ったの？」

「ディアスさまにしじされたくんれんで……」

「だからそんなにフラフラなのね。早くお風呂に入って休んだほうがいいわよ?」

メアリお姉様がハンカチで私の顔をぬぐう。

その行動に背中がむずむずした。

「ま！　よく見たら鼻の中まで汚れているじゃない！　オズウィン様に見られたら大変よ！　早くお風呂に行きましょう！」

メアリお姉様に背中を押され、浴場まで運ばれてしまった。

「しっかりつかるのよ～。出てきたら何か飲めるように頼んできてあげる」

「ふぁい」

メアリお姉様は私をメイドに任せ、飲み物を頼みに行ってくれたらしい。

私はふらふらとした足取りで脱衣場へ行き、煤だらけの服をメイドに脱がされる。体を石けんで洗い清め、湯船に浸からされた。

ハーブが布袋に入って湯船に浸かっている。甘さの中に少し苦さのある香りのお湯は体の緊張をほぐし、疲れを融かしてゆく。

「ふぁ……きもちいぃ……」

湯につかる心地よさに、私は意識が薄れてゆく。

――あしたは、がんばろ……

「キャロル様?　キャロル様?　熱ッ!?」

この後私は気絶するように湯船で寝てしまったようだ。しかも私は意識がなかったため気付かなかったが、魔法を垂れ流して風呂を沸騰させていたらしいと、メアリお姉様と私を救出したメイドに教えられるのだった。

聖女様の説法は強烈です。

私はその様子を闘技場へ向かう入り口からこっそりとのぞいて吐きそうになっていた。

「……っとにこんな集まるなんて！」

闘技場は想像以上に広く、それはもう人がたくさん入っていた。

私は壁に両手をつき、額をこすりつける。うげぇうげぇ、と胃から何かこみ上げて来そうな気がした。

「キャロルさん、ホラホラ、ゆっくり呼吸して」

セレナ様はいつもと同じ純白の聖衣で、いつも通りの笑顔のまま私の背中をさすってくださる。

この方はプレッシャーとかそういうものとは無縁なのだろうか？　あまりにもいつも通り過ぎてげっそりとした顔でセレナ様を見てしまう。

セレナ様は胸の前で拳をぎゅっと握って見せ、私を鼓舞するように笑う。

「大丈夫ですわよ、キャロルさん。貴女が相手にするのはひとりだけですし、そこまで気負わなくても」

「ここまで大事になると思わなかったんです……ッ！」

そう、辺境のそれぞれの要塞を守るアレクサンダー家に連なる家々の人、腕の立つ戦士……要するに辺境で力を持つ人々がこの手合わせ試合を見るために集まっているそうなのだ。

吐きたいのに吐けない……私はそんな状況で叫ぶ。

「アレクサンダー家の方達は特等席で見ているし！」

よじれそうな胃を押さえつけるように腹部を両手で握る。

セレナ様は包み込むように私の手を取り、やわらかな笑みを浮かべた。

「それではキャロルさん、わたくしの戦いを見て肩の力を抜いてくださいな。自然体でいいのですよ」

セレナ様は私に軽く手を振ってから、堂々と入場した。

入場と同時に歓声が上がる。セレナ様の人気ぶりがよくわかる。聖女様らしい穏やかな物腰で、観客に向けて手を振っていた。

相対する女性兵士三人は闘技場の反対側からセレナを睨み付けていた。

そんな視線も気にせず、セレナは闘技場の中央に進み、四方向にお辞儀をする。その優雅な仕草は神々しささえある。

「本日大変ありがたいことにコルフォンス教の『塩の聖女』、セレナ・アンダーウッド様が我が辺境屈指の戦士たちと手合わせをしてくださることと相成りました！」

拡声の魔道具を用いた審判が闘技場中央に現れた。彼はセレナ様の近くに歩み寄り、手に持った拡声魔道具をセレナ様に差し出した。

「セレナ・アンダーウッド様、よろしければ一言どうぞ」

セレナ様は魔道具を受け取り、とても上品な笑みを浮かべ、鈴が転がるような声で話し始める。

「この度このような機会を設けていただき、誠にありがとうございます。コルフォンス教聖女として、わたくしは教え導く立場です。迷える方々に教えを説くのがわたくしの役割です」

一度間を置き、対戦相手の女性達に視線を向けた。

「ですので、全員ご一緒にどうぞ。まとめて説法してさしあげますわ」

セレナ様の言葉に、三人の女性兵は完全にぶち切れた表情になっていた。その顔は恐ろしすぎて、鬼狒々《おにひひ》が三匹現れたと思うくらいである。

審判は女性兵の発する怒気に当てられているのか、体が硬い。

「どうか肩の力を抜いてくださいませ」

セレナ様は審判の緊張をほぐすように微笑みかけた。相変わらずセレナ様には緊張もなく、ごく自然体だ。

だが自然体過ぎて、逆に隙だらけにも見える。

それこそ今から歌劇を始める最高の歌い手のようで、これから複数名と戦うようにはとても見えない。

それぞれ武器を構える戦士達。ひとりは剣士、もうひとりは槍使い、もうひとりは巨大な盾使いのようだ。

セレナ様は腰の手振り鐘を手にし、祈りを捧げる。

唇に集中して読唇術でセレナ様の言葉を読む。

「神よ。力を振るうことをお許しください。この鐘の音により、清らかなる叡知と知恵を授けたまえ」

セレナ様は言葉を紡ぎ、手振り鐘を構えた。

神聖な宗教画のように見える。あまりにも神々しい。

「はじめぇっ！」

審判の開始のかけ声とともに駆け出す戦士達。セレナ様は一歩も動かない。

巨大な盾を構えた戦士が、セレナ様に体当たりを狙うように突進する。そして剣士と槍使いが挟撃しようとしているのか、左右に分かれて走り出す。しかしセレナ様は一切の動揺なく、回避する様子も見せない。

そして驚くことに、盾使いは内側の持ち手の下の方を掴み、セレナ様に向かって振り下ろしたのだ！　振り下ろされた盾は鋼鉄だ。まともに食らえば骨が砕けてしまう！

左右、どちらに回避したとて剣士と槍使いが迎え撃つだろう。

後ろに回避し続けたとしても、盾に追いやられ壁に突き当たる。

力任せで強引な攻撃であるが、三人同時に相手にするのは難しそうだ。

一体どうするのか、とセレナ様を注視していると、彼女は優雅に手振り鐘を一度鳴らす。澄んだ鐘の音が響いたかと思うと、三人が持っていた武器は一瞬で塩になり、散ってしまった。

的確に武器のみを塩に変えたセレナ様の技量の高さに私は驚いた。

それは相対する三人も同じだったらしい。

だがわずかに目を見張ったものの想定内だったらしく、素早く互いに目配せをしてスピードを落とさず、セレナ様と距離を詰めた！

「うそ、隠し武器⁉」

盾使いは盾の裏側に手槍を隠していたようで、セレナ様の視界に入らない内に手槍を抜いていた。槍使いは塩に変えられる直前大きく長い針を柄から抜き放っているし、剣使いに至っては腰のベルトを抜いている。外したベルトは伸縮するバラ鞭らしく、振るった瞬間蜘蛛が足を広げたように伸び広がる。

セレナ様の塩に変える魔法を想定していたのなら二段構えも納得する。単に猪のような直情的思考の持ち主というわけではないようだ。

開始からわずか数秒の攻防――一体どう出るのか……私は固唾《かたず》をのんで見守る。

なんとセレナ様はその場で高く跳躍し、三人を見下ろしたのだ。

――悪手だ！

セレナ様の跳躍力に驚くよりも先に、私は顔を歪めた。

空中への回避は次の回避行動ができない欠点がある。木々の茂った森や梁のある屋内であるならまだしも、こんな広く遮蔽物《しゃへいぶつ》もない場所では、逃げ道がない！　セレナ様の魔法は強力だが、人を殺めなどしたら教会の「聖女像」が壊れる。故にセレナ様は彼女たちに対して魔法を使えないはず。

着地すると同時に袋だたきに遭ってしまう！

三人も同じことを考えていたのだろう。勝利を確信した笑みを浮かべてセレナ様を迎え撃とうとしていた。

駄目だ、と私はシャツの胸元を握る。

しかしセレナ様は聖衣をはためかせ、もう一度手振り鐘を振るう。

すると三人の足下がピンポイントで塩に変化したのだ！

「こなクソ……ッ！」

しかし彼女らも辺境の強者。剣使いが鞭で盾使いと槍使いを縛り、自分を犠牲にして塩の足場から逃がす。自分を犠牲にした瞬時の判断は的確だった。

盾使いと槍使いは塩に変えられていなかった足場に着地――

「っ⁉」

したはずだった。

塩に変えられていない、石材の地面のはずだった。しかしそこに盾使いと槍使いが着地した瞬間、石材が薄い氷のように割れ、体が沈んだ。

まるで一瞬、消えたように見えただろう。あっという間の出来事で、観客は皆あっけにとられて沈黙していた。

私もだ。

さっき手振り鐘を鳴らした時点で石材を薄く一枚残し、そのすぐ下を塩に変えたのだ。量や密度も調整して。

あの状態ではもう決着はついている。圧倒的すぎて私は顎が外れそうなくらい口を開けていた。セレナ様はまるで天使のように聖衣をはためかせ、塩に変えなかった部分に降り立つ。セレナ様は微笑みながら三人に語りかけた。

「さて、文字通り手も足も出ませんが降参しますか？」

セレナ様の穏やかな表情に、顔が真っ赤になっているのが見えた。まともに武器を交わすことさえなく、あっという間に終わってしまった勝負がよほど屈辱的だったのだろう。

三人は口々に反抗的な言葉をセレナ様に投げかけた。

「誰が降参なんて……ッ！」

セレナ様は目を細め、手振り鐘を中の振り子が鐘の部分に当たらないように緩くふるう。

「これが戦争であるか、相手が魔獣であればこの時点で貴女方の命はないということを、おわかりで……？」

セレナ様の笑みは先程までと変わっていないはずなのに、酷く圧迫感を覚えた。

対峙していない私でさえ小さな蟻になった気分だった。

自分より巨大で圧倒的な力を持つ生物が、その指先で己を潰すかどうか考えているような空気――

セレナ様は口元に笑みをたたえたまま、三人に問いかける。

――塩に変えられたくはないでしょう？

セレナ様の唇がそう動いた。

完全に彼女に命の与奪を握られていること。彼女の慈悲によって辛うじて今生かされていることを、三人は思い知らされた。なんならセレナ様は彼女らに魔法を使う気満々のようだ……

「こ……降参します……」

顔を青ざめさせた三人は、うなだれながら負けを認めた。

「勝者、セレナ・アンダーウッド様！」

宣言する審判の声に沸き上がる会場。

セレナ様はお辞儀をして観客と辺境伯夫妻に頭を下げる。それから観覧席にいたディアス様に手を振った。ディアス様もセレナ様と視線を合わせ、小さく手を振る。

ディアス様には安心した様子も逆に心配していた様子も一切なかった。

——信頼。

その一言があのふたりの間にはある。そう確信できる、ほんのわずかな出来事。

男爵令嬢は試される。

「聖女様って本当にお強いのね……『王国最強』っていうのも誇張でも何でもないのかも……」

メアリはセレナの見せた圧倒的な強さに呆然としている。

キャロルは先の勝負の瞬殺っぷりに緊張がほぐれるというよりあっけにとられて気が抜けてしまった。

セレナが戻ってくる後ろで塩まみれになっている女戦士達が救出されている。

修復担当の人々がせっせと塩を回収し、舞台を修復していた。

「さ、次はキャロルさんの番ですわ！」

頑張って！　と両手で拳を作るセレナ。

「あ、はい……ガンバリマス……」

力なく拳を作り、杖をもって舞台へ向かうキャロル。

すでにヴィヴィは準備をしている。腕をむき出しにした格好をしていて、「いかにも」武闘家の風体をしていた。

「(筋肉のつき方だけで、かなり鍛えていることはわかる……近接戦闘向けかな？)」

ヴィヴィの様子を観察しながら、キャロルはウィローにもらった杖をたずさえて舞台に上がった。

ヴィヴィはキャロルの武器を見て、フンと鼻を鳴らす。

「オズウィン様の隣に立つ立場だっていうのに長物？　オズウィン様を巻き込んで戦う気？　近接戦闘もできないくらい弱いのかしら？」

キャロルは何言ってんだ？　と顔をしかめる。オズウィンの魔法は「分解」と「結合」で直接触れなければならない。しかも生物限定だ。近接戦ばかりはバランスが悪くないか？　とキャロルは考えた。

「オズウィン様と一緒に戦うことと自分の持ち味をいかすことは別でしょう？　それにオズウィン様は基本近接戦闘なのだからその穴を埋める中遠距離ができる方が良いでしょうが」

キャロルの言葉にヴィヴィの顔に青筋が浮かび、ひどく恐ろし気な形相になった。その顔を見てキャロルは思わずギョッとする。

審判に促され、両者は構えの姿勢をとった。

ヴィヴィは炎を生み出し、拳に纏う。姿勢を低くし、審判の開始の声を待った。

「はじめぇっ！」

「えっ!?」

審判の開始の声よりもわずかに早く、ヴィヴィは地面を蹴る。

掛け声よりも早い突進に一瞬ひるむも、キャロルはヴィヴィの初撃を杖で躱《かわ》した。

拳は素早く、炎をまとっている分威力も上がっているらしい。まともに受ければ拳技の攻撃力に炎の熱によるダメージが上乗せされるのだろう。キャロルがヴィヴィの攻撃を杖で躱しているのは正解だ。

「ほらほらほら！　そのキレイな髪を焼かれたくなかったらさっさと降参していいんだからね!!」

功績をあげて一代貴族となった騎士であるヴィヴィは、言うだけあって強い。美しい炎の花びらを散らしながら拳をふるう——しかしキャロルはその攻撃の中で違和感を覚えた。

「（強さ至上主義の辺境で見た目の美しさに魔力を割く……？　それに、躱した時のこの感じ……）」

キャロルは確認するようにヴィヴィの拳を杖で強めにはじいた。

「つっ!?」

ヴィヴィの拳にまとった炎が散る。

拳の炎がすぐ散ってしまうことに気付いたキャロルは一つ仮説を立てる。ヴィヴィは本来広範囲を攻撃するための炎を無理矢理拳に集中させているのではないか、と。炎が花びらのように散っているのはそのせいではないか、と。

「さっきから躱してばっかりで……！　舐めてるのッ⁉」

ヴィヴィは一向に打ち合わないキャロルに対して食って掛かった。

「いや、舐めているのは貴女の方でしょう？」

キャロルは杖を支えにして後方に跳躍した。

杖を構え、ヴィヴィを見据える。

「はぁっ⁉」

「だって貴女の炎、散っているじゃないですか。本当は近接戦闘向けではないのでは？」

ヴィヴィはかぁっ、と顔を赤くする。

図星らしい。

案の定、ヴィヴィは激情家のようだ。集中が力乱れたらしく一層炎が散っている。

「うるさいうるさいうるさい！　近接のほうがオズウィン様と一緒にいられるのよ！」

「貴女の目的はオズウィン様とただ一緒にいるだけですか？　私を負かして自分の方がオズウィン様に相応しいと示すためじゃないんですか⁉」

ヴィヴィの主張に呆れて、キャロルは思わず説教じみた言葉で言い返す。ヴィヴィは正論を言われぐっ、と呻いた。

「貴女、本当に気に入らない」

「貴女に気に入られようとは思っていません。ただ私は貴方に対して嫌いとかいう感情はありませんから」

キャロルの言葉にヴィヴィは目を丸くする。

「……本当に気に入らない」

ヴィヴィは忌々しげに睨み付けるだけではなく、皮肉っぽい笑い方をする。ヴィヴィは自分がキャロル自身を憎いと思っていたのではなく、キャロルの立場を羨んでいたことに気付いた。

ヴィヴィがキャロルから距離をとり、構えを変えると炎玉が浮かび、分裂をする。ヴィヴィの背後を扇状に火球が広がった。

「喰らえ、私の全力……ッ！」

弾幕のようにヴィヴィの放った火球がキャロルを襲う。

その速さと数に避けることもできず、キャロルは火球を全身に浴びた。それでもなお止まることなく大量の火球がキャロルに向けて打ち込まれ続ける。

ヴィヴィはがむしゃらに火球を放つ手を止めず、一層数を増やして打ち込んでいくと、炎で包まれたキャロルの姿は見えなくなっていた。

オズウィンはキャロルを炎の中から見つけようと身を乗り出す。

「キャロルーッ！」

メアリが悲鳴を上げ、喉が裂けそうなくらい声を上げる。

「……ッ！」

あまりのすさまじさにアイザックは青ざめて口元を押さえた。

「問題ない」

涙を浮かべているメアリとアイザックに対し、ディアスは表情を変えずに舞台を見ていた。

すると次の瞬間、炎の弾幕の中から杖が飛んできて、ヴィヴィのみぞおちに突き刺さった。

「カハッ！」

みぞおちに喰い込んだ杖の衝撃で炎の弾幕が消え、残った煙の中から投擲をしたフォームのままのキャロルが現れた。

観客席からわっと歓声が上がる。

「耐寒耐熱の最大値と持続時間をあげる訓練をした。あの炎の弾幕なら堪えられて当然だ」

身を乗り出したまま、キャロルを注視していたオズウィンは、

「兄上、一体何をしたのですか？」

と、ディアスの言葉に思わず尋ねた。

◇◇◇

訓練二日目――

「今日は蝋燭《ろうそく》を作る」

キャロルは辺境に来てからというもの、貴族であれば基本的に経験しないであろうことばかりを

ってていた。

経験してきた。それでも訓練二日目ともなればディアスの訓練内容にキャロルはさほど驚かなくなっていた。

「ディアス様、これも保存食と同じで災害時用のものですか？」

「半分はそれだ。もう半分は教会用だ」

ディアスは蝋燭の材料からかけらを一掴み手に取り、キャロルの手に落とす。

「この蝋は真珠蜂《しんじゅばち》の蜜蝋と白岩油《はくがんゆ》を主体にいくつかの材料を混ぜて作る。蝋の融点が高く、持ちがいい」

「へぇ……それにいい匂い」

かけらに鼻を近づければ、ほんのり蜜の香りがした。

「以前蝋を溶かせると言っていたな」

「はい。封蝋など溶かす程度の熱は生み出せます」

キャロルの言葉にディアスは肯き、今日の訓練について説明を始めた。

「今回はこの蝋燭作りを通して今までより高い熱を生み出し、出力し続けることで耐熱力と持続力を鍛えてもらう」

「はい！」

さっそく蜜蝋などを入れた大きな鍋を魔法で加熱しようとするが、キャロルは一度停止する。

大きな鍋はかまどの上に乗っている。

キャロルは封蝋を溶かすとき、専用のスプーンの下に手を当てて熱を加える。しかし蝋を溶かし入れる道具以外、それらしいものがひとつもない。

鍋をかき混ぜる道具すらない。

キャロルはディアスに視線を投げ、疑問符を浮かべながら尋ねた。

「……ディアス様、これはどのように熱を加えれば？」

「手を入れて直接加熱するんだ」

キャロルはパチパチと目を瞬かせる。おそらく理解が遅れているのだろう。しかしディアスはそのまま説明を続けた。

「真珠蜂の蜜蝋も白岩油も通常の封蝋などより融解温度が高い。通常は炎や集光で溶かすが、今回は手でかき混ぜながら加熱してもらう」

キャロルは「なるほど」と思ったがひとつ疑問が浮かぶ。

ディアスは先ほど「通常の封蝋などより融解温度が高い」と言っていた。だがそれはどれくらい高いのだろうか？　と。キャロル自身封蝋を溶かすことはできるが、長く触れていれば火傷をしそうになる。

封蝋より融解温度が高いなら、なおさら長い時間触れているのは難しくなるだろう。

「……ちなみにこれがすべて溶ける温度はどれぐらいでしょうか？」

「魚のフライを作る時の油より少し高いくらいだ」

三拍ほどたっぷり間を開けてから、キャロルは甲高い声を上げた。

「魚のフライを作るのがどれだけの温度かは知りませんが大変高温ですよね⁉」

ディアスの説明にキャロルは珍しく悲鳴のような大声を出した。正確な温度こそキャロルは知らないが、普段自分が出力する温度を大幅に上回っていることは想像できたらしい。

——余談ではあるが、魚のフライを揚げる際の油の温度は封蝋を溶かす時に必要な温度のおおよそ三倍である。

うっすらと汗をかいて動揺するキャロルを、ディアスは表情を変えずに濃い金色の眼差しで見下ろしてくる。

「言っておくが蝋燭作りはまだ序盤も序盤だ。だができないというなら別の方法を考えよう」

「……ッ！」

ディアスは無表情である。キャロルは息を呑んだ。

このとき両者の間には行き違いが起きていた。

ディアスは昨日の保存食作成をこなしたキャロルには可能と考え提示した訓練であった。けれど蝋燭作りが難しいならまた異なる手段を取るつもりだった。

ディアスは多くの部下を持ち、セレナと異なり僧兵の鍛錬に携わることも多い。

屈強と名高いコルフォンス教僧兵も最初から強いわけではない。効率的な訓練と自身を追い込む修行——その二つを使い分けて教皇や聖女を守る盾となり、また彼らを害する悪意を討つ剣となるのだ。

故にディアスはキャロルがギリギリできそうな難易度の訓練をするつもりでいた。ただ今回の対象は教会の僧兵やその見習いと違う。つい最近辺境に来たばかりの、しかも魔法練度は一般人より少し上くらいの令嬢である。

本来は自分の力量より少し上のものを繰り返すくらいがちょうどいい。それに従兄甥《いとこおい》の婚約者で未来の辺境伯夫人（予定）のキャロルに力量を大幅に超えた訓練をいきなりさせるのもどうか、とディアスは考えなおしていた。

だがキャロルにはこの言葉がそのままの意味にはとれなかった。

最近は改善されたものの、キャロルはやはり少しばかり卑屈なところが残っていた。

自分を低く見る性分。

そしてヴィヴィ達の批難。

この二つが合わさり「こんなこともできないならお前は勝てない」と言われたような気になってしまったのだ。

今のキャロルには背負うものが多くあった。

ディアスの言葉がキャロルに火をつける。

「やります！」

自分を送り出した両親、自分を思ってくれていた姉――そして自分を信頼してくれているオズウインを裏切らないためにキャロルは食いついたのだ。

ここからキャロルの地獄の訓練が始まった。

「あちっ、あちっ」

「鍋の底からかき混ぜないと、全部溶けないぞ」

「は、はいっ！」

キャロルは鍋を素手でかき混ぜ、普段出力しない温度の熱を出し続けた。手が熱に耐えられていない。火傷をしそうな気配を感じたキャロルは、時々手を鍋から抜き出し、息を吹きかけて冷ます。

「体は冷やし、皮一枚外側から熱を出すようにしてみるといい。そうすれば火傷をしたりしなくて済む」

「魔法の分離、ですか？」

「どちらかというと同時使用だ。右手を冷やしながら皮一枚分でも外側を加熱していけるようになれば、魔法の幅が広がる」

「はいっ！」

その日は数百本の蝋燭が出来上がり、その蝋燭の一部が教皇の下へ贈られることになるのはまた別の話である。

訓練三日目——

「いたいいたいいたい！」

キャロルは普段であれば質の良い靴下に包まれている足をむき出しにしていた。訓練用のズボンをたくし上げて膝下から日に焼けていない脚を晒している。

すぐそばにはディアスがいて、白い聖衣ではなく黒い武道着を着ている。

この日はなぜかセレナも訓練の場にいた。

「始めはゆっくり炭の上を歩き、足の裏から加熱するんだ。炭が熱くなってきたら他の炭の熱が下がらないように走れ！」

硬い炭の上を素足で歩くことは痛い。もちろんそれだけではなく不安定で足場としては最悪である。

それを自ら加熱しながら走らなければならないのだから、キャロルはまるで自分で自分を焼く拷問をしているような気分になった。

「キャロルさん頑張ってくださいまし～」

セレナがふいごを持ち出し、ギュゴギュゴと踏み、不意打ちで空気を送ってくるものだから、キャロルは熱さに飛び上がる。

「あっつぅ!!」

カンカンに炭が熱せられれば回収され、次から次へと新たな炭が足される。一瞬冷えたように感じて気が抜けそうになるのを、ディアスは見逃さない。

「どんどん熱するんだ！　あと三周走るまでに温度を上げ切れ！　それが終わったら炭を熱したまま俺と組み手だ！」

「ふんぬううううう！」

熱せられた炭と走り込みで顔が真っ赤になり汗が滴っても、炭がすぐに汗を蒸発させていた。

「今日は炭火焼きですわね～」

「あっちぃっ!!」

再びセレナが不意打ちでふいごを踏んだ瞬間、キャロルはうっかり尻もちをつきそうになった。

訓練四日目――

ディアスとキャロルは「辺境の武器庫」と呼ばれる街へ来ていた。そこのある工房の手伝いとして――

「嬢ちゃん！　温度が足りないぞ！　そんなんじゃ夜光鋼《やこうはがね》は溶けないぞ！」

「んぎぎぎぎ……！」

炉を熱していた。

無骨な武器職人・ビーシュの工房で武器を作るための夜光鋼をひたすら炉で熱し、顔を真っ赤にしている。蝋燭作りの時の加熱がお遊びに思えるほど、工房の炉は熱かった。

汗という汗は乾き切り、喉がカラカラしてきて何度もむせている。

「温度が落ちているぞ！　そら！　夜光鋼が赤くなるまでだ！」

「ぐぬぬぬぬ……！」

真っ赤に焼ける夜光鋼の色が目に焼き付き、夢に出るまで数日間、ビーシュの下でキャロルは炉を熱し続けていた。

槍の穂先を数本作り終えるころ、キャロルは自分で金属を溶かし、小さなナイフを作れるくらいになっていた。

「おお、いいぞいいぞ。こりゃいいナイフだ。ちっと小さいが、ペーパーナイフくらいにゃなるだろう」

「ありがとうございましたぁーっ！」

腹の底から出した声は、隣の工房にまで聞こえていた。

訓練八日目――

「そのまま硝子を捏《こ》ねて形を作れ！　そうだ！　飴細工《あめざいく》を作るように伸ばして形を作るんだ！」

ヴィヴィとの戦いが間近に迫ったころ、キャロルは二枚目の壁付近にある硝子工房に来ていた。

もちろん、これも訓練である。

「はぁ……っ！　はぁ……っ！」

キャロルは真っ赤に熱した硝子を捏ねて引き延ばし、形を作っていく。飴など比べ物にならないくらい高い温度になる硝子を、キャロルは素手で捏ねて形を作っているのだ。

「わー！　ねえちゃんすっげー！　龍作ってよ、龍！」

「おっきいので作って！　できれば羽があるやつ！」

近所の子どもたちが、普段見ない光景にそわそわとしている。

ディアスは「あれは特殊な訓練だから、絶対マネするんじゃないぞ」、と硝子工房を覗く近所の子どもたちに声をかけていた。

もっとも、キャロルは集中しすぎてディアスの声以外、ほとんど頭の中に入ってきていなかったのだが。

ある程度形にしたタイミングで鋏を入れ、細かい形を作っていった。

「で、できた……！」

「はー。お嬢さん、ずいぶん立派な龍の細工作ったねぇ」

キャロルは王家とアレクサンダー家の紋章に使われている龍そっくりの硝子細工を作り上げていた。

それはたいそう立派な龍で、硝子の龍を見た老人が「黄金龍様じゃ」と手を合わせていたらしい。

◇◇◇

こうしてキャロルは以前の何十倍もの高熱に耐える力を得ただけでなく、出力までできるようになった。今までキャロルの魔法は直接・間接問わず触れなければかからなかった。しかしディアスの厳しい訓練を終えた今、指一本分程度離れていても魔法をかけられるようになったのである。

たった十日間という期間で魔法の効果範囲・出力・持久力をここまで上げたキャロルに、オズウィンは目を輝かせていた。

「短期間であったから多少詰め込んだが……根性がある。教会の僧兵としてもやっていけそうなくらいだ」

「さすがキャロル嬢！　彼女はまだまだ強くなりますよ兄上！」

目をキラキラさせているオズウィンを見て、ディアスは「ああ、そうだな」と呟く。

「眠りながら湯船を沸騰させたのも、龍の硝子細工を持ってきたのも……そういうことだったの……？」

メアリとアイザックはあまりにも過酷な訓練内容に引き、ジェイレンは頭を抱えてその巨体を縮こめていた。

「ニューベリー男爵夫妻になんと手紙を書けばいいんだ……」

ジェイレンの胃はキリキリと痛みを訴えかけていた。

辺境伯夫人は乱入するようです。

ヴィヴィの火炎弾幕を耐えきり、的確に杖を投擲したキャロルに、観客は沸いていた。

オズウィンもまた、キャロルの急成長に頬を染め、口内が乾くほど気を高ぶらせている。

グレイシーもまたキャロルの戦いぶりに目を輝かせている。もちろん、喜びや憧れで目を輝かせている状態ではない。瑠璃色の瞳に獣のような苛烈なきらめきを帯びていた。

その横顔は獰猛な興奮に染まり、口元が歪んでいる。

「……いいわね」

グレイシーの呟きがオズウィンの耳に届いたかと思うとドンッ！　と落雷のような音が響いた。

グレイシーがいた場所に彼女の姿はない。

彼女のいたはずの席には、微かなヒビだけが残っている。

突然消えたグレイシーに、オズウィンは驚いて声を上げる。

「母上⁉」

オズウィンは慌てて近くを見渡した。しかしグレイシーはどこにもいない。

息子の声に反応し、ジェイレンはスンッ、と鼻を鳴らした。ジェイレンは嗅覚のみを態に変化させ、グレイシーの居場所を嗅ぎ取る。

ジェイレンはすぐに闘技場のほうに視線を向けた。そしてその表情をすぐに驚愕に染める。

「グレイシー⁉　何を……！」

身を乗り出し、両眉を上げて、闘技場中央を見るジェイレンにオズウィンもつられる。

闘技場中央を見れば、バチバチと静電気で髪を逆立たせたグレイシーが立っていた。黄金に輝くガントレットを装備している。

「辺境に来てまだ二週間足らずだというのにやるじゃない！　なかなか見込みがあるわ！　辺境伯夫人として貴女を見極めさせてもらおうかしら！」

その顔は好戦的な笑みを浮かべていた。

グレイシーは両腕を広げ、高らかに声を響かせる。

「ヴィヴィ班長を下げなさい！　次は私と手合わせしてもらうわ！」

観客席から空気を震わせるほど大きな歓声が上がり、一気に盛り上がる。

キャロルは何が何だかわからなくてついていけないらしく、動揺したままキョロキョロと周りを見渡していた。

救護班がヴィヴィを回収したことを確認した審判がキャロルの杖を拾って手渡し、両者を順番に見る。

「ちょ、ちょっと……！」

「はじめぇっ！」

キャロルの制止の声も聞かず、審判は開始の声を上げてしまった！

キャロルは慌てて杖を構える。

審判の声と同時に、グレイシーは走りだした。グレイシーの武器がガントレットであることから接近戦を予想したキャロルは杖を振り回し、懐にグレイシーを入れないようにする。

しかしグレイシーの動きは速かった。

キャロルが杖を振り切る前に懐に飛び込んで来たかと思うと拳を振り抜く。キャロルはかろうじて防ぐも、その衝撃は大きく、大幅に後退させられた。

キャロルが拳を防いだことに、グレイシーは実に喜ばしげに笑った。しかしその表情はあまりにも凶暴だった。

グレイシーはガントレットをぶつけ、音と火花をちらす。

「さあっ、まだまだ行くわよキャロルさん！」

バチバチと電気が散り、グレイシーの髪が広がる。すさまじいスピードで距離を詰められ、一秒間に五発、右拳が繰り出される。

「くッ！」

これを杖で躱すキャロル。一撃一撃の重さがヴィヴィの比ではない。

時折不意打ちのように突きと足下の攻撃を入れるグレイシーの動きはトリッキーだ。意表を突くような攻撃はキャロルを翻弄《ほんろう》する。

キャロルはグレイシーの間合いから出るため、なんとか距離をとろうとする。不意に足下を狙われ杖を軸に足払いを躱した。

「せいやぁッ！」

キャロルはグレイシーの顎を狙い、蹴りを入れようとする。杖を使えばコンビネーションを続けられる——そう考えたのだろう。

しかしグレイシーはそこから体を仰け反らせ、後方に手を突き回転しながら回避をした。キャロルはそのときのグレイシーの顔を見て鳥肌を立てる。

グレイシーの歓喜した表情が獲物をねらう獣のように凶暴だったからだ。そしてその表情は、およそ一ヶ月半前、オズウィンと決闘したときに彼が浮かべたものとそっくりだったのだ！

「まだまだぁっ！」

グレイシーの攻撃速度はどんどん上がってゆく。そして左右交互に繰り出される拳は、一秒間に

十五発を優に超えていた。しかも速さだけではなく威力も上がっている。

キャロルは後退しながら必死に攻撃を躱し続ける。しかし一撃一撃の重さは上がり、時折バランスを崩されてガントレットが体をかすめ出す。

「(彼の雷使い、サマンサ・オルティスが使ったように、自分の肉体に雷を巡らせることで身体能力を強化する魔法……！　速いッ！　強い……！)」

グレイシーの底上げされた身体能力は人間ではあり得ない動きを実現していた。

死角からの蹴り上げにひねりを加えた拳。それを杖で躱すキャロル。だがグレイシーは流れるように宙返りをしながら蹴り上げを繰り出した。キャロルは危うく杖を弾き飛ばされそうになり、無防備に腹を晒してしまった。

「ほらぁッ!!」

そんな大きな隙をグレイシーが逃すはずもなく、彼女の拳はキャロルの腹にめり込んだ。

「カハッ!!」

キャロルの体は吹き飛ばされ、地面に叩きつけられる。あまりにも強烈な一撃に一瞬意識が白むが、腹部を押さえながらもなんとか立ち上がった。

「グレイシー！　止めろ！　キャロル嬢はまだ辺境に来たばかりなんだぞ!?」

突然始まったキャロルとグレイシーの手合わせにジェイレンが大声で叫ぶも、会場の歓声にかき消される。

ジェイレンの肩を掴み、オズウィンが叫んだ。

「父上！　止めに入らなければ！」

オズウィンの言葉とその焦った表情にハッとしたジェイレンは、闘技場に下りるため駆け出す。

オズウィンも一緒にキャロルたちの元へ向かった。

「頑張ってキャロルーッ！　負けないでーッ！」

「メアリ、痛い、痛い！」

メアリは普段の令嬢らしい姿を完全に崩し、大声でキャロルを応援している。隣に座ったアイザックの腕を掴み、必死に声援を向けていた。

メアリはキッと鋭い眼差しで前に座るウィローの肩を掴む。

「ウィローさん！　あの杖はすごく強い武器なんでしょう⁉　そうなんでしょう⁉」

ウィローの肩を掴んでガクガクさせるメアリは完全に興奮状態に陥っている。

アイザックが制止するも、ウィローを揺さぶる手は止まらない。

「いや、キャロル様向けの武器ではありますけど、強いかどうかと言われると悩ましいところですね」

「なんですかそれ！」

ガクンガクンとメアリに揺さぶられてものんびりと答えるウィロー。

メアリの手には更に力が入った。

キャロルはなんとか体勢を立て直し、少しでも回復をさせるため、杖を回転させて間合いを保とうとしているようだった。しかしグレイシーにとって時間稼ぎにしか見えないようである。

グレイシーはガントレット同士をぶつけ、火花を散らしてキャロルに肉薄する。

「杖を振り回すだけじゃ、私は倒せないわよ！」

吠えるグレイシーは周囲に雷をまき散らしながら叫んだ。

キャロルは杖をまるで剣のように構え、振り上げる。グレイシーの頭を割らんとするように、杖を愚直に振り下ろした。速さは十二分。当たれば額を割るくらい容易かろう。

ただし「当たれば」である。

「素直すぎる攻撃ね！」

グレイシーは杖の攻撃をあえて躱さず、完全にキャロルの懐に入るため杖を受けることにした。

両腕をクロスさせ、速さに合わせて受け止めて無効化する――グレイシーの高い技術によってキャロルの反撃は受け止められた……

「なッ⁉」

はずだった。

硬く、グレイシーのガントレットを強か《したた》打ち据えるはずだった杖が突然ぐにゃりとしなり、グレイシーの両腕に巻き付いたのだ。

その様子にあっと観衆は声を上げた。

「なにあれ⁉」

目を見開くメアリに、ウィローはフフン、と胸を張って解説を始める。

自慢げに人差し指で指揮をするように語るウィロー博士は満足そうに目を細めた。

「あの杖は特殊な金属でできておりまして、熱くなるとやわらかくなり、冷やすと固まる性質があります。キャロル様の魔法の使い方により、杖にもなり、鞭にもなるのです」

グレイシーの腕を捕らえた瞬間、キャロルは再び杖を冷やして固めてしまう。キャロルはこの瞬間、グレイシーを捕らえたのだ。

キャロルはそのまま杖の端を掴み、首や腕に筋が浮くほど力を込めた。

足を軸に、キャロルは今までにない力を発揮し、グレイシーの体を投げつける。しかしこのときキャロルは戦いに我を忘れ、行動は反射的で後先考えないものになっていた。

その証拠にキャロルはグレイシーの体を審判のいる方向に投げつけてしまっていた。

「ぅわっ⁉」

審判はグレイシーの体を避けることも可能だった。しかし辺境伯の妻であるグレイシーを避けることが憚られたのだ。審判はそのままグレイシーの体を受け止めてしまい、グレイシーは受け身が取れず着地に失敗する。

「でやあああああっ！」

そしてキャロルは完全に頭に血が上っており、冷静さを欠いていた。そのままグレイシー目がけて一直線に走り、跳び上がる。鉄板入りの靴底が、グレイシーの体を審判ごと蹴り飛ばす。しかしその蹴りを繰り出したキャロル自身も巻き込んでもみくちゃになってしまった。

キャロルは完全に狂戦士状態で、なりふり構わず攻撃を繰り出していたのだ。故に攻撃をしたあとに受け身を取ることもせず、グレイシーの上で気を失ってしまった。

グレイシーも審判とキャロルにはさまれ、腕も動かせず身動きが取れなくなっている。

審判は言わずもがな。女性ふたりに下敷きにされ、気を失っている。

直後、ジェイレンが闘技場に飛び出してきた。オズウィンも続いて駆けつける。

ジェイレンとオズウィンの目に飛び込んできたのは、闘技場に立っていた全員が気を失うか、身動きが取れない状態だった。

「この勝負、引き分けとする！」

ジェイレンは声を張り上げて勝負の引き分けを宣言する。

ジェイレンの言葉に会場はわぁっと歓声を上げた。

その歓声を背にジェイレンはグレイシーを、オズウィンはキャロルを抱き上げて医務室へ移動していった。

会場は大盛り上がりである。

なにせオズウィンの婚約者が辺境伯夫人であるグレイシー相手に引き分けに持ち込んだのだ。この健闘ぶりは後に語り草になるのであった。

◇◇◇

キャロルが目を覚ますと、そこは辺境に着いた当日、使用人たちが世話になった医務室だった。

何故《なにゆえ》自分がここにいるのか、と一瞬混乱したものの、落ち着いて記憶をたどろうとする。

「なんかかゆい……」

傷やけがが治るとき特有の痒みで意識を取り戻したキャロルは、のっそりと体を起こす。着ていた服は脱がされ、独特な薬草の臭いの湿布やら塗り薬があちこちに塗られていた。

「あら、気がついた？」

声の方向を見るとグレイシーがいた。

数秒の間、グレイシーを見つめれば、キャロルははっきり思い出した。

キャロルはハッとなり、体を起こしベッドの上で脚を折って、額をシーツにこすりつけだした。

「も、申し訳ありませんでした！　グレイシー様に跳び蹴りなんて……！」

グレイシーは一瞬きょとん、とするがすぐにオズウィンとよく似た笑い方をして腹を抱える。

「いいのよいいのよ！　手合わせってそういうものなんだから。ひと通り傷を治す魔法を掛けさせたけど、まだどこか痛いようだったら医療魔法使いを呼ぶから、言ってちょうだい」

ケラケラ上級貴族らしからぬ笑い方をするグレイシーに、キャロルはソロリと顔を上げた。

「でも本当に貴女と手合わせしてよかったわ。私相手に実力を示したのだもの。上級貴族の立場でも、貴女とオズウィンの婚約に文句を言う人間は辺境にいなくなったはずよ」

グレイシーの言葉にきょとん、とするキャロル。グレイシーはにやりと意地の悪い……いや、企みが上手くいったという少々いやらしい笑みを浮かべる。

「ヴィヴィ班長ひとりを倒したところで、辺境外のご令嬢相手では文句を垂れる人間がまた出てくるでしょうからね。手加減したつもりはないけどよかったわ」

キャロルはグレイシーが乱入したことの意味がようやくわかった。グレイシーは戦闘狂っぷりを発揮してキャロルと戦ったわけではなかったのだ。キャロルがオズウィンと結婚し、辺境伯夫人になることへの不満を事前に潰す機会を早めに設けてくれた、というわけだ。

現・辺境伯夫人であるグレイシーと辺境外の人間が引き分けたのだ。下手に文句をつければグレイシーの実力に文句を言うも同然である。

「……グレイシー様、お気遣いありがとうございました」

ベッドの上で平伏するキャロルに、グレイシーは満面の笑みを浮かべる。

「まあ、それはそれとして貴女と手合わせしてみたかったのだけれどね」

——やっぱり頭辺境なだけだったの……ッ!?

キャロルは先程までの真剣な顔をぐにゃぐにゃと歪めたのだった。

挿話　オズウィン・アレクサンダーは溶けて固まる。

オズウィンはキャロルの姿に心を打たれていた。

大型魔獣討伐の実績から騎士となったヴィヴィを見事に倒したことだけではない。尊敬するディアスに「根性がある」と言わしめ、母であるグレイシーとも引き分けてみせたことに、だ。

流石にグレイシーの乱入には肝が冷えたし、もちろん厳しく母を問い詰めもした。訓練の忙しさで後回しにされていた魔法的拘束を行う「誓約書」も直後に書かせた。グレイシーの「誓約書」には他の家族と異なり「キャロルの同意無しに手合わせをしない」という一文も追加させている。その一文を追加するよう進言したのはオズウィンである。キャロルの婚約者として当然の行動であった。

ただグレイシーの行動に対する不服もあったが、キャロルの成長ぶりや機転を利かせた戦い方に感心して舌を巻いたのも事実である。

王都で行われたパーティーで古木女を刈り込み鋏で倒した時から、キャロルの魔獣狩りの才覚の片鱗は見えていた。

基本的に、女性は体力や腕力の面で男性に劣っている。そのため男性以上に魔法の腕を磨くことが多い。例え魔法の体系的学習が一部の人間にしか許されていなくても、だ。

キャロルは辺境外の貴族令嬢である。しかも男爵という、王国の政治に関われることもない――自身の領地に生涯を尽くすことがほとんどの――身分だ。そういった、魔法の腕を高める学習的資源の少ない場所で、キャロルは知恵を絞り、自分の魔法を最大限活かせる方法を模索していた。

キャロルの試行錯誤は彼女の短い爪と手に出来た肉刺から読み取れる。そこに魔法の学習的資源を注ぎ込めば、キャロルの成長は底が知れない。

「(やはりキャロル嬢に婚約を申し込んだのは正解だった)」

辺境伯の身分を継ぐ予定であった兄が三年前の魔獣討伐で行方不明になり、次期当主という肩書きが転がり込んで来た。もともと兄の予備であると考えていた節があるオズウィンに精神的重圧はなかった。

だがその一方でオズウィンには懸念がある。自身の魔法の「分解」――この魔法があまりにも恐怖支配に向いている点だ。

兄の魔法の「増殖」は食料や資材など増やすことができた。人々を豊かにすることができる魔法だった。一方でオズウィンの生物にのみ有効な「分解」。これを人に向けたならば？

手足などを人形のように外してばらばらにできる。

痕跡も残さないくらい完全に分解することもできる。

そういったことが「可能だ」ということで脅せる。

少し想像しただけでも、これだけ可能だ。他人を恐怖で押さえつけるのはたやすい。本人が望む望まないに関わらず、だ。そういった想像をさせてしまうこと自体が恐怖支配の始まりのようであると、オズウィンはそんな気さえしていた。

――辺境の頂点に立つならば、そんなことをしてはいけない……

魔法の性質に性格や考え方などが引っ張られるというのは、魔法心理学では有名な話である。巨大化魔法の使い手が、その体の大きさに比例して自己顕示欲や万能感を肥大化させるように。変身魔法の使い手が自身の本当の姿がわからなくなり自己を統一できなくなるように。

全員が必ず影響を受けるわけではない。

ただ人よりも「そうなりやすい」というだけだ。

オズウィンは自身の持つ魔法が生物のみに有効な「分解」であると知ったときから、その性質に引っ張られないよう注意していた。オズウィン自身は明るく、素直な善人であるにも拘らず、いつも頭の片隅にある引っ掛かりを覚えながら。誰よりも自分の魔法の扱いに注意して、自戒していた。

そうしていつも頭の片隅にある引っ掛かりを封じ込めて、見ないようにしていた。幸い、辺境には発散対象が大量にある。魔獣であればいくらでもぶつけていいし、魔獣と戦っている間は引っ掛かりを忘れられている――むしろそうすることで国を守り、人を守ることになる――オズウィンはそう信じていた。

幸い、今のドラコアウレア王国は法整備も進んでおり、人々の生活と日常にコルフォンス教が浸透している。善悪は王国の法とコルフォンス教に従えばいい。己の魔法に引っ張られる可能性のある自分の感性など、信じられない。周囲に素直な善人と評されていても、安心などできないのだから。

オズウィンはキャロルが自分を引き留める錨《アンカー》になってくれることを願っていた。

辺境外の常識人。それでいて尊敬するディアスに認められる実力がある。両親はもちろん、妹であるモナも彼女を好くほどだ。

オズウィン自身もキャロルに対して、背中を任せていいと思えるくらい、己が武器を預けていいと思うくらい、信頼している。

彼女はきっとオズウィンに何かあったとしても、自分の役割を果たすためにオズウィンを刺すことも出来るだろう。

オズウィンにとって、キャロルはあまりにも理想的な「次期辺境伯夫人」だった。

◇◇◇

闘技場での戦いの翌日。

オズウィンは辺境各地の慰問へ向かうディアスとセレナを見送っていた。

「兄上、セレナ様。それではお気をつけて」

「ああ、ありがとう」

元々セレナが強く、護衛を必要としないこともあり――むしろ護衛が足手まといである――今回の辺境訪問にはディアスのみ付き添いとしてきていた。今この場に教会の人間は彼らしかいない。またディアスとセレナは仰々しく見送られることを嫌ったようで、見送りに来たのはオズウィンのみであった。

ディアスとセレナは互いに身だしなみを確認し合ってから、彼らの足であるリンデンに跨がる。セレナを包み込むように馬に跨がるディアスは表情こそ変化はないが手つきが優しい。

お互いを尊重し、補い合う様子はオズウィンの理想とする夫婦像といって差しつかえなかった。

「第三の壁付近を回らせていただきます。教会に戻る前にまた伺わせていただきますわ」

「皆、喜びます。待っておりますね」

ディアスは見送りに来ていた従兄甥が、お座りをして尻尾を振る犬に見えた。一見人懐こい犬のような従兄甥の姿に、ディアスはしばし黙る。

ディアスはリンデンの腹を蹴る前にオズウィンを諭すように言葉をかけた。

「……ちゃんとキャロル・ニューベリーとは仲良くするんだぞ」

「はい、もちろんですが？」

ディアスの言葉にオズウィンは「何でそんな当然のことを言っているのだろう」ときょとんとしている。

おそらく意図が通じていないだろうと察したディアスは目をつぶり、小さく溜息を吐く。

「ふふふ。オズウィンさん、頑張ってくださいね」

含みのありそうなセレナの言葉にも、オズウィンは一度首を傾けてから元気な返事をする。

ディアスはまた溜息を吐いていた。

「キャロル・ニューベリーを将来妻に迎える気なら、彼女のことを知りもっと話し合って親睦を深めておけ」

「……？　はい。もちろんです！」

セレナは助言をするディアスを見て、口元に手を添えて笑っている。

「オズウィン、お前わかって……」

「駄目よ、ディアス。オズウィンさんは素直なんだから」

「セレナ……」

クスクスと笑うセレナを咎めるように眉を寄せるディアス。ディアスは自身の眉間をぐりぐりと揉みほぐしている。

「まだふたりは婚約したばかりだし、部外者が口を挟み過ぎるのも違わない？」

「……」

「でも折角だからわたくしもひとつだけ。夫婦になるなら相手が何を大事にして、何に苦手意識を持っているか理解することが大事ですわ」

「はい、確かに……」

キャロルに黙って魔獣肉を食べさせたこと、彼女が高い身分に対して酷く苦手意識があることを思い出す。過去のやらかしについて思い出し、オズウィンは顔を歪めた。

「特に苦手な物事を理解している方が大事かしら？　ね？」

「確かにな」

「うっ……」

オズウィンの反応に、セレナは微笑んでいる。面白がっている風にも見えた。

セレナはひとしきり笑ってから背筋を正す。ディアスは手綱を握り直し、リンデンの腹を蹴った。

「それでは、オズウィンさん。キャロルさんと仲良くね」

「またな、オズウィン」

パッカパッカと緩やかな蹄の音をさせながら、アンダーウッド夫妻はアレクサンダーの居城を出て行った。

ふたりが見えなくなるまで見送ったオズウィンはうなじをかく。

「（そういえばキャロル嬢の好きな物はなんだったか……）」

狩りが好きなことは知っている。だがもっと踏み込んで「キャロル・ニューベリー」という個人を形作る嗜好など、知っていることはどれくらいあっただろうか？

拳を交わし、共に戦ったせいでキャロルのことをかなり知った気でいたが、本当にわかっていただろうか？　好きな食べ物、音楽、色、花、状況……逆に苦手なもの。キャロルと一緒にいて、知っているものもある。

だが十分に言葉を交わしていたか、と尋ねられると、オズウィンは言葉に詰まりそうな気がしてきていた。

うんうんと唸りながら廊下を移動していると、オズウィンは曲がり角で人とぶつかる。胸の辺りに感じた衝撃と、視界に入った赤みがかった茶髪はバインッ、とオズウィンの胸に弾かれた。

「へぶっ！」

「っ、すまないキャロル嬢！」

キャロルはオズウィンとの衝突で、鼻を押さえていた。慌てたオズウィンは、反射的に前のめりになってキャロルの顔を両手で掴んでいた。

「大丈夫か、キャロル嬢ッ？」

いつも気配には気をつけているが、先程までオズウィンの頭の中はキャロルのことで一杯になっていた。そして今はキャロルの鼻が無事か、で頭が一杯になっている。

「お、オズウィン様落ち着いてください大丈夫です……」

「よかった……」

少し赤くなっている気がするが、折れて鼻血が出ている様子はない。胸をなで下ろしたオズウィンはキャロルから手を離し、見つめる。

オズウィンに見つめられていることに気付いたキャロルは頬を赤らめ、目をパチパチさせていた。

そして緊張からか、居たたまれなさからか、ペラペラとしゃべり出す。

「あ、あの！　オズウィン様はセレナ様たちのお見送りだったのでしょうか⁉」

「んっ、あ、ああ」

オズウィンはこのとき、尊敬するディアスとセレナに言われた言葉を思い出していた。

――キャロル嬢の苦手なもの、か……

きちんと知り合ってから一ヶ月と少し。ペッパーデー家の処罰のあと、辺境で受け入れ準備。着いてからはすぐに訓練訓練で顔を合わせない日も多かった。

よくよく考えてみればディアスに「大丈夫だ」と言えるほど会話をしてはいなかったのだ。

オズウィンはしばらく考えてから口を開いて尋ねた。

「……なあ、キャロル嬢。キャロル嬢は苦手なものはあるのか？」

「苦手、ですか？」

オズウィンの言葉に、キャロルは考え込んでいる。

――しまった。

オズウィンは自分のした質問が唐突すぎた上に、ある意味答えにくいものであったことに気付く。

「うーん、うーん」と首を捻っているキャロルが、自信なさげに口を開いた。

「始めて魔獣肉を食べたとき、驚きはしましたが辺境に来てからすべての魔獣は美味しくいただいていますし、元々嫌いな食べ物もないですし……特に苦手な物って思い浮かばないですね？」

キャロルの言葉に目を瞬かせるオズウィンは、自分の言葉がキャロルに「食べ物の好き嫌い」と受け取られていたことに気付く。真面目な表情で、キャロルは真剣に「苦手な食べ物」を考えていたらしい。

しばし見つめ合ってから、オズウィンは笑った。

食べ物の好き嫌いがないことはよいことだが、オズウィンの問いかけは食べ物に限定したものではなかった。セレナの言葉もあって、少々深刻に考えていたが一気に気が抜けてしまったようだ。

「おっ、オズウィン様こそ！　何か苦手なものはないんですか⁉」

からかわれたと思ったらしいキャロルは、頬を赤くしながら少し強めの声で問いかけた。

オズウィンは笑いすぎて目の端にたまった涙を拭ってから答える。

「食べ物で苦手なものはないんだが……実は蜻蛉《とんぼ》が苦手かな？　小さい頃、蜻蛉型の魔獣に耳を齧られたことがあって。これくらいの」

オズウィンは中型犬くらいのシルエットを描《えが》いてみせた。

「えっ、そんなに大きいのですか！　それだけ大きい虫系の魔獣じゃ苦手にもなります！」

「はは、そのせいもあって普通の蜻蛉も苦手だなぁ」

のんびりとした会話が、心地よい。

オズウィンは、自分たちはこれくらいから始めてちょうどいい気がした。キャロルとの会話は心地よく、彼女を知りたいという気持ちが自然と湧いてきた。

「ああ、キャロル嬢が妻になればきっとこんな風に楽しんだろうな」

ぽろっとこぼれた言葉に、キャロルが頬をさらに赤くしていた。

このときオズウィンの頭の中に引っ掛かりはなかった。

挿話　マリーは新しい友達ができた。

ニューベリー家のメイド・マリーは現在、辺境の第二の壁から第三の壁に向けて移動していた。彼女自身の足で。

その移動速度は馬など比べものにならないくらい速く、彼女が通った後は風が巻き起こっていた。

マリーの魔法は「疾走」。

辺境で生活をするようになってから持久力も上がり、ニューベリー家とアレクサンダー家の往復であれば一日で可能になっていた。そのためニューベリー領へのお使いは彼女が任されることが多くなっている。

今回はメアリとキャロルの手紙、そしてふたりの選んだ辺境の土産をニューベリー家へ届けていた。今はその帰りである。

「うぅ～、もうすぐお夕飯の時間だ～！　まかないの時間に間に合うかなぁ？」

マリーは走り続けて空っぽになった腹を押さえながら足を回転させるように動かす。ニューベリー夫妻の手紙を預かり、メアリとキャロルが世話になっているアレクサンダー家の城にたどり着くにはもう少しかかるだろう。

マリーはアレクサンダー家で提供される食事の多くに魔境産のもの——主に肉が魔獣肉であること——が使われていることに当初、とても驚いていた。しかし食べてみればどうと言うことではない。むしろ魔獣食に関して技術の蓄積があるためか、普通の家畜肉や狩猟肉よりも美味しいと感じていた。

ニューベリー家の料理人の腕もよいのだが、アレクサンダー家で提供される食事は本当に美味しい。辺境で提供される食事のためだけにメアリとキャロルに付いてきてよかったと思う程度に美味しいのだ。ニューベリーの屋敷にいたころは無加工の肉は週末の楽しみだった。辺境では希望すれば二、三日に一度新鮮な肉が食べられる。魔獣様々だ。

そのためアレクサンダー家での食事はマリーの一番の楽しみになっている。

「今日のまかないは何かなぁ〜」

走るマリーは肉が出ることを楽しみに、走り続けるのだった。

「お、お腹減ったぁ……」

アレクサンダー家に到着したのはもう夜に近い夕方だった。

メアリとキャロルに彼女らの両親の手紙を渡し、今日の仕事は終わった。しかしメアリとキャロルの様子から、彼女らの食事はとっくに終わっているようだった。そのため賄いの提供も終わっているかもしれない。

マリーは私的に保管している菓子もすべて食べてしまっていたため、何か残ったものをもらえないかと厨房へ向かった。

ちょこっと厨房の扉を開いて顔を出す。中をうかがえばまだ数名、料理人が残っていた。

「こんばんは～。お疲れ様です～」

声に気付いた年かさの料理人がマリーに手招きをする。大きな体で太い腕の彼は、いつもと格好の異なるマリーに首を傾けた。

「おお、嬢ちゃん。今仕事が終わったのか？　賄いはもう全部終わっちまったぞ？」

「そんなぁ～……」

がっくりと肩を落とすマリーに、料理人は背中を叩く。にっかりと歯を出して笑う彼は「ちょっと待ってな」とフライパンを取り出した。

炎使いの料理人は指をはじいて種火を落とし、フライパンに油を注ぐ。この料理人は魔道具のコンロは使わないらしい。

「わ……！」

彼はそこに調味料で漬け込んでいた肉に軽く衣をつけたものを置く。肉と一緒に調味料の中にあった、フリルのようなキノコもひとつかみ放り込んだ。じゅわぁ、と香ばしい匂いと肉の焼ける音に、マリーは口の中にあふれた唾液を飲み込む。

今目の前で焼かれている肉に、視線は釘付けだ。

それを面白げに見る料理人は、トングでパンをしまってある棚を指す。

「ほら、嬢ちゃん。そこにあるパンをオーブンに入れな。火の入れ方はわかるかい？」

「わかります！」

「じゃあ食べたいだけ焼きな」

マリーはスライスされた周りのパリッとしたパンを六枚入れた。ニューベリー領から走ってきたためお腹がすいていた、というのもあるが、このいい匂いで更に空腹の虫が刺激されてしまったのだ。

「あら、いい匂い」

突然厨房の入り口から人が入ってきた。マリーは彼女に見覚えがあった。王都で一緒にアップルパイを食べた女の子である。

「あ、あのときの！」

「あら？　王都で一緒にアップルパイ食べたメイドの子？」

ちょっと目のつり上がった、ふたつしばりの彼女。マリーはまさか辺境でまた会うと思わなかった。しかもここはアレクサンダー家の居城である。

「おや、モナ様。お夜食をお求めですか？」

「えっ!?」

料理人の言葉にマリーは驚いてしまう。だってその名前はキャロルの婚約者、オズウィン・アレクサンダーの妹君の名前だからだ！

しかも知らなかったとはいえ、パイのかけらが付いていたなんて指摘してしまっていた！

「せっ、先日はご無礼申し訳ありませんでしたっ！」

マリーはモナに勢いよく頭を下げる。辺境伯の御息女だったなんて知らなかった！　と、肝が冷えてしまっていた。

「やだ、一緒にアップルパイ食べただけなのに何で謝るの？」

きょとん、とするモナに、マリーはそろそろと顔を上げた。

「それより貴女、もしかしてキャロルお義姉様が連れてきたニューベリーのメイドさん？」

「そ、そうです……マリーと言います……」

「私、モナ・アレクサンダー。マリーって呼んでいいかしら？」

「はっ、はいぃっ！」

ニカッと歯を見せて笑うモナの表情は、ジェイレンとよく似ていることをマリーは知らない。

「モナ様、嬢ちゃん。できましたよ」

マリーがドキドキしながらモナにあれこれ質問されていると、料理人がふたりに皿を差し出す。

すっかりおしゃべりに夢中になっていたせいで頭から食事のことが抜けていたが、目の前の料理に意識が一気に持っていかれる。

「縁飾茸《フリルダケ》と蛇尾鶏《へびおどり》のバターソテーだ。パンも焼き上がってるぞ」

顔の半分くらいありそうな肉と縁飾茸をたっぷり乗せ、おしゃれにソースと葉野菜を飾った皿が、ふたりの前に出される。

その隣にはこんがりと焼けたパンが小皿にのっている。

「さ、熱いうちに食べてくださいよ」

料理人がバチン、とウィンクをしてマリーとモナは顔を見合わせる。そしてふたりは口角を上げ、料理人に礼を言った。

嬉しそうに銀のカトラリーを手にするふたりは真っ先に肉を切り分ける。モナは辺境伯の息女と言うだけあって浮かれてはいるもののナイフとフォークを見事に扱う。一方マリーは下品ではないが、目の前の大きな肉に気を取られてか空腹過ぎたためか、せわしない動きで肉を切り分けた。

そしてふたりはひとかたまりを口に運ぶ。

「おいしいっ」

蛇尾鶏は人と同じかそれより大きな鶏に蛇の尾が付いている魔獣だ。

攻撃性が高く鋭い蹴りを繰り出す上に、尾の部分の蛇には毒があるそうだ。

そんな蛇尾鶏を、歯ごたえはあっても硬くなく、肉汁と脂があふれてくる素敵なソテーに変身させてしまう辺境の料理人。マリーはそんな彼らに毎日感心していた。

「うん、美味しいわ！　何種類も調味料を使っているわけではないのに、何でこんなに美味しくなるのかしら！」

「そうですよね！　もう美味しくて手が止まりません！」

「生の縁飾茸が肉をやわらかくしてくれるんですよ。一緒に漬け込むと味も染みていい具合になる」

「縁飾茸って美味しくて好きだわ」

「ドレスに付いてるたっぷりのフリルみたいな茸でこんなに美味しくなるなんてすごいですね〜」

あっという間に蛇尾鶏の肉と縁飾茸を平らげたふたりは、皿に残ったソースを焼いたパンをちぎって拭う。たっぷりのバターソースと蛇尾鶏の脂を吸ったパンを一口頬張れば、小麦の香ばしさと重なって鼻に抜ける香りも口に広がる味わいも最高だ。

「あっ、パン終わっちゃった」

「ソースはまだ少しありますね」

「まだ食べる？」

「まだ食べたいです！」

焼いたパンもあっという間になくなり、ふたりはおかわりが欲しくなっていた。

「そう言うかと思って焼いておきましたよ」

料理人はキツネ色の焼き目のついたパンを、皿の上に並べて二人の前に置く。

「さすがー！」

喜ぶ小柄な少女は、温かいパンをちぎって皿のソースをぬぐう。

ふたりのパンを食べる手は止まらない。

それから食事を終え、料理人に甘いお茶を出されてそれを飲み終わるまで、ふたりは楽しくおしゃべりをしたのだった。

狩りは気分が晴れるのです。

闘技場での一件以来、グレイシー様の思惑通り私は辺境の人々——特にオズウィン様を慕ってい

た女性達から認められた気がする。挨拶もグレイシー様にするのと同じ胸に拳を当てた敬礼でしてくれるし、モナ様と同じような眼差しを向けてくる。ありがたい反面、高確率で手合わせを求められることに私は大分疲れていた。

さっきも保存食作りの帰りに、庭師見習いの少年に投石的当て勝負を求められた。狩りで投石をやっていなかったら負けていたと思う。

「……辺境は誰も彼も脳筋かぁ～？」

ぐったりとベッドに倒れ込む。

やわらかなベッドは「休め休め」といわんばかりに体を包み込んでくれた。うなり声を羽布団に吸収させていると、部屋のドアがノックされる。

「……ああ、そろそろ夕食の時間か」

時計を確認すれば夕食の時刻が近いことがわかる。おそらく使用人が呼びに来たのだろう。

私はのっそりとベッドから降り、鏡を確認する。一応、身なりは整えておこう。

申し訳程度に髪と襟を整えて扉を開ければ、そこにいたのはオズウィン様だった。

「や、キャロル嬢」

「お、オズウィン様!?」

私はもう一度慌てて髪を押さえつけるようにして整えた。オズウィン様の位置から見えない角度でスカートを引っ張り、しわを伸ばす。

——オズウィン様だってわかっていたらもう少しちゃんとしてたのに……！

慌てる私をからかったりせず、オズウィン様は待ってくださっていた。

「あ、あの、何かございましたでしょうか……？」

オズウィン様が部屋を訪ねてくるのは初めてだった。何事だろう、と首をかしげれば、オズウィン様はにこやかに外を指さした。

「最近は気温もちょうどいい。よければ明日遠乗りに行かないか？」

そういえばここしばらく手合わせのための訓練でアンカーに乗ってもいないしかまってもいなかった。

「是非！」

嬉しくて先程までの鬱屈《うっくつ》した気分が飛んで行く。

オズウィン様も楽しげに笑う。

「せっかくだ。壁の向こうに行ってみよう」

「魔獣は大丈夫なんですか？」

「壁から離れすぎなければ大丈夫。小型の魔獣くらいしか出ない。ついでに狩りもしよう」

「狩り」という言葉に思わず嬉しくなる。久しぶりの狩り！　これが嬉しくないわけがない！

◇◇◇

第三の壁の外——魔境側とはいえ、壁付近のためか積極的に襲ってくる魔獣はいない。
遠目に小型の魔獣が見え、植生はニューベリーのものとは少々異なるものの、豊かな森であることがうかがえる。木々にも花が咲き、蜜を集める虫もいた。

尾火栗鼠《おびりす》が芋虫をかじり、煙穴熊《けむりあなぐま》は土を掘り返している。水狢《みずむじな》は鬼目蝶《おにめちょう》を水鉄砲で落とそうと頬を水で膨らませていた。

——今だ！

放った矢が水狢の首を貫き、地面に縫い付ける。アンカーから降りて、どうにか逃げようとする水狢を掴んだ。

「お見事。まだそんなに経っていないのにもう五匹も仕留めてしまったな」

オズウィン様は煙穴熊を仕留めたらしい。普通の穴熊であれば可食部位も少々少ないのだが、オズウィン様の狩った煙穴熊は牛の脚くらいありそうだった。

「いただいたこの矢が素晴らしいからです。魔獣の皮を容易く貫く鏃《やじり》……我が家の領地ではなかなか手に入りませんから」

水狢から引き抜いた矢の先はきらりと光る。普通の鏃ではこうはいかない。下手をすると魔獣に当たっても跳ね返されてしまう。それくらい魔獣の皮は頑丈なのだ。

それにナイフだって刃が立たないことがあるから厄介である。

「それにしてもどの魔獣も肉付きがいい。間違いなく旨いぞ、これは」

——どういう食べ方をするんだろう？

尾火栗鼠は可食部位が少ないから、皮を剥いで骨ごと煮てスープのベースにするのだろうか？

煙穴熊と水狢は大きいから、塊肉を煮込むか焼くのかもしれない。

心構えさえできれば魔獣を食べること自体、そこまで嫌がるものでもない。そう、心構えができていれば。誰だって今まで食べる風習がなかったもの――それがもしちょっとびっくりするものであったら腰が引けるだろう。

私はだまし討ちのように食べさせられた角鴨の串焼きを思い出す。

――美味しかった。確かに美味しかった。でも心の準備はしたかった。

獣はとどめを刺してすぐに放血をしなければならない。

心臓から脳に血液を送る大きな脈を切り、血抜きをしないと、獣臭い肉になってしまうのだ。この作業は素早く行わなければならない。

私はオズウィン様にもらった解体道具からナイフを取り出し、水狢にとどめを刺して放血する。

「本当によくきれる……」

軽く刃を当てるだけで簡単に皮が裂ける。惚れ惚れするほどよい切れ味だ。逆に力を入れすぎれば食道などを切ってしまい、肉が汚れてしまう。

慎重に、間違えないようにナイフを動かした。

私が水狢の放血を行っている横で、オズウィン様は煙穴熊処理をしていた。

「だろう？　なにせ俺の信用する武器職人につくってもらったからな」

「腕のよい職人なのですね、一筋切れ目を入れただけでわかります」

オズウィン様の信用する、かなり腕のよい武器職人に解体道具を作らせてしまったのか。しかも使っている材料が山織銅と緋蒼金を合わせたものだ。こんな金よりも高い金属で、解体道具を作るなんて……光栄だと思ったか、武器職人として腹を立てたかわからない。

私は申し訳なさのようなものを感じていた。

「ビーシュ殿は俺の祖父や国王陛下にも武器を作るくらい腕がいい職人なんだ。俺もビーシュ殿の武器は持っているが、彼の作る武器は本当に素晴らしい。並みの武器職人は足元にも及ばない質なんだ」

私は「ビーシュ」という名前を聞いてハッと気づく。

――ディアス様に連れられて訓練をした時、手伝ってくれた武器職人と同じ名前……！

腕の良い職人だとは思っていたが、解体道具を作った人物だったとは……後日改めて修行を手伝ってもらったことと、解体道具の礼をしようと私は心に決めたのだった。

◇◇◇

ジェットに魔獣をくったオズウィン様は、何か考えているようで顎に手をやっている。

「どうかなさいましたか？」

「あ、いや。今日はよく獲れるな、と」

「獲れるのはおかしいのですか？」

「うーん……短時間で警戒心の強い小型の魔獣がこれだけ獲れるというのは珍しくて」

「たまたま運がよかっただけでは？」

「んー……」

オズウィン様は考え込んでいて、納得できていないようだった。そんなに考え込むほどのことなのだろうか？　と私は首をかしげた。

アンカーとジェットに水を飲ませてやろうと、小川へ向かう。小さなせせらぎは澄んでいて、ひんやりとしている。

雪解け水だろうか？　アンカーとジェットは小川に顔を近づけて、ごくごくと水を飲んでいた。

小川に指先を浸していると、花が流れてきた。花びらだけ、ではなく丸ごとだ。見たことのない、手のひらより少し小さい桃色の花が珍しく、拾い上げてみた。

「オズウィン様、見てください。綺麗ですよ」

「これは……」

丸っこい花をオズウィン様に見せれば、眉を上げて険しい表情をする。予想外の反応に、目を見開いてしまった。

オズウィン様が口元に立てた指を当て、川の上流を睨む。

「キャロル嬢、上流に少し厄介な魔獣がいる」

「えっ」

魔獣、と言われ驚いた。もしかしてこの花が魔獣に関係しているのだろうか？

足音に気をつけながら、私たちは小川の上流へ向かった。

そこには水を飲む羊がいた。

一見、牧場の羊が逃げてきたようにも見える。しかし先程の花が頭部に咲いている様子から普通の羊ではないことがわかった。

「あれは……」

「花羊樹《かようじゅ》だ。しかも木から離れている」

花羊樹は果実や野菜のように羊を実らせる魔獣だ。基本的には実った状態で他の魔獣に食われて種を広げる。

羊の部分は大変栄養豊富だということを知ったのはごく最近だ。

「木から離れて羊だけがうろつくなんてめったにないが……あれが畑に根を張ったらまずいな……」

「たしか土地の栄養が根こそぎ持っていかれてしまうのでしたっけ」

「そうだ。あの一頭が辺境の畑に種を落としたら開拓村ひとつ分の畑が何年も使い物にならなくなる」

「うわぁ……」

それはまずい。

土地の栄養を持っていかれて作物が育てられなくなれば、開拓村がひとつ飢えかねない。

そろりと上流へ回り、花羊樹の様子をうかがった。

花羊樹の前足が小川に浸ったところを狙い、素早く小川ごと冷却して花羊樹を凍らせる。植物系の魔獣であるため、花羊樹はすぐに凍り付いた。

オズウィン様は凍った花羊樹の首を素早く落とし、頭部を念入りに調べる。

「よかったまだ頭に実はついていない。種もまいていないな」

頭部の花はどれも実を結ぶ前だったらしい。よかった。私がほっとする一方で、オズウィン様はますます考え込んでいるようだった。

「どうかなさいましたか？」

「花羊樹の実だけがうろつくのは山火事のように種も残せない状況になるようなときだけだ。それが引っかかって……」

普段から魔獣を狩っているオズウィン様が引っかかるというなら、状況がいつもと異なっているのかもしれない。しかし私には判断がつかない。

「帰ったらジェイレン様に報告いたしましょう」

「そうだな。とりあえず花羊樹も積んで持ち帰ろうか」

置いてきたアンカー達を迎えに行こうと、花羊樹を一旦置いておくと、バキバキと草木を踏み荒らす音がした。

しかもその気配はこちらに近付いてきている。あまりにも無遠慮で、隠れることをしないその相手に、私たちは目を見張った。

「っ⁉」

「苔大猪《こけおおいのしし》……！」

背中が苔むした巨大な猪だ。ジェイレン様三人分くらいはありそうな大きさにギョッとする。

苔大猪は私たち目がけて突進し、カミソリのような牙を振り回す。

普通の猪だって成人男性を吹き飛ばすし、牙を引っかけられれば酷い怪我をしてしまう！

慌てて距離をとって隠れる。苔大猪は花羊樹の実に食らいつき、バリバリと貪りだした。

「花羊樹を追って来たのか……あの大食らい……！」

あっという間に花羊樹を半分平らげてしまった。少々刺激の強い光景に、思わず「うげ」となってしまう。

「あんな大きな苔大猪、初めて見た……」

「あれだけ大きなものはめったにない。せいぜいこのあたりにでるのはアレの半分の大きさだ」

辺境でもなかなかお目にかかれない大物らしい。だがそんな大きな魔獣なら逃がしてはいけない。

私たちはじっと様子を木々の陰からうかがった。

「あれが山伝いに移動してしまったらまずい。とにかく仕留めよう」

たしかに。

あんな大きな魔獣がニューベリー領に現れたら、怪我人どころか死人が出るかもしれない。春先に倒した鱗鹿なんて比ではない。

「どうしますか？」

「俺が引き寄せる。頭部を殴って脳を揺さぶって仕留めよう。キャロル嬢は俺が苔大猪に魔法が使えなかったとき、腹部あたりを刺して熱を奪ってほしい」

「わかりました」

オズウィン様の作戦を聞き、私は距離をとる。巻き込まれないよう、しっかりと位置取りをした。

オズウィン様は拳ぐらいの石を拾い、花羊樹にまだ食らいついている苔大猪目がけて投げつけた。

——ガツン！

目の近くに石が当たり、苔大猪は鼻息荒く、オズウィン様の方をギロリと睨んだ。苔大猪は地面を蹄で引っかき、オズウィン様に突進する。

オズウィン様はメイスの端を握り、脚を開いて待ち構える。苔大猪が突進してくる直前、上半身をひねりメイスを頭部目がけて力一杯振り抜いた！

「――ッ！」

あたりはよかった。実際苔大猪は脳を揺さぶられている。しかし苔大猪の頭蓋は相当硬かったらしく、オズウィン様のメイスが吹き飛ばされてしまった！

「オズウィン様！」

私が思わず声を上げると、苔大猪は私の方を向く。ざりざりと地面を掻くのは突進前の動作だ。

「キャロル嬢！」

私は背後に大きな木があることを確認し、その前に立つ。

――木に衝突させてやる！

地形のことなど考えない苔大猪は、まっすぐ私目がけて突進してきた。真芯にぶつかるよう、木に駆け上がって回避をする。

苔大猪がぶつかる直前、背中を踏み台にしてやった。

「うわっ⁉」

しかし苔大猪が木にぶつかった衝撃はあまりにも大きかった。上手い具合に逃げるはずが、バランスを崩して苔大猪の後方に転がってしまった！　受け身はとったが、比較的やわらかい腹が狙えない！

――早く仕留めないと……！

視界には苔大猪の尻。

オズウィン様にもらったナイフは鞍の鞄に入っている。手元にあるのはニューベリー領から持ってきた自前の剣だ。私の剣は鱗鹿の首にも突き立てられる鋭さがある。でも目の前にいる魔獣に刃が立つだろうか？　いや、そんなことを考えている暇はない！

私は剣を思いきり突き出した。

――ピギイイイイ！

苔大猪の絶叫。

剣に伝わるはなんとも言いがたい感触……

「(尻に刺さった……！)」

運がいいのか悪いのか、私の突き出した剣は苔大猪の肛門にちょうど刺さったのだ。

――ええい、ままよ！

「凍れえええええ！」

剣から冷気が伝わり、苔大猪は尻から体の中が凍りついていった。

苔大猪は絶命し、その巨体はぐらりと横へ倒れる。

「うわっ！」

生憎私にその巨体を支える力はなく、剣を引き抜くよりも先に苔大猪は体を横たえてしまう。剣を持っていかれたと思った次の瞬間、大きめの石に剣がぶつかった。

「あっ……」

嫌な音を立てて、剣が曲がったのだ。しかも変な曲がり方をしたので、引き抜くこともままならない。

「……」

曲がってしまった剣を見下ろす私の顔は、多分カメムシが百匹集まった様子を見ているときより歪んでいると思う。

「見事だ、な……キャロル嬢……ふふっ」

オズウィン様は口元と腹を押さえ、笑いをこらえているらしく、体が震えている。

今、魔獣を倒せたことを喜べばいいのか、尻に突き立てて剣が曲がってしまったことを落ち込めばいいのかわからないのだ。

止めてほしい。

「ぶっ、猪突《ボアスティンガー》、だな……くくっ」

――オズウィン様、流石にデリカシーというものがないと思う。

私はオズウィン様を平べったい目で見つめた。オズウィン様は一応申し訳ないと思っているのか顔を逸らしている。

「……とりあえず私たちでは運べませんから、人を呼びましょう」

なんとも言えない気分で、私は一旦砦へ戻る。この後、苔大猪を狩った時の様子を子細報告することとなり、グレイシー様は大笑い、ジェイレン様さえ押さえた口から噴き出して震えたのであった。

私の曲がってしまった剣であるが、本当に「猪突」という名前を付けられてしまった。

本当の由来に関しては絶対に口外しないよう、アレクサンダー家の人々に頼み込んだ。恥ずかしくって仕方ないんだから、当然だよね、っていう話。

魔境で異変が起きているようです……？

「――と、言うことで苔大猪を退治した次第です」

砦に戻り、ジェイレン様とグレイシー様に苔大猪を検分されながら報告をする。

ジェイレン様は渋い顔をした。

「先日の黒長鰐の件もだが、ここしばらく各砦で中型以上の魔獣出現報告が増えてきているのだ」

最近の報告をまとめたらしい書類の束をめくる。ジェレイン様の親指幅くらいありそうな厚さだ。

「こんなにですか？」

「ああ、そうだ」

オズウィン様の驚いた言葉に、この数は異常であるらしいことを察する。

「花羊樹の羊の部分だけが逃げてくるって、そうそう無いわ。だってアレは種を残すこともできないような危険が生じない限り、他の魔獣に食われることで生息域を広げるのだもの」

グレイシー様も考え込むように口元に手を当てた。

「飛行巡回部隊に巡回範囲を広げさせよう」

「では次の巡回から範囲を広げるよう伝えておきましょう」

「キャロル嬢。突然のことで疲れたろうから今日は休むといい」

「はい、ありがとうございます」

ジェイレン様の気遣いで部屋に戻るものの、私は嫌な予感に両親に宛てた手紙を書くことにした。


――お父様、お母様。お元気でしょうか？　私はメアリお姉様とともに元気にやっております。最近、ニューベリー領で魔獣の動きはあったでしょうか？　辺境でいろいろあったため、気になって手紙を書かせていただいた次第です。


もうすっかり慣れたもので、封蝋用のスプーンに触れない位置に手を持ってきて加熱する。手紙を閉じて、マリーを呼んだ。

「マリー、これをお父様に急いで届けて」

「承りました！」

早速マリーに手紙を託し、返事を待った。

最近辺境での生活のためか魔法に一層磨きがかかり「マリー郵便」はそこらの配達員と比べ物に

ならないくらいの速さになった。辺境での生活は、ニューベリー家の使用人たちにも魔法の強化をさせていたようだ。

翌日の早朝。

戻ってきたマリーの携えた手紙には、珍しく乱れた筆跡で手紙が書かれていた。

「魔力の波……？」

お父様とお母様からの手紙には「魔境側から大きな魔力の波が起きているようで、微細ながらニューベリー領にもその余波が届いている。小型のはぐれ魔獣を見かけることが増えた」と書かれている。両親の魔法は「振動」だ。以前、地震の波を事前に感じ取り、地震を打ち消して被害を最小限に抑えた両親である。ふたりが感じたという「魔力の波」が非常に気にかかった。

「……ジェイレン様たちに相談してみるか」

あまり早いと申し訳ないと思い、朝食を終えた頃に相談をしようとマリーにご褒美のお菓子と満月銀貨を一枚渡す。うきうきと嬉しそうな足どりのマリーを見送り、私は一度手紙を置いた。

「何事もなければいいのだけれど……」

◇◇◇

私は両親からの手紙を手に、ジェイレン様の執務室を目指す。なんだか今日はうなじのあたりがぞわぞわして落ち着かない。

「ひゃっ⁉」

「わっ！」

足早に執務室に向かっていると、曲がり角でオズウィン様とぶつかりそうになった。

妙なステップを踏んでしまったが、幸い今度は衝突せずに済んだ。

「オズウィン様、おはようございます」

「おはよう、キャロル嬢」

オズウィン様はまた魔獣狩りの巡回に行っていたのか、片手にメイスを持っていた。

「朝の巡回、お疲れ様です」

「ああ、ありがとう。キャロル嬢はもしかして父上のところへ行くのかな？」

「はい。両親から少々気になる手紙が届きまして、ジェイレン様にご相談させていただきたく……」

「そうか……実は俺も巡回の時気になることがあったんだ。それで父上に相談しようと思って」

オズウィン様は少々険しい顔をしている。普段から快活な笑みを浮かべているオズウィン様らしからぬ表情に、私は不安を覚える。うなじのぞわぞわとした感覚が、背中にまで広がっている気がした。

「父上、失礼します」

「入れ」

「失礼します」

オズウィン様と執務室へ入ると、書類に目を落とし険しい顔をするジェイレン様がいた。何かあったのだろう、というのが容易に想像できる。

「ああ、ふたりともどうした？」

オズウィン様に促され、私は両親の手紙を見せ、魔境からの「魔力の波」について説明する。地震だけでなく津波など、力の波も察知できる両親の魔法について話せば、ジェイレン様の表情はますます険しくなった。

「オズウィン、もしや今朝の巡回で異変があったか？」

「はい。はじめは今年の春の実りがよかったための誤差かと思われましたが、あまりにも魔獣の数が増えています。そして今までこのあたりでは見かけなかった凶暴な魔獣も、明らかに去年より増えています」

オズウィン様も険しい表情だ。

そこにコンコン、と執務室の扉をノックする音が聞こえた。

「失礼いたしますわ」

ディアス様を伴ったセレナ様が執務室に現れた。久しぶりに見たセレナ様の表情は真剣で、ディアス様も心なしかピリついている気がする。私たちはおふたりに頭を下げて、場所を譲る。

「辺境伯、どうにも魔獣の多さと傾向がおかしいようでしたのでお話に上がりましたわ」

「ここしばらく前線の開拓村や町を順番に回っていたが、今まで出没がなかった魔獣が現れだしている」

セレナ様とディアス様の言葉に、執務室は鉛のような沈黙が広がった。例年にない魔獣の出没、両親からの手紙……それらが重なり、全員が嫌な予感に顔をゆがめて苦い表情をしている。

セレナ様は数度言葉を反芻し、彼女の中で生じている疑問を口にした。

「もしかして『竜害』なのでは？」

「『竜害』？　まさか……いや、それを疑うほど最近の様子は異常だが……」

私は「竜害」という言葉を記憶から引っ張り出す。確か歴史の授業で出てきた単語だ。

「竜害」は魔素溜まりである龍穴の主が代替わりをし、古い主が追いやられることで起きる災害だ。およそ百年前、大河を越えた隣国で竜害が起きた際、原因が解明された大災害の一つである。

古い主とはいってもその力は強大で、たいていの魔獣は簡単に蹴散らされエサにされる。そのため古い主から逃げた魔獣たちが、龍穴から遠い場所へ逃げることで魔獣が人の生活圏に押し寄せてしまう。

そうやって起こる魔獣災害を「竜害」と呼ぶ。

幻の存在であり、敬意と畏怖の込められた意味の「龍」ではなく、人々の命と営みを破壊するだけの力を持つ魔獣の「竜」。その目撃例もかなり昔で、ドラコアウレア王国で竜害が起きたのはもう二五〇年～三百年前とされる――そのときの前兆と同じなのでは、とセレナ様たちはそう考えているようだ。

まさか竜が辺境に現れたというのだろうか。

暗い海に沈められたかのような、重い沈黙が執務室に広がる。

沈黙に耐えかねた私が口を開こうとした瞬間、ノックもなしに執務室の扉が勢いよく開かれ、ひとりの人物が転がり込んできた。

「ジェイレン様！」

「お姉様⁉」

メアリお姉様は普段の淑女然とした様子も一切なく、ジェイレン様の机にぶつかる勢いだ。驚く私をよそに、何やら暖かくて丈夫そうな服に身を包んだメアリお姉様は目を見開き、焦った様子でジェイレン様に詰め寄る。

「竜が！　竜が現れました！」

挿話　メアリ・ニューベリーは目撃する。

基本的に、高高度を飛行したり、長距離を飛んで移動する魔獣は存在しない。

現在最も有力な説として上げられているのは、「龍穴に近ければ近いほど、生物の進化は本来あるべきものから逸脱する。そのため龍穴から離れると逸脱した形状を保てない」「龍穴の付近に生息する場合、高高度や長距離の飛行能力は不要である」というこの二つだった。

この説を後押しするように、メアリは魔境で空高く飛ぶ魔獣を見たことはなかった。強いて言うなら少々大きめの虫がたまに飛んでいるのを目撃する程度である。

ドラコアウレア王国では街の中を建物より高く飛んではいけない。建物より高く、加えて横方向の飛行もするなら配達員や掃除業者のように飛行許可証がいる。建物より高く飛ばないのであれば許可証は必要ないし、貴族なら空中を飛び回ることもほぼ必要ない。

メアリも高いところの物を取るためにちょっと飛ぶくらいで、日常で空を飛ぶことはしていなかった。

そのため、横に移動する飛行を禁止されていた今までとは異なって、全方向に自由に飛び回ることができる魔境の空は、メアリにとってとても広く思えるのだった。

辺境に来てからというもの、メアリは以前よりかなり活発になった。いや、元々フットワークの軽さと持ち前の行動力からあちこちに出て回ることは多かった。それでも毎日のように魔法を使い、体を使って働くというのは今までなかったのだ。

メアリはベルトと厚みのある飛行服を身につけ、班長の元へ駆けて行く。

「メアリさん、今日は魔境の上を飛びますよ！」

「はい！」

今日は上空からの監視訓練のため、見回り班に混ざっている。

メアリの魔法は「空を飛ぶ」ではなく「風を操る」ものであった。だが飛行能力を高めることはよいことだ、ということで一日に数度、辺境伯夫人であるグレイシーの許可の下、飛行の指導を受けている。ゆくゆくは飛行に加え、空中格闘訓練を受ける予定である。

「それではまず、低空飛行保持！」

「はい！」

まずは階段の三段程度の高さを保持する飛行保持訓練を行う。走る前の準備運動のようなものだ。

班長が数を数える間、じっと空中でバランスを取る。

実はこの飛行保持、慣れるまではなかなかに苦労するのだそうだ。空中をあちこち飛ぶことはある程度魔法の出力が安定していなくてもできる。一定の高さと体勢を保持するには安定した出力を継続させなくてはいけない。

しかしメアリはグレイシーに与えられた訓練でコツを掴んだためか、この低空飛行保持を半日足らずで修得したのである。

「低空飛行保持終了！　それでは隊列を組んで東側から西側を回ります！」

「はい！」

存外筋のよかったメアリは、辺境を訪れて二週間後にはこの見回り業務に混ざることになる。そして本日は三度目の魔境見回り業務への参加であった。

班長を先頭に左右後方にメアリと班員は飛行をする。目下に広がる魔境は一見ただ豊かな緑の森に見える。しかし魔境では様々な魔獣が跋扈し、場合によっては人々に牙を剥くのだ。

けっして魔境にダイビングをするつもりはないが、もしそうなったときのことを考えると恐ろしい。

「あら、気のせいかしら。今木が倒れる音がしたような……」

メアリは自分の聞いたものを確認すべく、班長に断りを入れてひとり別方向へ飛ぶ。うっすらと聞こえた倒木の音めがけてしばらく飛び、メアリが見たのは驚愕の光景だった。

「まさか、魔獣⁉」

メアリの眼下にいるのは、巨大すぎる魔獣だった。

その背は土や石で覆われ、森ができている。その上には大小さまざまな魔獣がいた。そう、他の魔獣が住み着くほど巨大な――大地を背に乗せた魔獣である。

メアリは魔獣の情報を得ようと、距離を保ちつつ飛んだ。尾を見つけ、そこから頭部を探して飛行する。

「うそでしょ……」

ようやく頭部らしき部分まで飛ぶと、メアリは「大地」と目が合った。

「ひ……っ！」

爬虫類に似た縦長の瞳孔と二色の虹彩をもつ目が、メアリを見ていた。

メアリは突如として現れた目に驚き、急速に上昇する。

上昇するメアリを追いかけるように、巨大な口がゆっくりと迫る。メアリの飛行速度よりもかなり遅いため、追い付かれることはなかった。だが上空から見た巨大な魔獣の姿にメアリは戦慄《せんりつ》した。

メアリはこの時、幼いころに読んだ「竜」にまつわる話を思い出す。

大昔、ドラコアウレア王国に現れた「竜」。「竜」は村を踏みつぶし、畑の実りを貪った。人々の営みを破壊しつくす、災害を形にしたかのような魔獣――

メアリは眼下の魔獣が「竜」であると確信した。

「これは……ジェイレン様に報告しないと……！」

地に伏し、動く大地――この恐ろしく大きな魔獣は、確実に王国の「厄災」になるだろう。

竜が辺境を目指しているようです。

「地伏竜《ちふくりゅう》」と名付けられた竜害の原因は、ゆっくりとした速度で辺境へ近付いていた。

そのため辺境には地伏竜の移動に合わせ、魔境から逃げてくる魔獣たちの数が日を追うごとに増えていたのである。

花羊樹や苔大猪が辺境に現れたのもこのためだったのだ。

オズウィン様だけでなく、モナ様も帰宅を命じられ各所で魔獣の対応をしている。そして私はもちろん、メアリお姉様とアイザック様も魔獣討伐やその補助、穴の開いた仕事の手伝いに駆り出されていた。

各砦は魔獣の対応に追われているらしく、ジェイレン様もグレイシー様も表情が険しく疲れたものになっていく。

早急な地伏竜の討伐が求められていた。

「キャロル嬢」

大鍋での調理を終え、次は浴場の湯を沸かそうとエプロンを変えていると、オズウィン様が小走りでやってきた。

どうやら魔獣を討伐してきた後らしく、服や顔が汚れていた。

「オズウィン様、お疲れ様です。浴場の湯をこれから沸かすので、お風呂はもう少しお待ちいただかなくてはいけません……」

オズウィン様は私の言葉を遮り、手を引く。急に手を取られて驚いていると、オズウィン様は真剣な表情をしていた。

「地伏竜討伐作戦の会議が行われる。キャロル嬢にも参加してほしい」

討伐作戦の会議、と言われ目を見開いてしまう。

早歩きで連れてこられた部屋にはジェイレン様とグレイシー様、そして各砦の代表とおぼしき人々が難しい顔をして座していた。

「オズウィン・アレクサンダー、参りました」

「きゃ、キャロル・ニューベリー、失礼いたします……」

ジェイレン様たちの近くには、セレナ様がおり、その後ろにディアス様が控えている。末席にはメアリお姉様とアイザック様もいた。

「お兄様、お義姉様、こっちこっち」

モナ様も来ていたようで、私たちは末席に着席する。私はあまりにも錚々《そうそう》たる顔ぶれにおののき、こっそりオズウィン様に尋ねた。

「いいのですか？　その、私たちも参加して……」

「キャロル嬢は俺の婚約者だからな。それにメアリ殿は地伏竜の第一発見者だし、問題ない」

「全員集まったな」

ジェイレン様の声が部屋に響く。その低い声は真剣そのものだ。部屋には緊張感が走る。

「これより『地伏竜討伐』の会議を行う」

「まず今回『竜害』の原因である『地伏竜』について、ウィロー博士に伺うわ」

「はいはい失礼しまーす」

グレイシー様に名指しされ、ウィロー博士はテーブルに地図を広げる。ウィロー博士は木でできた地伏竜の模型を置き、説明を始めた。

「まず、今から三日前、飛行偵察訓練中であったメアリ・ニューベリー様により地伏竜が発見されました。その後偵察部隊を派遣。地伏竜は魔境からドラコアウレア王国へ進んでいることを確認しています」

ウィロー博士は模型の地伏竜を辺境の壁に向かって移動させる。

「地伏竜は大変巨大で、高さは六階建の集合住宅よりあるでしょう。全長に関しては最低でもカントリーハウス十棟分はあると思われます」

そんなに！

ウィロー博士が想像しやすいように建物を比較に出してくれた分、余計に地伏竜の巨大さに眩暈《めまい》がした。

そんな巨大な生き物が移動してくれば、苔大猪程度の大きさの魔獣は我先にと逃げるだろう。

「地伏竜そのものは移動速度が遅く、辺境の第三の壁に到達するまであと十日はかかると思われます。しかし同時に地伏竜に追われ、辺境に多くの魔獣が移動してきているため『竜害』が起きているのが現状です」

小さな魔獣の模型を第三の壁近くに並べるウィロー博士。並べられている模型の魔獣は二十程度であるが、実際は一日にもっともっとたくさんの魔獣が押し寄せている。

連日どこの砦もその対応に追われているのだ。オズウィン様もモナ様もセレナ様もディアス様も誰も彼も、だ。

「ありがとう、ウィロー博士」

「それで、今は各砦で壁に近付く魔獣たちの討伐に当たっているが、根本の原因である地伏竜を討伐しないことには今回の竜害は収まらないだろう」

「しかも地伏竜は壁に向かって移動している。十日の猶予はあるけれど、それだけ大きな魔獣相手では壁が突破されてしまう可能性があるわ」

ジェイレン様とグレイシー様の言葉に、各砦の責任者たちが声を上げる。

「ならばまず地伏竜を討伐せねば」

「王都の兵士に縮小の魔法を使えるものがいましたが、彼の魔法で地伏竜を小さくして討伐することは？」

「彼の魔法は生物には使えない。それに彼の魔法は無生物でも対象が大きすぎると縮小できないはずだ」

「毒魔法の使い手は？」

「あれだけ巨大となると効くかどうかも怪しい」

「しかも元龍穴の主となると毒の耐性も高い可能性がある」

「それに地伏竜もだが今は平時の五から十倍の魔獣の対応が連日続いている。強力な兵士であるほど壁の守護に回っているぞ」

「魔獣がこれ以上増えれば取りこぼしが出て『はぐれ』が増えてしまう。内地の領地が危険だ」

「そうだ。内地の貴族たちでは『はぐれ』でも対応できるか怪しい」

なかなか妙案は出てこないし、内地も危機的状況であることがひしひしと伝わる。

意見が飛び交う中、私は会議に参加する面々の顔を見た。そこでずっと黙って微笑んでいるセレナ様と目が合い、ハッとする。

「あの、セレナ様であれば地伏竜を倒せるのでは？」

恐る恐る挙手をして意見を出す。

一斉に私に視線が来た。しかし、厳しい眼差しが私に向けられるだけで、各砦の守護者は誰もセレナ様を見ない。

「倒すだけなら可能ですわ」

セレナ様が穏やかな声で答える。

私は地伏竜討伐の突破口を見付けたと思い、ぱぁ、と明るい気分になった。

しかしジェイレン様もグレイシー様も表情は硬いままだ。

竜害をいち早く収めるなら、セレナ様の力で地伏竜を塩に変えてしまえばいいのではないだろうか？　この時私は浅い考えでこの会議の場にいた。

「キャロル嬢、それはできない」

「何故……!?」

「王国最強」と言われるセレナ様の魔法であれば、地伏竜を倒すことも可能なのだろう。それに各砦を襲う魔獣たちも、セレナ様の力があれば軽く倒せてしまうのではないだろうか？

私の疑問を想定していたのか、セレナ様は少し困ったように微笑んだ。

「わたくしが地伏竜を倒し、竜害を収めたとなれば、教会の功績となります。それでは辺境伯の意義が問われてしまいますわ」

えっ、と目を見開き、ジェイレン様を見る。おそらくジェイレン様もセレナ様が地伏竜を倒せるだけの力があることはわかっていたのだろう。

目をつむり、首を横に振った。

「その通り。聖女様が地伏竜を倒してしまえばアレクサンダー家は辺境の守護をするに値しないと見なされるだろう」

「あ……」

単純な戦力の話ではないのだ。

私は軽率な発言をしたと後悔する。

そこにディアス様が静かに言葉を続けた。

「加えてセレナの魔法で地伏竜を塩に変えれば、恐ろしい量の塩が作られる。今の時期、雨に降られる可能性が高い。そうすれば塩は土地を蝕み、作物を育て、人が生活できる土地になるまで長い年月がかかる」

――そうだ、塩害……

セレナ様が最強と言われるのは単純な強さだけではない。彼女の魔法は物を塩に変えて無力化する――単純にそれだけでも強いがそこに留まらない。

塩とは人間に必要不可欠であるが、同時に土地や経済、様々なものを破壊できる。

百年ほど前にセレナ様と同じ塩の魔法を使う人間がいた。

その塩使いはある土地のすべての人間と動植物、建物や土の一部も塩に変えた。

土地は塩に穢され、風に乗った塩は周辺地域の建物を激しく劣化させた。

一時は周辺地域の農作業の道具もサビ、劣化しひどい有様だったという。その土地の塩は今も完全に除去しきれていない。植物を植えても根が水を吸えず、逆に根から水が出てしまい枯れているため、緑は未だ戻っていないのだ。

塩は人にとって欠かせない。

しかしその使い方次第で大量虐殺もできる上、土地を不毛の地に変えることができる。しかも塩の過剰供給により経済を破壊することも可能なのだ。

セレナ様自身がそれをしないだけで、可能な力をもっている。セレナ様が塩の魔法を無差別に使えば、国は簡単に滅びる――

二重三重の理由でセレナ様が地伏竜を倒すわけにはいかないのだ。

「コルフォンス教の聖女という立場では、地伏竜の討伐には壁の目前に現れるか壁が突破されるまで乗り出せません。その代わり、わたくし個人として他の魔獣討伐には参加させていただきますわ」

申し訳なさそうにするセレナ様。

セレナ様も自分がどうにかできるだけの力を持つ分、心苦しいのかもしれない。私は浅はかな考えに深く反省する。

部屋の空気が暗く重苦しくなった。

「まあまあ、皆さんそこまで暗くならずに。地伏竜討伐作戦、私に考えがあります！」

突然扉が開け放たれ、ウィロー博士が数名の兵士と共に何やら巨大なものを運び込んできた。

いつの間に部屋の外に出ていたんだ、と疑問に思う間もなく、ウィロー博士は運び込んだものの上にかかっていた布を取り外した。

「じゃーん！」

巨大な大砲――によく似ているが大砲と表現するにはそれはあまりにも無骨だった。と、いうかあまりにも大きすぎて部屋の一部が占拠されてしまっている。

ウィロー博士は目を爛々《らんらん》とさせ、巨大な大砲もどきについて説明を始めた。

「これは以前から開発していた電磁加速砲《レールガン》という武器です。地伏竜は体表を鉱石や植物で覆われていて、生身の部分がほとんど露出していないそうです。そこでこの超巨大電磁加速砲《レールガン》をグレイシー様に使用していただき、地伏竜の体に撃ち込みます。体表を削り、露出した生身の部分からオズウィン様の分解の魔法を使う……いかがでしょうか？」

ウィロー博士の開発した電磁加速砲《レールガン》なるもののおかげで地伏竜討伐に光が見えた。ざわっ、と人々は沸く。

ウィロー博士はピッと指を立て、部屋を見渡した。

「ただし、対地伏竜の電磁加速砲《レールガン》はこれよりかなり大きく強力なので、グレイシー様でも一度使えば数日魔法が使えなくなるほど消耗するでしょう。そしてそれだけ強力な魔法を込める故、確実に使用が可能だと保証できるのは一回とお考えください」

ジェイレン様はウィロー博士の言葉に妻と息子へ視線を向ける。

「グレイシー、オズウィン」

ジェイレン様の言葉に、グレイシー様は不敵に笑う。

「一週間時間をちょうだい。魔力を貯めて最大出力を出すわ」

「それだけ巨大な生物となると神経系を複数箇所切断すれば、身動きも生命維持もできなくなるでしょう」

オズウィン様も凛々しい表情で答えた。

電磁加速砲《レールガン》の登場、ウィロー博士の仮説、グレイシー様とオズウィン様の自信あふれた表情――地伏竜討伐の道筋が見えてくる。

会議の席に着いた人々は、先程までの重い空気を一変させて意見を交わし始めた。

「一週間かけて地伏竜が壁に向かって進んできたとして、距離はどれくらいになる？」

「速度的にはこのあたりになるだろう」

「そうなるとどこの城壁に設置したとしても電磁加速砲《レールガン》で捕捉できるのは背中になるだろう」

「地上から地伏竜の背中に行くには難しい」

「しかも地上は魔獣であふれている」

「空からの強襲か」

「地伏竜の背中には魔獣が生息しているそうだぞ」

「オズウィンだけではきついのでは？」

話し合いが進む中、私はハタ、とあることに気付いた。

私とアイザック様が作戦に参加する。
↓
私が地伏竜討伐の中で活躍する。（アイザック様の安全は確保）
↓
どうにかこうにか誤魔化してアイザック様の功績にする。
↓
国王陛下に功績が認められてメアリお姉様とアイザック様の結婚が許される。

この図式が浮かんだ瞬間、私はまっすぐに挙手をし、声を上げた。

「ジェイレン様！　地伏竜強襲、わたくし達も参加させてください！」

私はアイザック様の手を掴み、立たせる。

ギョッとするアイザック様とメアリお姉様。集まった人々がザワつく中、私はそのまま発言を続けた。

「アイザック様の魔法があれば、魔獣の目を誤魔化せます！　魔獣達を回避し、目的の場所までたどり着けるはずです！」

そう、アイザック様の魔法の効果範囲はなかなかに広い。しかも辺境に来て以来訓練をしていて体力も上がっているはずだ。

魔獣たちの目と鼻をごまかし、地伏竜にたどり着くことも可能なはず！

「確かにアイザックさんの魔法、半魔獣の牛たちには十分に効いていましたわ」

セレナ様の言葉に各砦の責任者たちは感嘆の声をもらす。

アイザック様がびびり散らかしているようだが知ったことではない。

「うーむ、魔獣たちからオズウィンを隠す……いやしかし」

ジェイレン様は難しい顔をしている。

——あともう一押し！

「オズウィン様の婚約者として、一緒に戦わせてください！」

ジェイレン様は苦々しい難しい顔をしていた。

ジェイレン様からすれば、私はニューベリー家から預かっている存在だ。しかも今回は辺境での手伝いの範疇を超えている。

私はちら、とオズウィン様に視線をやった。

オズウィン様は私の意図をくみ取ってくれたようで、席から立ち上がる。

「父上、キャロル・ニューベリー嬢の実力は先日の手合わせで証明されました。地伏竜討伐作戦への参加、どうか許可をください」

ジェイレン様はオズウィン様の言葉にしばし考え込む。

「……ウィロー博士、キャロル嬢に適した兵器はあるか？」

「はい、ちょうどいいものがいくつかあるので、作戦に適したものをご用意いたしましょう」

ウィロー博士の言葉にジェイレン様は溜息をひとつ吐く。そしてオズウィン様をまっすぐ見つめた。

「オズウィン、キャロル嬢を守れよ」

オズウィン様はジェイレン様を見て快活に笑った。

「もちろん。ですが父上、キャロル嬢は強いですよ」

オズウィン様の言葉は「信頼」を表していた。足手まといではなく、共に戦い背中を任せてくださると言っているようだった。

「ありがとうございます！　お役に立ってみせます！」

気合いが入る私に、ウィロー博士は気安げに言う。

「何、大丈夫ですよ。キャロル様達が失敗したとて、それをフォローできるだけの準備をいたしますので、どうか気楽に」

◇◇◇

地伏竜討伐作戦が立てられた後、それはもう忙しかった。

万に一つもないと思うが、グレイシー様の力で地伏竜を覆う鉱石や植物を剥がし切れなかった場合、私が地伏竜の体表を穿つのだ。そのため、私はウィロー博士に特殊な装備を与えられている。

幸いわずかな期間ではあるものの、準備と訓練をする猶予があった。私は足場の悪い場所での装備の使用練習、魔獣との戦闘訓練を必死に行った。

それと同時に地伏竜の移動から逃げてきた魔獣の討伐も並行して行わなければならない。辺境の人々は総出で魔獣の掃討作戦に参加している。

ありがたいことに毎日セレナ様とディアス様が各城砦へ加勢に行ってくださっていた。しかし彼らも人間だ。連日の魔獣討伐で疲労がたまってくる。

早急に地伏竜を討伐しなければならない、と使命感で身震いした。

何度も何度も、私はウィロー博士に与えられた武器を担ぎ、使う練習を繰り返す。その間も毎日朝から晩まで竜害が辺境を襲っている。

辺境の兵士たちに少しずつ疲労が溜まっていくのが目に見えている分、私は余計気が急いていた。


――早く、早く……！


地伏竜討伐作戦発動の日。

城砦の最も見晴らしのよい場所に、大きめのボートの三台分はありそうな大きな発射装置が置かれていた。グレイシー様の雷の魔法を込めることで超高速の弾丸を発射させる電磁加速砲《レールガン》……対巨大魔獣用の武器とはいえ、想像していたよりはるかに大きい。

これだけ武骨で頑丈そうな武器であるが、ウィロー博士の見立てでは、地伏竜の体表を剥ぐことができる攻撃を発射できるのは一度だけらしい。

電磁加速砲《レールガン》そのものの耐久性はもちろん、グレイシー様が全魔力を注入しなければ体表を削りきる威力を発動できないそうだ。

たった一回しか使えない、超強力武器——これが作戦の要……

そして私はグレイシー様が地伏竜の体表を削りきれなかった時が出番だ。

ジェイレン様をはじめ、綿密な計画を練ってゆく。特にオズウィン様とはしっかり協力していかなければならない。

——絶対に地伏竜討伐を成功させる！　そして絶対に絶対に、お姉様を結婚させてみせる……！

この地伏竜討伐作戦は、ニューベリーの存亡をかけた戦いなのだ。絶対に地伏竜を仕留めてみせる！

挿話　セレナ・アンダーウッドはディアス・アンダーウッドと踊る。

辺境の前線は昨晩から乱戦状態になりつつあった。中型、大型問わず一日で三十から五十、場所によってはもっと多くの魔獣が現れる。

望遠鏡を覗けば、今日最初の魔獣の群れがあった。間もなく壁にたどり着くだろう。

「魔獣接近！　数は二十！」

偵察兵の声と遠距離武器を構える人々の中、セレナとディアスは壁に立っていた。

ふたりはコルフォンス教の白い聖衣ではなく、黒く、顔を隠すような格好をしている。ディアスは動きやすく余計な布を省いた格好だ。

聖衣を脱いだふたりは個人としてこの場に立っている、という意味らしい。

セレナには普段の聖女としての楚々とした空気はなく、纏う空気は禍々しささえあった。

「さ、ディアス。参りましょう」

セレナとディアスは兵に出陣の合図を送る。

「ああ、行こう」

ディアスは事前にメアリから写し取っていた風の魔法を使い、自分とセレナを魔獣の群れの進行方向に運んで行く。

苔大猪の群れは、突然の乱入者など気にせず、突進をした。まるで地面が隆起して襲ってくるような迫力だが、ふたりは一切動揺も怯えもなく待ち構える。

ディアスは拳を構え、風を圧縮する。

ディアスの拳に高密度の風が出来上がっていた。

「はぁッ！」

突き出した拳から発せられた風は鋭く、先頭の苔大猪たちを切り刻んだ。しかし後続の苔大猪は切り刻まれた仲間の死体を踏み潰し、進み続ける。

あたりに漂う血と埃の臭いは、魔獣達を興奮させる。一層凶暴に牙を振り回し、向かってきた。

しかしセレナは動じない。

黒いスカートを摘まみ、上品に佇む。

「さぁ、『暴食の魔女』のお相手いただきますわよ」

そう口にした途端、彼女のスカートから巨大な触手が現れたのだ。

セレナには公表していない魔法がもうひとつあった。

彼女のもう一つの魔法は、食したものの特性をその肉体で再現するもの——酷くおぞましい魔法故、もう一つの魔法を知る一部の者は彼女を「暴食の魔女」と呼んだ。

「塩の聖女」としても圧倒的に強いセレナであるが、酷薄で怪物じみた恐怖を覚えさせるのはこの魔法を使うときだった。

事実今のセレナの姿はまるで、昔話に登場する半身が頭足類の怪物のようであった。どこにその質量が隠れていたのかと思うほど、いくつもの極太の触手がうねる。

セレナは苔大猪たちを見下ろしながら、ほぼ筋肉でできた触手を動かし捕らえた。

「あら、とても食べがいがありそう。でも今回は食べてあげられないの。許してね」

泡を吹き、ぶるぶると痙攣する苔大猪を見つめるセレナの表情は、聖女としてふるまっていた時と同じだ。白い聖衣を身にまとっていた時と同じ笑みだというのに、見た者の息を詰まらせ委縮させる威圧感があった。

苔大猪を締め上げ、骨を折り、引きちぎる。

鈍い音が響いたのち、ぼとりとすべての脚を失った苔大猪の死体が放られた。

圧倒的な力を持って魔獣を蹂躪《じゅうりん》していく。

「セレナ」

「ディアスも」

セレナはディアスに手を伸ばし、ほっそりとした指をディアスの太く節くれだった指に絡めて繋ぐ。

次の瞬間、ディアスの体にもセレナのものと同じ極太の触手が現れた。

セレナの魔法を写し取ったディアスもまた、「暴食の魔女」と同等の存在になっていた。

この魔法であれば塩害を起こすこともない。ふたりは存分に魔獣を倒せるのだ。

背後から襲いかかろうと、数で押しつぶそうと、ふたりの怪物の手は止まることはない。新たな苔大猪が現れても、恐ろしさに慄き逃げても太い触手で搦《から》めとられてしまう。

あまりにも一方的な蹂躙であった。

苔大猪だけではない。虎蜘蛛《とらぐも》も真珠蜂も兜蟻《かぶとあり》も熊兎《くまうさぎ》も――ゴキ、ゴキゴキ……ぶちっ！　骨を外され、筋と肉を引き裂かれ胴体と脚、首と部位ごとに分けられてしまう。

その場所に魔獣の死体が山のように積み上がるまでかかった時間は、茶を煮出して蒸らす程度しかかからなかった。

黒い服で目立たないが、ふたりの服には魔獣の体液がこびりついていた。

肌の露出している部分にも血液が飛んでいたらしく、セレナもディアスも気付けば血塗れになっていた。

魔獣の血と体液で穢れた今のふたりはとても聖職者には見えない。

「ディアス。壁に沿って魔獣を狩りましょう。山脈側から大河の方向へ」

「ああ。大河側のほうが魔獣の数は少ないという報告だからな」

「それでは、行きましょうか」

「ああ」

「暴食の魔女」は騎士を携え、魔獣達の蹂躙を始める。

あまりにも一方的で圧倒的な殲滅作業をたったふたりで行うのだ。

魔獣達の悪夢が始まる。

そして本能で理解するのだ。龍穴から遠ざかり、辺境に逃げれば助かるという考えは、どうしようもなく愚かであったと。

男爵令嬢は義兄（予定）にさっさと功績を立ててほしい。

地伏竜の動く背中が目視できる距離に迫った時刻。私たちは要塞の最も高い場所から魔境を見下ろしていた。

電磁加速砲《レールガン》の最終チェックが行われ、発射角度の最終調整が行われる。その間、グレイシー様は精神を集中させ、体の中に雷をため込んでいた。

「さて、そろそろ作戦実行の時間よ」

私はウィロー博士に授けられた杭打機《パイル・ドライバー》を構える。

これが今回私に与えられた武器だ。特殊な気体を詰められた本体に私が魔法で熱を加えると、杭が発射される。逆に冷却をすれば杭は本体に引っ込む。しかも杭は山織銅と緋蒼金が混ぜられた特別製である。

私の加熱と冷却の魔法により、火薬を使う必要がなく、弾切れなどの心配のない杭打機《パイル・ドライバー》はモナ様くらいの大きさだ。ずっしりと金属の重さを感じる。

「キャロル嬢、緊張しているか？」

オズウィン様は魔獣を薙ぎ払い、地伏竜の背に路を作るための巨大な戦斧を構えていた。巨大な戦斧を軽々と背負っているあたり、やはりオズウィン様は魔法を使わずとも強いのが見て取れる。

「少々……」

私の役割はオズウィン様の補助だ。

補助といっても、グレイシー様の電磁加速砲《レールガン》が地伏竜の体表を削れなければ、私が体表に穴を開け穿たねばならないのだ。胸に手をあてれば、心臓がバクバクしている。

オズウィン様は力を抜け、と言わんばかりに肩を叩く。

私は深く深呼吸をしてうなずいた。

「そろそろ電磁加速砲《レールガン》の発射時刻だ」

「行きましょう」

武器を構え、私たちはグレイシー様たちの待つ壁の上へ向かった。

壁の上に設置された電磁加速砲《レールガン》の傍らには、グレイシー様が待っていた。

「お待たせしました」

「お義姉様！　今回の作戦、頑張りましょう！」

そしてアイザック様とメアリお姉様、モナ様も。

そう、今回の作戦は空からの強襲なのだ。

メアリお姉様がアイザック様を背負い、アイザック様の魔法で魔獣の目を誤魔化す。そしてさらにメアリお姉様がモナ様を抱え、重さを操作した私とオズウィン様を運ぶ——というもの。

うん、はっきり言うと格好があんまりであることは否めない。やる気満々なモナ様とメアリお姉様。そしてアイザック様はメアリお姉様を抱きしめているためか、場違いに照れている。

——大丈夫だろうか……。

竜害が辺境を襲う中、地伏竜だけに戦力は割けない。それゆえの面子である。ジェイレン様もグレイシー様も辺境の他の守護者達も作戦に賛同してくれた。一応、私たちが駄目だった場合ウィロー博士が次の作戦を立てているそうだ。

「そろそろ電磁加速砲《レールガン》を発射するわ。皆。準備はいい？」

「はい！」

グレイシー様は電磁加速砲《レールガン》の前に立ち、意識を集中する。髪が逆立ち、雷の魔力が体から迸っている。

雷の魔力が電磁加速砲《レールガン》に込められ、グレイシー様が引き金を引いた。

その瞬間、青く輝く閃光が地伏竜の背中に放たれる。

「着弾！」

すさまじい音と衝撃がおこり、地伏竜の背中にできていた森の一部が吹き飛ぶ。着弾が確認された。

地伏竜は微かに背中が揺れたように見えたが、痛みも感じていないらしく、鳴き声さえ上げない。

ウィロー博士は望遠鏡で更に様子を観察した。

「背中中央にあたった！　でも体表を削り切れてない！」

電磁加速砲《レールガン》は煙を上げ、グレイシー様も息荒く汗をかきながら膝を突いている。私と手合わせした時は息も乱さなかったグレイシー様が、だ。やはり二発目は望めない。

私は覚悟を決めて杭打機《パイル・ドライバー》を握った。

「それじゃあ、行くわよ！」

メアリお姉様がアイザック様を背負い、モナ様を抱えて宙に浮く。オズウィン様と私はモナ様が握ったロープに足をかけた。

「ご武運を」

ウィロー博士が敬礼をしてくれる。

彼女と魔力を使い果たしたグレイシー様に見送られ、私たちは地伏竜の背中を目指して飛んだ。

「すごい、本当に背中に森ができてる……」

地伏竜の背中は木と岩で覆われていて、着弾点を目指す間に何匹も小型・中型の魔獣が生息していることが確認できた。しかも目指す電磁加速砲《レールガン》の着弾地点付近には先ほどの衝撃で魔獣が集まってきている。あそこに下りれば魔獣の集中攻撃を受けてしまう。

着弾点近くに降りられそうな場所がない！

下唇を噛み、視線を巡らせてどうにか降りられそうな場所を探した。

「キャロル！　オズウィン様！　降りられそうな広い場所があります！」

メアリお姉様が移動する方向には、木が折れていくらか空間ができている。

「電磁加速砲《レールガン》に吹き飛ばされた木で薙ぎ払われたんだろう！　そこに降ろしてほしい！」

「わかりました！」

メアリお姉様は少し開けたところに私たちを降ろす。整地されているわけでもないため足場が悪いところばかりだ。危うく足を取られそうになる。

「メアリお姉様！　地伏竜の上は危ないから離れて！」

「なるべく近くで旋回しているから！　気をつけるのよ！」

「わかりました！」

メアリお姉様たちは再び高く空に舞う。

「行こう、キャロル嬢」

「はい！」

幸い、電磁加速砲《レールガン》が木々を薙ぎ払ったおかげで目指す方向はわかりやすかった。しかし視界が開けた分、地伏竜の背中に生息していた魔獣たちは私たちを視界に入れるとすぐに襲ってきた。

「でりゃあぁっ！」

オズウィン様は飛び出してきた巨大な飛蝗《ばった》のような魔獣を薙ぎ払い真っ二つにした。飛び散る嫌な臭いの体液さえ、オズウィン様の突き進む道を彩るものに過ぎなかった。

本当に頼もしい。

身丈ほどある大きな戦斧を振り回し、魔獣も地伏竜に生えた木々もたやすく斬り捨てるオズウィン様の勇ましさに、私も進む。

私たちの通った後には大量の魔獣の死骸が残されていった。

◇◇◇

地伏竜の背に住む魔獣達を薙ぎ払いながら、私たちは走り続ける。

焦げたような臭いを嗅ぎ取った。オズウィン様もそれに気付いたらしく、そちらへ駆ける。

電磁加速砲《レールガン》の着弾地点付近に集まっていた魔獣が、私たちに気付き牙をむく。

「どけぇッ!!」

大型犬ほどの脚長な鼠の魔獣が飛びかかってくる。私は杭打機《パイル・ドライバー》に魔力を込め、大きな鼠の頭に杭を打ち込んだ。杭打機《パイル・ドライバー》は私の魔法に素早く反応し、次々と五匹の魔獣の頭を的確に打ち抜き息の根を止めた。

続く二足歩行の蜥蜴《とかげ》のような魔獣も、オズウィン様が首を落とす。私は大蜥蜴の口に杭打機《パイル・ドライバー》の先をねじ込み、杭を発射した。

実戦と練習は異なるが、反動も想定内である。

――いける！

手ごたえを感じて私たちは突き進む。

体と武器が魔獣の体液で汚れきるころ、ようやく辺り一帯の魔獣をせん滅できた。辺りを確認し、気配を探るが近寄ってくる様子はない。

私たちは電磁加速砲《レールガン》の着弾地点を探した。

「あった！」

電磁加速砲《レールガン》の着弾地点だ！

生身の部分は見えないものの、体を覆う岩は大きくえぐれており、亀裂も見えた。

「これなら……！」

私は着弾点に駆け寄る。

杭打機《パイル・ドライバー》の威力はもう十分に理解している。亀裂まで入っているのだ。これはいける！　強い確信をもって私は杭打機《パイル・ドライバー》を構えた。

「待て！　キャロル嬢！」

何かを察知したオズウィン様の声をきかず、私は焦りからすぐさま杭打機《パイル・ドライバー》を亀裂にあてがい、魔力で熱を込めていた。

――ズガン！

「うわっ⁉」

杭を発射したものの地伏竜の体を覆う岩はとても硬く、私は反動でバランスを崩す。

――まずい、足場が悪かったせいで踏ん張りが利かなかった！　それ以上に焦って魔力を込めすぎた！　そのせいで少ししかえぐれていない！　どうしよう、練習では上手くできたのに……ッ！

「あっ！」

しかも間が悪いことに電磁加速砲《レールガン》でも大して反応していなかった地伏竜がぶるりと身震いしたのだ。まるで体についた羽虫を払うかのような何気ない仕草は、ちっぽけな私を簡単に宙に浮かせた。

頭に浮かんだのは失望する辺境の人たちの顔――

「キャロル嬢！」

オズウィン様は戦斧を投げ出し、私の体を受け止めた。しっかりと私の体を抑え込むように抱くオズウィン様の体温が、背中に伝わる。

途端、心臓が早鐘のように鳴り、耳元で大きく鼓動を響かせる。危うく地伏竜の腹の下まで転がり落ちるところだった。この時の瞬間的かつ濃密なストレスは、私の脳を一時停止させるには十分だったらしい。

「しっかりしろ！　キャロル嬢！」

オズウィン様が、私を抱きしめたまま頬を叩く。その軽い痛みを感じた途端、空気が急激に肺に流れ込んできた。

「ぶはっ⁉」

どうやら私はパニックに陥っていたらしく、呼吸もできなくなっていたらしい。定まらない視線のせいで、世界が回る。

オズウィン様は私の動揺に気付いたらしく、杭打機《パイル・ドライバー》を握る私の手に、手を重ねた。そして力を込めてしっかりと押さえる。

「大丈夫だ、俺が支える。まだいけるか⁉」

「は、はいッ！」

オズウィン様の声で私は意識を集中させる。

オズウィン様が杭打機《パイル・ドライバー》ごと私を抱え込み、体勢を整え、私は再び地伏竜を穿つべく、力を溜めた。

「今だ！」

「はい！」

私は加熱と冷却を繰り返し、一点を狙って杭を打ち出し続けた。

反動で体が痺れ、加熱と冷却を素早く繰り返すため、疲労も蓄積する。

——硬い……！

亀裂は入っている！

ヒビも大きくなっている！

杭は確実に深く刺さっている……！

それなのにまだ体表の岩が割れない!!

「まだ駄目なの!?」

「いや、手ごたえが変わった！　もう少しだ！　あと数発頑張ってくれキャロル嬢！」

オズウィン様の言葉を信じ、重い一撃を繰り出せるよう、タメを作って杭を打ち込んだ。

汗が目に入り、視界が滲んだ瞬間、地伏竜の体を覆う岩に大きくヒビが入った。

「いけえええええ！」

渾身の一撃を発射した。

杭が深々と打ち込まれ、ヒビが広がって行く。

――いける！

「オズウィン様！」

杭打機《パイル・ドライバー》の後方に体重をかければ、岩が剥がれ生身が露出する。

オズウィン様は手袋を外し、脈打つそこに手を突っ込んだ。

「喰らえ!!」

光が迸り、肉を裂く音が響く。

途端、電磁加速砲《レールガン》を受けても声を上げなかった地伏竜が絶叫した。大地を揺るがすその叫びは、まるで地伏竜の最期の雄叫びのようだった。

「脳を繋ぐ神経と心臓周りをズタズタにした！　これで止まるはずだ！」

しかし地伏竜はまだ完全に死んでいない。その痛みからかただの筋肉の収縮か地伏竜はその体をよじらせた。

「えっ」

その拍子に私たちは空中に放り出される。

杭打機《パイル・ドライバー》が地伏竜の体を転がり落ちていき、あっという間に見えなくなった。

「うわぁっ！」

「キャロル嬢！」

オズウィン様が私の腕を掴み、引き寄せて抱えた。私は反射的にオズウィン様にしがみつき、目をつぶる。

——落ちる……！

これから身に降りかかるであろう痛みは確実に私たちを死に至らしめるに違いない。

ああ、お姉様がまだ結婚してないしニューベリーが潰れちゃうかもしれないのに！　まだまだやり残したことがあるのに！

——まだ、オズウィン様としたいことがあったのに……！

「キャロルーッ！」

ああ、メアリお姉様の声が聞こえる……

次の瞬間、体から落下の重力がなくなり、内臓に浮遊感を覚える。うえっ、と胃の中身がせり上がってくる感覚に襲われて、歯を食いしばった。

「……？」

恐る恐る目を開けると、モナ様がメアリお姉様に足をつかまれて宙ぶらりんになっている状態であることに気付いた。

「お義姉様ご無事ですかーっ!?」

「モナ様!?」

どうやら逆さづりにされたモナ様がオズウィン様を掴み、地面に叩きつけられずにすんだらしい。目に涙の膜が張って、耳の奥がキィンと痛くなる。

「キャロル、よくやったわね！」

メアリお姉様が嬉しそうに声を上げる。眼下では地伏竜が絶命の声を上げ、地鳴りをさせながら倒れて行く様子が見えた。

辺りに響き渡った、地伏竜の絶命の声がようやく消えて静寂が訪れる。

メアリお姉様が上空を旋回し、地伏竜が完全に停止したことを私たちは確認した。

「竜を倒したのよ！」

メアリお姉様が高らかに声を上げる。

しばし真っ白になっていた頭が、ようやく状況を理解し始めた。

「キャロル嬢、地伏竜を倒したんだ！」

オズウィン様が私の顔を間近で覗き込む。

オズウィン様の瞳に私の顔が映った。

私はオズウィン様の腕の中で目を瞬かせ、倒せた喜びに打ち震えていた。

「俺たちの勝ちだ！　キャロル嬢!!」

オズウィン様が満面の笑みを浮かべ、私を抱きかかえる腕に力を込める。

腰のあたりに感じる腕の温かさと力強さに、私はハッとした。

「(い、今私オズウィン様に抱きしめられてる!?)」

さっきまで必死になっていて頭からマルッと抜けていたが、杭打機《パイル・ドライバー》を打ち込んでいた時も抱きしめられていなかったか!?

私は次々と思い出し、体が完全に硬直してしまったのだった。

竜は討たれ、辺境に平穏戻る、です。

飛びたった要塞に、メアリお姉様の飛行で帰還する。オズウィン様ごと降ろされるが、まだ抱きしめられたままだ。そのせいでまだ地に足がついた気がしない。

「お、オズウィン様、もう大丈夫、ですから……」

「あ、ああ、すまない！」

慌てて離れるオズウィン様に狼狽えていると、一頭の熊が城壁を乗り越えて顔を出した。

「クマっ⁉」

「キャロル嬢！　メアリ嬢！　無事か⁉」

しゃべった熊はジェイレン様だったらしい。

城壁をよじ登って現れたジェイレン様は魔獣の体液で汚れており、爪も肉片や毛が付着している。そのすさまじい戦闘の後を思わせる姿に驚いて声が出せずにいると、メアリお姉様が元気いっぱいに答えた。

「みんな無事です！」

「お父様！　地伏竜は倒れました！」

「よくやった！」

モナ様が地伏竜の討伐を宣言すると、熊の姿のままのジェイレン様にまとめて抱きしめられる。

「うわーっ‼」

「父上！　爪！　爪が危ないです‼」

「お義姉様に魔獣の血が付きます！」

感極まっていたらしいジェイレン様はオズウィン様とモナ様の指摘で慌てて人の姿に戻る。それでも顔も体も魔獣の体液と肉片で汚れていたが。

「ジェイレン様～終わりましたわ～」

のんびりとした声が上空から聞こえたかと思うと、ディアス様がセレナ様を両腕で抱き上げ抱えながら降りてきた。どうやらメアリお姉様から写し取った魔法を使っていたらしい。

ああ、おふたりも無事だったのか、と安心したのもつかの間。ふたりの姿を確認した途端、ぎょっとしてしまった。

ふたりはジェイレン様以上に魔獣の体液や肉片で全身を汚しており、元から黒かったであろう服がどす黒くなっていた。

「みんな、よくやったわね」

グレイシー様がウィロー博士に支えられながら現れ、私たちは作戦を達成したことを実感する。

ディアス様の腕から降ろされたセレナ様が、軽く身なりを整えてジェイレン様の前に立つ。

「ジェイレン様、父に復旧作業や治療にあたれる人材の派遣を頼んでおります。間もなく到着するはずです。地伏竜討伐に教会の兵を出せなかったお詫びに、と父が申しておりましたわ」

セレナ様は地伏竜討伐を見越して動いていたらしい。

――恐ろしくちょうど良い頃合いに到着するのね……もしかして私たちが地伏竜を倒せることを信じていてくれていたのか……

「大変助かる、ありがとうセレナ殿」

「いいえいいえ、ジェイレン様ももどかしかったでしょうから」

すっかり乾いてしまった魔獣の血？　をつけたまま、セレナ様がぐるりと私たちのほうを見た。

血で汚れているというのに、その笑顔は清らかなままだ。

セレナ様がオズウィン様と私のほうを一瞥して笑みを浮かべる。

ディアス様も視線が「よくやった」と言っているように見えたのは、ディアス様の訓練を受けた影響かもしれない。

師匠に認められた弟子の気分だ。

「皆さん、教会の者が来ますので、お休みください」

地伏竜を倒し竜害もおさまったとはいえ、やることはまだたくさんあるはずだ。それこそ魔獣の死体と同じくらい山のように。

「ああ、そうだ。皆身を清めて休むといい。あとは我々がやっておく」

「でも……」

思わずセレナ様とジェイレン様を交互に見た。

メアリお姉様も同じ気持ちだったらしい。ちらちらと私とセレナ様たちの間で視線を往復させている。

「安心するといい」

それまで黙っていたディアス様が口を開く。

ディアス様も髪の毛が血で固まっていたり、顔に血が擦れた跡があり、結構怖かった。ディアス様はクイ、と立てた親指で辺境側を指す。

「明日からまた忙しくなる。今のうちに休んでおけ。倒れても知らんぞ」

私はこの言葉で素直に休もう、と思った。

ディアス様の言葉が事実であろうということは、彼の訓練を受けた私はよく知っているから。

「でもディアス。狩ってすぐ食べないと駄目になる部位ってあるのよ？」

グレイシー様のその言葉でメアリお姉様とアイザック様以外がハッとする。

「そうだ。狩った獲物を腐らせては辺境の名折れでは⁉」

オズウィン様の言葉に大きく頷く辺境の皆々様に、この時ばかりは私も同じ気持ちだった。

「うん？」

この時、ごく自然に同意していたことに気付いた私は首をひねった。

――あれ？　私結構辺境の感覚に染まってない？

はは、まさかぁ。

エピローグ

地伏竜を倒して数日。

辺境はかつてないほど賑わっているらしい。何せ「竜害」の原因である竜を倒したことはもちろん、その解体作業のため大量の仕事が発生しているからだ。連日の解体作業に、辺境の人々だけでなく、ヨソの領地からも人が集まっている。

私はというと、地伏竜が腐らないよう死体を冷やしたり、肉の加工をしている。

そういえば解体をしている中で、地伏竜の背ではなく、体の下側に武器による傷があったそうだ。

私たちが攻撃したのは背中である。なので腹側にあるのはおかしい。

調べてみれば致命傷ではないものの、地伏竜には大きな傷を与えていたそうだ。どうやら何者かが戦いを挑んだと思われる――とのこと。

もしかしたら今回の竜害は人為的に引き起こされたものかもしれない、というのがジェイレン様の見解だった。

だとしても、龍穴の主を追い出すほどの力を持つ人間なんているのだろうか？

つい先日、ジェイレン様が渋い顔をしながら、グレイシー様とウィロー博士と話し込んでいたのを見かけている。重大な事件ではなければいいのだけれど……

「持ち上げますよー！」

「はい、いち、に、さん！」

モナ様も引き続き学園には戻らず、メアリお姉様と組んで解体した地伏竜のパーツの運送をしている。

アイザック様は相変わらず家畜の世話をしているらしいが、そちらも絶対に欠かせない仕事なのでひとり頑張っているそうだ。

竜はどこをとっても高値になる。そして竜そのものがもたらす富だけではなく、解体作業や城壁強化のための土木作業、作業従事者のための衣食住……たくさんの物と人が巡り、景気がよくなるだろう。

それは大変喜ばしいことだ。

「まさかセレナ様のお父上にお目通りするとは思わなかったなぁ……」

地伏竜討伐直後、コルフォンス教幹部であるセレナ様のお父上が訪れたのは流石に驚いた。教皇様がご高齢であるため、名代《みょうだい》として訪れて祈りを捧げてくださったのである。

まあ、そこまではいい。

セレナ様のお父上はコルフォンス教の僧兵達の貸し出しを条件に、地伏竜の一部を求めてきたのだ。今回、直接ではないにしてもセレナ様とディアス様は「竜害」の対処をしてくださっている。魔獣の群れの半数以上を倒したと言っても過言ではなかった。しかも文字通りちぎっては投げちぎっては投げ……処理に困るであろう魔獣の死体も大半塩に変えた。おかげで地伏竜の肉を塩漬けすることには困らなかった。

その恩もあり、ジェイレン様は地伏竜の二十分の一を教会に提供していた。

竜の肉は長寿の源、という伝説もあるため、もしかしたら教皇様が求めたのかもしれない。実際、すでに竜肉のことを聞きつけた商人が銀や金と同じ重さで竜肉を購入しようとしているという話を耳にしている。

「これはもう一大事業だなぁ……」

私は肉を冷やす他に干し竜肉を作る。オズウィン様が整形《トリミング》して薄切りした竜肉をひたすら乾燥装置で乾燥させていた。

しばらくしたらウィロー博士が新たに作った保存食作成装置試運転をメアリお姉様と一緒に手伝う予定だ。まだまだ作業は山積みである。

「ややあ！　お疲れ様！」

「ニコラ」

明るい声で現れたのはケリー公爵家のニコラ様だ。婚約者のご令嬢と一緒だ。しかし違和感がある。

相変わらず鍛えられた肉体の婚約者の方ではない。ニコラ様のほうだ。なんというか、笑顔がどうにもうさんくさい。ニコラ様は遠目でしか見たことはないが、もっと知的で冴えた空気感があったはずだ。それが今のニコラ様の表情は軽薄ささえ感じる。更にいえばあの笑い方、どこかで……

「エド……んぐっ！」

婚約者のご令嬢に素早く口を押さえられる。

そして目の前のニコラ様はあの性格最悪第二王子エドワード様と同じ笑みを浮かべ、立てた人差し指を口に当てた。

「お静かに。いいですね？」

婚約者のご令嬢も、おそらくニコラ様の婚約者ではなく、姿を変えたエドワード様の婚約者だろう。

私はコクコクと肯き、解放される。

ニコラ様――もといエドワード様は意地の悪い笑みを浮かべている。嫌な人である。

――しかし何故エドワード様が姿を変えて辺境へ？

そのおかしさに私は首をかしげた。セレナ様のお父様がわざわざ訪れたのだ。王族が慰安のために訪れることはおかしくない。それがなぜこんな隠れるように？

私のいぶかしむ様子が伝わったのか、エドワード様は場所を変えようか、と私とオズウィン様を引き連れ、応接間へ移動する。

◇◇◇

応接間で人目がないことを確認すると、変身を解き、やわらかなソファーにもたれかかってお茶を飲み出した。

「あー、肩こった。ニコラの格好をするといつも肩がこるよ」

「今エドワードの代わりをやっているであろうニコラのほうが大変だと思うが」

「まあね！」

オズウィン様の嫌味だか正直な感想だかわからない言葉に、エドワード様は声を上げて笑う。

「もともとニコラは僕の影武者としての役割もあるから慣れてるし大丈夫大丈夫。ニコラは真面目だから生真面目に僕のしゃべり方をしっかり真似ているだろうね。そう思うと、おっかしいなぁ」

私は眉を寄せて口角が下がる。

オズウィン様も似た表情をしながらエドワード様を見ていた。

「本当に性格が悪い……ニコラに今度謝罪しろよ、エドワード」

「ニコラ様がかわいそう……」

オズウィン様に同調し、うっかりエドワード様に対して不敬を働いたと捉えられかねない言葉が漏れてしまう。ハッとして口を結んだが、エドワード様はにまぁ、と面白いものを見る目でこちらを見ていた。

「なに？　少し会わない間にずいぶん仲良くなったみたいじゃないか？　何かあったの？」

「それよりエドワード様！　本日はいったいどういったご用件でわざわざ辺境へ⁉」

エドワード様の悪戯心に火が付く前に、話題をそらす。

この人に余計なエサを与えてはいけない。

王都を訪れた際学んだ、対・エドワード様の立ち回りであった。

一瞬、不満そうに唇を尖らせた様子に少しヒヤリとしたが、エドワード様はすぐ椅子に掛け直して不敵に笑って見せた。

「今日わざわざ辺境に来たのはね、地伏竜討伐の功績をたたえて、王家から褒美がでるってことを伝えるためなんだ。地伏竜討伐に参加した全員にね」

「本当ですか⁉」

エドワード様の発言に、私は目を輝かせていたと思う。

地伏竜強襲作戦を終えたのち、私はうまいこと誤魔化して自分の討伐記録をアイザック様に移そうとした。しかしオズウィン様の証言と討伐後の地伏竜の検分で私の討伐記録をアイザック様に移すことは叶わなかった。

冷静に考えてみれば、私の魔法とアイザック様の魔法は違いすぎるから仕方ない。私の作戦がガバガバだった自覚は……ある……

そこにがっくりしていたのだが、王家からの褒美！　しかも参加した全員ということならアイザック様にも褒美がある！　もしかしてメアリお姉様とアイザック様の結婚が許されるのでは⁉　と私は期待に胸を膨らませていた。

「今回、竜を討伐したオズウィンと討伐に大きく貢献したキャロル嬢とグレイシー夫人には勲章と剣を、強襲作戦に参加した面子に勲章を授けることに決まってね」

「勲章の授与、ですか……？」

勲章には等級がある。

竜退治という行為にどれだけの栄誉が与えられるか、ちょっとわからない。なにせ戦争以上にめったにないことだから。

私はドキドキしながらエドワード様の言葉を待った。

「オズウィンは金龍章、キャロル嬢達は銀龍章かな」

「龍の名が付く勲章？　王家の認める英雄的行為に授けられるものじゃないか」

――なんと！

オズウィン様はまさに「竜害」の原因であり、龍穴の元主と思われる竜を英雄のごとく退治したわけだし納得だ。そして私はその支援をしたわけだから、金に次ぐ銀、ということ？

うわぁ、とってもありがたいと同時に恐縮……

しかし私は自分の勲章以上に気になっていることがあった。

アイザック様の功績である。

だってアイザック様の功績が王家に認められないとニューベリー家が！　ニューベリー家が滅

ぶ!!

「エドワード様。あの、アイザック様の功績はいかがでしょうか……?」

「ああ、アイザックもメアリ嬢もモナも、オズウィンと君を支援したからね。相応の褒賞を与える予定だよ」

よし！　これは、これはもしかしてもしかするのでは……!?　もしかしたら私が心配する必要なく、意外とあっさりふたりの結婚が許されるのでは!?

私の目は期待と興奮で目が爛々としていたと思う。

ついでに鼻息も荒くなっていたと思われるが、そんなことを気にかけてはいられなかった。

私はエドワード様に前のめりで尋ねる。

「それでは姉とアイザック様の結婚の許可は……!」

エドワード様はにっこりと笑う。

――あ、これ、多分面白がっている顔だ……

「残念だけど今回は見送りだね！」

きっぱりと言い放つエドワード様に私は膝から崩れ落ちる。

「そんなぁ……!」

がっくりとうなだれる私をオズウィン様が宥めてくださった。

「まあまあ。今回地伏竜討伐に大きく貢献したのはキャロル嬢、君なんだ。そこは喜んでおこう?」

「うう……ありがたい話なのに素直に喜べない……」

ひどく落ち込む私が面白いのか、エドワード様は笑いをこらえるように口元にこぶしを当てていた。

「君個人には何か欲しいものはないのかい？　古木女退治やペッパーデー確保の褒美もまだ出せていないんだ。父上と母上が何か希望があれば言ってほしいと言っていたし、何なら今回の地伏竜討伐の褒賞と合わせて何かねだってみたら？」

第二王子という立場だから仕方ないのかもしれないが、国王両陛下にねだれとは何ともハードルが高いことをおっしゃる。

どうしたものかとうんうん唸っていると、エドワード様は思い出したようにこぶしで手を叩いた。

そして一緒に来ていた婚約者のご令嬢に声をかけ、箱を受け取る。

箱は異国風で、ドラコアウレアでは見かけないタイプの装飾を施されている。

――あれ？　王国の紋章じゃない……

箱には大河を挟んだ隣国のマグナフムス王家の紋章が描かれている。

なんだろう？　と私がまじまじとその様子を見ていると、エドワード様は何やらもったいぶりながら箱を開き、手紙を持ち出した。

何故そんなものを？　と疑問符を浮かべていると、エドワード様はその中身を取り出し、広げた。

そしてにやり、と笑いながら一度咳払いをして手紙を読み上げる。

「おほん、『この度、竜の討伐を成し遂げ、近隣諸国をも救ったドラコアウレア王国に御礼申し上げます。つきましてはマグナフムス王国より、竜害復興のために支援品を贈らせていただきます。

是非お役立てください』だそうだ」

なるほど。

下手をすれば大河を渡ってマグナフムスに地伏竜が向かっていた可能性もある。あれだけ巨大な体躯であれば、場所によっては大河も渡れただろうし。

今辺境は武器や人、建物の消耗も大きい。

支援の品がもらえるのは助かる。

今は地伏竜解体作業とそれに関わる全てに資材が必要だ。資材はいくらあっても困らない。

でもなぜあんなにもったいぶって、イヤーな笑みを浮かべたのだろう？

ますます訳が分からない、と眉を寄せたり首をかしげていると、エドワード様は私にそれはもう美しく、見る者を魅了する笑みを浮かべてみせた。

「支援品を送るにあたり、第五王子のアーロン殿下が辺境を訪れたいとのことでね。辺境にしばらく滞在することになったんだ」

エドワード様の言葉に、体が硬直する。

今、アーロン殿下と言っただろうか……？

ギギギ、と錆びたからくり人形のような動きでエドワード様を見る。エドワード様はにっこりと笑顔を作り、もう一度ゆっくり、区切りながら繰り返すように話す。

「マグナフムス王国、第五王子、アーロン・レッドクレイヴ殿下が、辺境を訪問し、滞在するよ」

私は頭をモナ様の戦槌《せんつい》で殴られたような感覚に陥り、目の前が白んだ。

――アーロン・レッドクレイヴ殿下……！

息が詰まり、呼吸もままならない。

私は彼を思い出しただけで頭から血の気が引き、意識が遠のいていった。そのまま受け身をとることもできず、ばったりと倒れてしまう。

「キャロル嬢!?　キャロル嬢！」

遠くでオズウィン様の声と、エドワード様の笑い声が聞こえる。エドワード様は何もかも知った上で話していたのだろう。

私はもう十年以上前の、思い出したくない記憶が掘り起こされて意識を保っていられなかった。だって……だってアーロン殿下は、いや、アーロン殿下にしてしまったやらかしが私の人生最大の汚点だから……！

――絶対会いたくない～!!

私の悲痛な心の叫びが神には届かなかった、というのを思い知るのは、まだ先のことである。

◇◇◇

辺境でキャロルが気を失っているのと同じ頃、マグナフムス王国の船が大河を渡っていた。

巨大な黒い船体と大きなマスト。その立派な出で立ちからマグナフムスの国力をうかがわせる。

しかしその前方に船と同じくらい巨大な影が近付いてきていた。盛り上がる水面に現れたのは巨大な鯨によく似た、しかし歪で不気味な顔つきの魔獣だった。それは幻妖鯨《げんようげい》という名の、船を飲み込むといわれる恐ろしい魔獣である。

体中にはツボガキが付着し、灰白の影は死霊のようだった。

怪鯨はすべてのものを震えさせるような、不気味な鳴き声を上げる。その巨躯からは想像できないくらい軽々と体を宙に踊らせ、船に体当たりをしかけてきた。

確実に船を沈められてしまう――それを目撃していれば誰であってもそう思い、目をつぶっただろう。しかし大河の水にいくつも渦が巻いたかと思うと、次の瞬間、槍のように形状を変えて幻妖鯨の体を串刺しにしたのだ。

あたりに響き渡る怪鯨の絶叫。

しかしそれを遮るように水の杭は再び形を変え、幻妖鯨を内側からバラバラに引き裂いた。ただの肉塊となり、魔獣の体は大河に降り注ぐ。

船内から歓声が上がるが、彼の魔獣を肉の雨に変えた人物は船首に立ち、温かな笑みを浮かべている。とても魔獣を短時間で殺傷したとは思えないほど――いや、魔獣など意識にも入っていないようなそぶりだった。

艶のある黒髪は肩ほどの長さで、後ろ髪をまとめている。肌は雪のせいか日のせいか、少々赤っぽく焼けていた。武術を嗜むのが見て取れる体躯は、引き締まっており脂肪と筋肉のバランスがよい。浮かべる笑みも目つきも優しい好青年だ。

多くの人々は彼を見た瞬間、心引かれるだろう。彼の笑みを見れば誰もが胸に温かいものを感じるだろう。

だが一番目を引くのは恐ろしいくらい美しい赤い瞳である。

その赤い瞳は最高の職人の手によって磨き上げられた宝石をはめ込んだと言われても納得するほどだった。だがそれ以上にその目には燻るようなものが隠れている。

大粒の宝石をはめ込み独特な文様を彫った指輪をしている。手を目の上に当て、遠くを眺める眼差しは熱っぽい。

その人物こそマグナフムス王国第五王子、アーロンである。

彼は視界を遮るものがなくなり、遠くにうっすらと見えてきたドラコアウレア王国を嬉しそうに見つめていた。

その表情は長らく熱を燻らせていた初恋の埋もれ火が、再び燃え上がらんとしているようである。

「俺の赤い果実の乙女……今度こそ君を迎えに行くよ」

甘く優しいアーロンのささやき声は誰も聞いていない。しかし彼の甘く渇望する言葉は、風に乗りキャロルの元へ届くことを願うような……そんな微熱のこもったものであった。

［特別書き下ろし］

狩人の特権

「狩った獲物を腐らせては辺境の名折れでは⁉」

オズウィンの言葉でジェイレンさえも目の色を変えた。

今回の獲物は普段の魔獣とは比べものにならない。

竜だ。

竜退治の誉れは名誉だけではない。多くの者は一生味わうことができないであろう「竜」という怪物を味わう機会。そしてそれを倒した英雄であれば、最も希少な部位を食べることが許される――

「急いで解体をするぞ！　道具をもってこい！」

「はいはーい。便利な道具の準備はできておりますよーぉ」

ジェイレンの声に、ウィローがガラガラと荷台に道具を載せて運んでくる。厳つい解体道具は巨大で、扱うだけでなく持ち運びすら苦労しそうだ。

「こ、これが竜を解体する道具……体表が鉱石で覆われているから普通の解体道具じゃ役に立たないのね……」

メアリは見たことのない道具の数々に呆然と立ち尽くしていた。そんなメアリの目の前で、アレクサンダー家の面々は目をギラつかせて道具を担いでいる。

「鰐のようですわねぇ」

濡れたタオルでごしごしと顔を拭っているセレナはのんびりとした口調でアレクサンダー家の様子を表した。

ディアスも並んでタオルで顔を拭き、さっぱりさせていた。そして鰐のように貪欲な目つきになっている従兄たちをしらーっと冷静な目で眺めている。

「セレナ、疲れているなら休むか？」

「折角ですからご相伴にあずかりましょう？　だって竜ですよ？　希少部位は一度食べてみたいし……それに、ね？」

「そうか……」

セレナ自身もは希少部位には興味を持っているようだが、ディアスは「ね？」の一言に込められた意味に気付いていた。

食した物を肉体で再現する「暴食の魔女」に竜を与える……それは最強といわれる彼女を更に強くすることになるだろう。

セレナが「暴食の魔女」であることを、辺境の一部の者は知っている。ジェイレンもそのひとりだ。

しかし今のジェイレンは政治的高度な配慮――よりも「竜討伐に携わった者の特権」を優先しそうな勢いだ。

ディアスはこの場で教会と辺境の力関係を考えた。

地伏竜を食することで増す、教会の戦力。

辺境へ貸し出される僧兵。

辺境に増えた実力者。

そして竜退治の際活躍した新たな武器――

しばし考えた後、セレナが竜を食べることをよしとした。

――セレナの「再現」は永続的ではないしな……

それにここで止めたとて、義父である枢機卿のシスルが地伏竜の肉を報酬の一部として求めるだろう。そうすれば地伏竜の肉は確実に教会に渡る。

シスルの性格を思えば、今セレナに地伏竜の肉を食べさせない方が面倒だと思われた。

ディアスは魔獣の体液で汚れたセレナの格好を見て、セレナの体の向きをくるりと変えさせる。

そして両肩を掴んだ。

「……着替えだけしてこよう。流石に気持ち悪いだろう?」

「そうですわね。ジェイレン様、グレイシー様。わたくしたちは一度着替えてから伺いますわ」

「なるべく早く来るのよ！」

セレナはひらひらと手を振って、ディアスと姿を消す。

グレイシーはふたりを送り出し、ジェイレン、モナとともに解体道具を運ぼうとしていた。

電磁加速砲《レールガン》の使用でまともに動けなかったはずなのに、どこからそんな体力が湧いているのか不思議である。

「……大丈夫なのかしら」

「メアリ、私たちも手伝いましょう」

ぽかんとしているメアリの肩を、アイザックが叩く。

メアリは再びモナと協力し、解体道具とアレクサンダー家の面々を地伏竜の元まで運んでゆく。

アイザックは再びメアリに背負われ、空を飛んだ。

◇◇◇

大地に伏した竜の亡骸を見下ろし、メアリは呟く。

「これ、本当に食べるのかしら……」

メアリもアイザックも辺境を訪れてから魔獣食を始めていたので、魔獣を食すことへの抵抗自体は薄れていた。それでもメアリもアイザックも複雑な気持ちになる。

ほんの少し前まで厄災として対峙していた地伏竜を切り分けて食べる――勝者が敗者を食う、というのは納得できる。しかしふたりは地伏竜を今まで食べてきた魔獣と同一扱いできなかったようだ。

「腹が見えるように倒れてくれてよかった！　それではまず腹から切っていくぞ！」

「私たちは頭部をやるわよ！」

「メアリお姉様！　危ないので離れていてください！」

解体作業をできないメアリとアイザックとは対照的に、アレクサンダー家とキャロルは目的の部位を手際よく取り出す。

全員、体の大部分が血で汚れていた。

「よし、目的部位はとれたな！」

「ええ、オズウィンが心臓周りや神経を切断していたから楽にできたわ！」

「父上母上！　早く運び出しましょう！」

「放血できなかった分、早くしないと！」

アレクサンダー家とキャロルの状態は、慣れない者なら目を背けたくなるほどショッキングなものだった。全員テキパキと直視しにくい部位を運び込む。

メアリは地伏竜だけでなく、彼らの体にしみついた獣臭や鉄……生物の死臭に胃から中身が込み上げてきそうになった。せめて血の臭いが篭もらないよう、風で空気の流れを作って付いていくが、慣れない臭いに気持ち悪さを感じていた。

◇◇◇

塩作りをしていた作業場所は、すでに準備が整っていた。

「水と塩の準備しておきましたわ～」

着替えを終えたセレナが大鍋にたっぷりと水を用意していたらしい。すぐそばにはセレナが倒した魔獣から作ったと思われる塩がある。

「よし、それでは下処理を始めるぞ！」

ジェイレンの号令で一同動き出す。

持ち出された部位は肝臓、心臓、舌、そして脳だ。

「よし、オズウィン、適当な大きさに切ってくれ。そしたら水洗いだ」

「はい、了解しました！」

オズウィンが素早く魔法で洗いやすい大きさに分け、筋などを取り除く。肝臓や心臓のまわりに付いている白っぽい油なども剥がしてしまう。

「舌は一度茹でてから皮を剥ぐから丸ごとだ。脳は塩水で数度洗っておいてくれ」

「ジェイレン様、湯を沸かしておきます！」

「ありがとうキャロル嬢。湯が沸いたら舌を茹でて、氷水で締めておいてくれ」

「キャロルさん、こっちの塩水に氷を作ってくれないかしら？」

「わかりました！　すぐに！」

キャロルがパタパタと走り回る一方、メアリはどうしたものかとあちこちに視線をやっていた。

それに気付いたグレイシーがメアリに手招きをする。

「メアリさん、貴女は鍋を魔法でかき混ぜて肝臓を洗っておいてちょうだい」

「心臓には血が結構残っているから念入りにお願いしますね！」

モナがアイザックに塩を渡し、ふたりは肝臓と心臓を洗うことになった。

脳と違って崩れやすいということはなさそうなこの部位なら神経を使いすぎずに出来るだろう。

そして何より適当な大きさに切られてしまえば見慣れた肉に近い。

丸ごとの舌や脳みそと違って、気がまだ楽だろう、という配慮だった。

◇◇◇

ようやく下処理が終わり、並べられた各部位——アレクサンダー家の人々とキャロルはゴクリと喉を鳴らした。アレクサンダー家は希少部位への期待、キャロルは竜を食材として目にしている緊張からである。

メアリとアイザックは心配そうな顔をし、セレナとディアスはいつもどおりの表情だ。

「下処理は完璧……さて、まず始めに、肝臓——レバーだ」

ジェイレンがまるで戦に挑む前のように険しい表情になる。まるで死地に赴く覚悟を問うような迫力だった。

「生レバーは鮮度が命ッ！　覚悟があるモノだけが口にするがいいッ!!」

ジェイレンはその場にいる全員に問いかけた。その言葉と迫力は噛み合っていない。

まるで勇気を試すような口ぶりであるが、キャロルからすると蛮勇に見えていた。

「止めはしませんが、私はススメませんよ～」

ウィローはのんびりと注意する。

生のレバーは大変美味であるが、それ以上に危険であると猟師たちに口を酸っぱくして言われていた。もちろん、キャロルは生でレバーを食するつもりはない。

ウィローは何やら道具でレバーをつつき、調べている。ちらと見えたのは毒の有無をたしかめる道具だった。

ジェイレンたちは竜のレバーを王家献上分とは別にして、自分たちの取り分をたっぷりと取る。

レバーは鮮度が命だから仕方ない、との弁である。

「毒は～……問題ナシ。ただ腹痛《はらいた》の可能性ありますよぉ～」

「それって大丈夫なんですか？」

「それは食べた人の運ですねぇ。あ、処置方法はありますよ？　食べます？」

キャロルはウィローの問いに顔をブルンブルンと横に振った。

キャロルは心配からやめておくことにした。

生レバーを食す、という蛮勇を行うのはジェイレンとグレイシー、そしてオズウィンである。三人はしばらく前まで生きていた地伏竜の肝臓を、口に運んだ。

「なっ、なんという美味！　今まで食べたレバーの中で一番旨い！」

「ガチョウの脂肪肝のような味わいなのに、脂のくどさがないからクセになりそう！」

「一口食べただけなのに、魔法回路が活性化してきましたよ⁉」

驚きながらも皿にのった竜レバーを食べるアレクサンダー夫妻とオズウィン。

一方モナは嫌そうに眉を寄せ、舌を出している。

「私、肝臓苦手なんです。竜とはいえレバーは遠慮しておこうかなぁ」

モナは牛乳同様、単純な好き嫌いという意味でレバーを食べるつもりがないらしい。

隣にいたキャロルは少し考えてからレバーに塩を振り、きれいな布で巻く。たっぷりの氷水を入れたボウルを用意し、レバーを包んだ布が濡れないよう、重ねたボウルの上に置いた。

「モナ様、レバーは一晩寝かせてたっぷりの生姜《しょうが》と大蒜《にんにく》を使って焼くと美味しくなりますよ。明日料理人に頼んで調理してもらいましょう」

「お義姉様が言うなら試してみようかなぁ」

「キャロル、わたしとアイザックの分もお願い」

メアリもアイザックも流石に生レバーを食べる無謀さは持っていなかったらしい。

「わかりました」

キャロルが手早くレバーの水分を拭き取り布に巻くと、背後から声をかけられる。

「すまない、これも一緒にしておいてもらえないか？」

ディアスがキャロルと同じように下ごしらえをしたレバーを皿にのせ、持ってきていた。セレナがディアスの横でぷくっと頬を膨らませている。

「生で食べちゃいけないって言うんですの。折角新鮮な竜のレバーなのに」

ディアスは呆れたような表情で、レバーをキャロルに預けた。

「生のレバーは危険だから止めておけ。セレナは王国最強だが、胃が最強とは限らないだろう……？」

ディアスの正論にキャロルは首を力強く縦に振り、同意した。

「安心しろ。明日ちゃんと加熱して食べさせてやる」

「美味しく調理してくださいね、絶対ですよ？」

「わかったわかった」

ディアスの周りをちょろちょろとするセレナは念押しをする。よほど竜のレバーに興味があったのだろう。セレナは「絶対ですよ？」としつこいくらいディアスに言っていた。

「ウィロー博士はどういたしますか？」

ウィローは自分の分のレバーを食べず、何やら瓶に入れていた。ニマーっという特有の笑みを浮かべ、瓶に頬ずりしている。

「いえいえ、食べるなんて勿体ない。持ち帰って研究させていただきます～」

研究、という言葉に何をするのか気になった。何気なくウィローに「どんなことをするんですか？」と問いかけると、彼女はにんまりと、どこか不気味さを感じさせる笑みを浮かべた。

「……知りたいですか？」

まるで試すような言葉に、キャロルは首を横に振った。キャロルはウィローが辺境の中でもとびきり変人であることを、肌で感じ取っていた。これ以上聞くと暗闇をのぞくことになりそうだという予感がしたため「結構です」と答えた。

◇◇◇

「ふう……竜の生レバーがあんなに美味しいと思わなかったわ……」

満足そうに口元をハンカチで拭うグレイシーは上機嫌だった。次の部位の味を想像して口角を上げる。

「さて、次は心臓かしら？」

心臓は肝臓同様、ひとつしかない。

希少さもさることながら、「心臓」というそこに込められる意味も深い。肉体と魂の両側面を持ち、その中心である存在は昔から超越的な力や叡智の象徴である。しかも竜の心臓となれば、それを食すということにはただの「食事」以上に意味があった。

じゅうじゅうと肉が焼ける音と匂いがする。グレイシーはくんくんと鼻を動かした。少し離れた場所で、キャロルとディアスが網の上に肉を置き、炭で焼いていたらしい。切りわけた心臓をクルクルとこまめに裏返しながら、キャロルとディアスは焼け具合をチェックしている。

「グレイシー様、そろそろ心臓が焼けますのでお待ちを」

炭火でじっくりと熱せられて、竜の心臓はよい色だ。

ディアスは中指と親指をくっつけ、親指付け根のふくらみの硬さと比較する。

軽く塩の振られた竜の心臓は炭火でよい色に焼けていた。

「そら、出来たぞ」

ディアスは仕上げに粉胡椒をふりかけ、焼き上がった心臓を更に食べやすい大きさに切り分けて配る。先程のレバーと異なり、いい匂いの心臓は食欲を誘った。

全員に行き渡たり、一同、唾を飲み込む。

メアリ以外は一口で肉を口に運ぶ。メアリはドキドキしていたため、一口の大きさより更に小さくしてから口にしていた。

全員が口に含んだとき、目を見張った。

あれだけ巨大な体に血液を巡らせるだけあって、ほどよく歯ごたえがある。それでいてコリコリとした食感はおもしろい。だがそれ以上に旨味が素晴らしいのだ。

シンプルに塩と胡椒のみで味付けされているにもかかわらず噛めば噛むほど風味が口の中に広が

り、力強い味わいがする。

「美味しい……！　しかもなんですか、この噛むほど広がる味……今まで狩った動物と比べものにならないくらい魔素が含まれていませんか？」

驚き指摘するキャロルにオズウィンが答える。

「龍穴の元主なだけあって、とりこんでいた魔素が多いのあろう。さっきの肝臓もすごかったが、心臓は肝臓以上に噛むほど魔素があふれてくるようだ。魔力回路が熱くなってこないか？」

「本当だ……！」

ぽかぽかと体温が上がる感覚に、キャロルは驚く。すぐそばで食べていたメアリもアイザックも口を押さえて驚いていた。

メアリは回路が活性化しすぎて暑かったらしく、顔をパタパタと手の平で仰いでいた。

モナは竜の心臓を噛みしめて味わっている最中、キャロルの顔を見てギョッとした。

「お義姉様！　鼻血！　鼻血が出ています！」

「えっ？」

モナの声でキャロルに注目が集まる。

キャロルは慌てて鼻の下に手をかざすが、ボタボタと鼻血の勢いは止まらない。

オズウィンが用意していたさらしを持ってきてキャロルの鼻を押さえた。

「お、おはずがじい……」

「竜の心臓に蓄えられた魔素が一気に入り込んだせいだな。すぐ治まる。そのままにしておくといい」

「あい……」

「あー、魔力回路が普段以上に、しかも急激に活性化したんですね。キャロル様、これは使える魔力が一気に強化された証拠ですよ。普段から魔獣を食べ慣れているとなかなかない現象です。パワーアップを肌で感じられたでしょう?」

ディアスとウィローが鼻血の原因とキャロルの状態を説明する。

キャロルは耳元で心臓がバクバクいっているような感覚に陥りながら、オズウィンに鼻と頭部を押さえられていた。

「わたしとアイザックは何で大丈夫なのかしら?」

顔を赤くしてうっすら汗をかいているものの、メアリは鼻血を出していない。アイザックも同様だ。

「アイザック様は魔獣が取り憑いていたと聞きました。おそらくそのせいで魔力回路が拡張されていたのでしょう。メアリ様は先程食べた量が少量だったから顔が熱くなる程度だったのでしょうね」

「ゆっくり食べた方が良いですよ」と言うウィローは心臓の肉片も瓶に入れている。これも研究用に持ち帰ろうとしているらしい。

メアリはウィローの言葉に従い、少量をゆっくりと食べることにした。

◇◇◇

「キャロル嬢、鼻血は止まったかかな?」

「ふぁい、とまりまひた……」

鼻血が止まったのを確認してから、キャロルは口の中を雪《そそ》ぐ。

オズウィンが「よかった」と鼻の下に残った鼻血の跡を拭っている。

「あら？　あらあらあら」

「セレナ、次は舌だ。食べるだろう？」

ふたりの様子ににっこりしているセレナを、ディアスが止めるように声をかける。従兄甥とその婚約者をからかいそうな気配を感じ取って素早く気を逸らせようとしていたようだ。

今度は竜の舌――しかも付け根の部分だ。心臓同様、ひとつしかない部位はやはり希少性が高い。

肝臓と心臓同様、期待が高まっていた。

「うーん、竜の心臓もよい味だったが舌も良さそうじゃないか」

ジェイレンは満足そうに竜の心臓を平らげ、網の上に乗せられた舌のスライスを見る。

塩を軽く振りかけた舌の表面が泡立ち、こんがりと焼けたタイミングで、ディアスが縦に八等分した檸檬《れもん》を絞る。

あたりには檸檬の爽やかな香りが漂った。

「舌は根元が一番美味しいから楽しみだわ」

グレイシーは焼かれる舌を見て唇を舐める。

アレクサンダー夫妻は大変よく食べる。付け合わせにバケットがあれば一緒にもりもり食べているに違いない。ジェイレンは小山ほどの体格である。あの筋肉を維持するにはまだまだ足りないだろう。

「出来たぞ」

ディアスがジェイレンとグレイシーに竜の舌を取り分けてから、他の者たちにも配る。

ウィローは加熱されていない生の舌を切り分けに行ったらしく、見当たらない。

「お義姉様、舌って美味しいのよ！　特に根元だと！」

モナの言葉にキャロルは竜の舌を口に運ぶ。流石に先程鼻血を出したため、小さめに。

しっかり咀嚼して竜の舌を味わう。

竜の舌は心臓よりもやわらかく、塩と檸檬の爽やかさがよく合った。シチューに入れて煮込んでもいいかもしれない。

「キャロル嬢、大丈夫そうか？」

オズウィンはキャロルを心配そうに見つめていた。

キャロルはにこりと笑い、オズウィンを見る。

「はい、お腹のあたりが温かい感じがするくらいで、美味しくいただけています」

「そうか、それはよかった」

キャロルの言葉にオズウィンは安心した様子で竜の舌を口に運んだ。

「折角だ。舌を食べている間に脳も準備しておこう」

「ジェイレン様〜、卵をお持ちしました〜」

ジェイレンが竜の脳を調理しようとすると、姿を消していたウィローがボウルに割った卵とフライパンを持って現れた。どうやら茹でた竜の脳と卵を合わせて炒めるつもりらしい。

「エッグズ&ブレインね」

「ええ。スープにするより早いと思いまして」

そう言いながらウィローは刻んだ竜の脳を卵と混ぜ始める。

刻む前の竜の脳は哺乳類のものと異なり、大脳にシワがほとんどなかった。

体の比率に対して爬虫類のように大脳が小さく、歪な形の果実をくっつけたような見目をしていた。それでも爬虫類よりは発達していたらしく大脳や小脳に少々のシワがあったのは、龍穴の主であったためかもしれない。

ウィローは皆が大体竜の舌を食べきるタイミングで炒めていた卵と竜の脳をまとめる。

一見、何の変哲もないオムレツに見えるが、これは脳入りである。

「……エッグズ&ブレイン」

ぽつりと呟くアイザックはウィローの調理の様子を見守っていた。はっきり言ってしまうと今までの部位より食べにくい。そう感じてしまうのは脳が思考する部位だからだろう。

「はいはい皆様どうぞ～」

辺境外の感覚を知っているのかいないのか、ウィローはオムレツを切り分けてそれぞれの皿に置いていった。料理人ではないため、少しばかりオムレツが崩れていて見栄えが悪い。

「よく焼きましたので、ご安心ください」

アイザックとは違いメアリは緊張しながら卵に混ぜられた竜の脳を卵とともに口に運ぶ。

脳みそはプリンよりやわらかく、それでいて濃厚である。

「うん、うまい！　竜の脳は一番心配していたが、味もよければ食感もいいではないか！」

もりもりとオムレツを食べるジェイレン。グレイシーも一緒になって竜の脳入り卵を食べた。

コクのある脳は舌触りもよく、卵の味を一層引き立てている。その場にいた全員に満足感を与えた――

「竜の脳、意外と美味しいんですね」

「脳みそ料理はたまに食べると旨く感じるから不思議だ」

「はは、わかります。珍味ですよね、脳みそ料理は」

オズウィンとキャロルは楽しげで、絵面は（主に手元が）酷いがふたりの間に流れる空気はやわらかい。

メアリは竜の脳を使った卵料理を食べるキャロルとオズウィンの様子をこっそりと見つめていた。

地伏竜討伐を乗り越えたふたりは以前よりも距離が近付いたように見える。キャロルに自覚があるかはわからないが、オズウィンに対する笑い方がやわらかい。キャロルが身分の上の人間に向ける、愛想笑いであったり距離を置くための笑顔とは異なっていることに、本人は気付いているのだろうか？

「メアリ、さすがに脳は止めておく？」

手が止まっているメアリに気付き、アイザックは顔をのぞき込む。

メアリは軽く首を振り、アイザックに微笑んだ。

「脳は心臓を食べきってからいただくわ。それにしてもキャロル、すっかり辺境に馴染んだみたいで安心した」

メアリは安心した表情で、残しておいた竜の心臓を口に運ぶ。引き締まった竜の心臓を噛みしめながら、キャロルが辺境に嫁いでも問題なさそうだとほっとするのだった。


竜退治の翌日――

「いたたた……！」

「うーん、うーん……」

「はらが、はらがいたい……」

生レバーを食したジェイレンとグレイシー、そしてオズウィンは揃って腹を壊し、治療魔法の使い手に呆れられながら手当をされていた。

「あー、やっぱり寄生虫いましたねー。でもやつら生物ですし、オズウィン様の魔法で殺せますよ？」

ウィローの言葉を聞くまで三人は苦しみ、次があれば生食はしないと心に決める。

レバーは加熱しなければならない、という教訓がアレクサンダー家に深く刻まれたのは言うまでもなかった。

［特別書き下ろし］

辺境一の嫌われ者

辺境で畜産をやることは難しい、という知識がキャロルにはあった。そのためアイザックが任された仕事——という名の訓練——の「家畜の世話」について少々気になり、オズウィンに尋ねてみたのだった。

「本当に魔獣と掛け合わせをしたものを家畜として育てているんですか？」

キャロルの驚いた表情に、オズウィンはこくりと首を縦に振る。

「そうなんだ。キャロル嬢も見ただろう？　兄上とセレナ様が乗っていた馬。アレは金剛一角馬と軍馬を掛け合わせた半魔獣なんだ」

並外れて大きく筋肉質な馬なのだ。あのような比類なき馬、普通の馬を掛け合わせただけではまず生まれまい。

「それでかぁ……」

キャロルはオズウィンに贈った金剛一角馬のナイフケースに、ディアスとセレナの乗っていた馬——リンデンがやたら顔を寄せていたことを思い出す。自分と半分同族のものの皮が使われていたことに気付いて興味を示していたのかもしれない、とキャロルは考えた。

「半魔獣の家畜化も実験的に行われている。それに一部の魔獣は町や村で飼われているモノもそこそこいるから、辺境の者は抵抗がないんだろう。それこそ港町などによくいる猫みたいに地域で飼われている小型の魔獣もいるし」

「え!?」

キャロルは先程とは異なった、嫌なモノを含んだ驚きをする。眉間にシワが寄り、顔のパーツが中央に寄って信じられない、と言うような表情をした。

オズウィンは顎に手をやり、思い出すように視線を上にやる。

「害にならない魔獣か、有益な魔獣であればわざわざ狩らないんだ。それに小型の魔獣を全部狩ることは難しいし、すべて狩るなんて現実的ではないから。壁があれば大体の魔獣を内地に入れずにすむ」

「あー、なるほど」

それはそうだ、とキャロルは納得したように声を上げる。

確かに野ねずみ数匹にかまうより熊一頭を狩る方が優先されてしかるべきである。

キャロルがうんうん、と腕を組み頷いていると、オズウィンが急に眉間に皺を寄せて苦い表情をする。何かを思い出しているらしく、ますます渋い顔になった。

「キャロル嬢、一つ質問があるんだが、聞いてもいいか？」

「は、はい？」

オズウィンの今までに見たことのない険しく何かを決意した表情に、キャロルは若干腰が引けている。

「キャロル嬢は見目が可愛い小動物を狩るのは可哀想だと思うタイプか？」

「……いいえ？」

オズウィンの質問した意図がいまいち理解できなかったものの、一拍開けて返答する。

オズウィンはキャロルの答えにほっとしたらしく、気が抜けたように肩から力を抜いた。

「よかった……キャロル嬢に栗鼠や兎を狩るのは嫌だと言われたらかなり困るところだった」

「栗鼠も兎も、毛皮や食肉用として狩っていましたし、害獣として駆除もしていましたよ?」

特に兎は種類によっては繁殖力がすさまじい。食肉が得られることはいいが、畑を荒らす兎は片っ端から煮込んでやりたくなる程度に憎らしい害獣である。

「それはいい。辺境にも見目は可愛らしいが酷い害獣がいるんだ……」

オズウィンは溜息を吐きながら、額に手をやる。その姿は頭を悩ませるジェイレンに似ていた。

「なんという魔獣ですか?」

「一番は尾火栗鼠《おびりす》だ」

「尾火栗鼠……」

キャロルははぐれ魔獣で尾火栗鼠を狩ったことがない。「栗鼠」と言うのだから一般的な栗鼠と似ているのだろうと見当をつける。

「オズウィン様。私、尾火栗鼠は見たことがありません」

オズウィンはキャロルの言葉に「ああ」と答えた。

「それなら資料庫に行こう。本がある」

◇◇◇

資料庫は広く、王都の魔法学園の一画を持ってきたような充実ぶりである。キャロルは久しく見ていない蔵書量に、口をぽかんと開いて感嘆する。

オズウィンは棚の項目を指でなぞり、目的のものを探した。

「わ、すごい量……」

「これでも一部なんだ。どうしても魔獣や魔境の植生に関するものばかりになるけれども」

膨大な魔獣資料から、オズウィンは一冊の書籍を取り出す。パラパラとそれをめくり、尾火栗鼠のページを広げてキャロルに見せた。そこには色つきで精密に描かれた赤い栗鼠がいる。

『尾火栗鼠。体長は成人男性の手の平程度で小型に分類される魔獣。

擦ると火をつけることのできる特殊な尾を持つ。攻撃性は低く強くもないが、発見次第狩る必要がある。生まれた子を狩ると、新たに子を作ってしまうため、優先的に狩るのは親で……』

最初の数行で、執筆者の尾火栗鼠への憎悪が滲み出ている。細かく解剖した図も描かれていた。

部位ごとに分解して描写していることと、ねちこい細かな説明に、キャロルは引いた。

「この春は植物がよく育ったから、それを食べる虫が大きくなったろう。さらに虫を食べる尾火栗鼠も肥えて増えると思う」

オズウィンは溜息を吐きながら、キャロルに説明をする。

「尾火栗鼠を餌にする氷狐《ひょうこ》を狩りすぎたようで、数も増えてしまったんだ」

確かに数が増えるのは困るところではある。それでもここまで恨みを買うのだろうか？　とキャロルは気になった。

「……攻撃性も低くて強いわけではないのに見つけ次第狩るって、何か理由があるのですか？」

オズウィンが尾火栗鼠の絵を見る様子は苦々しげで、珍しく怒りの感情が滲んでいるようだった。

いる。

を起こす、というのはあまり聞かない。それに火を出す魔獣は大体森ではなく温泉地帯や火山帯に

キャロルは思わず「えっ」と声を上げた。炎を出す魔獣は尾火栗鼠以外にもいる。しかし山火事

「奴らは……山火事の原因になる」

なぜあんな小さな魔獣が山火事を？　考えていると、オズウィンは拳を震わせ握り込む。その力の入れ方はすさまじく、軋む音が聞こえてきた。下手をしたら血が滴りそうだ。

「尾火栗鼠はここ二十年ほどで、木の実や芋を焼いて食べることを覚えてしまったんだ……」

「芋を、焼く……？　魔獣が？」

魔獣がそんな行動を取るのかとキャロルは驚く。犬猫が学習をして芸を覚えるように、尾火栗鼠も学習するらしい。あの小さな脳みその魔獣がそんなことをしているなんて、にわかに信じがたい。

「本来、尾火栗鼠が尾を擦って火をおこすのは身を守るためだ。だから初めは偶然だったんだろうとお祖父様から聞いた。たまたま栗やきのこが焼けて、たまたま食べたらそのまま食べるより旨かった……その味を覚えた尾火栗鼠が餌を焼くために火をつけるようになったのだろうとお祖母様が言っていたんだ……！」

憎しみの篭もった言葉を吐き出し、オズウィンは歯が軋むほど噛みしめる。よほど尾火栗鼠に対する恨みが深いのだろう。

多分これは数度火事を起こされている顔だ。

「被害は山や森だけに留まらない。農家で育てていた油用の向日葵の種を焼かれ、乾燥させていた

玉黍《コーン》も爆裂され！　大損害を出されたこともあるッ！」

オズウィンの顔や首筋、腕に血管が浮きあがっている。気のせいか、目も血走っていた。

キャロルはオズウィンの状態に若干引きつつも、書籍の説明を更に読む。

『春に子を孕み、夏に子を産み、秋に子が育ち、冬を越せば子を作れるようになる。そのため春夏には子ではなく親を優先して狩る必要がある。秋冬は親も子も区別せず必ず仕留めなければならない。

仕留めた後の処理については次項説明――』

つらつらと続く尾火栗鼠への憎しみが込められた説明に、キャロルは口の端を引きつらせる。

さらに資料を読み進めると、メモらしきものが挟まれていることに、キャロルは気付いた。折り目がついて端が丸くすれているところを見るに、新しいモノではなさそうだ。筆圧の強そうな文字が書かれていた。

「『尾火栗鼠は見つけ次第殺すべし……』」

筆跡に尾火栗鼠を絶滅させんという殺意を感じるメモだった。キャロルはメモをそっと挟み直して見なかったことにした。

「お義姉様、こちらですか～？」

ちょうどキャロルが本を閉じたとき、モナが資料庫の扉を開く。兄と義姉（予定）を見付けたモナは、嬉しそうにキャロルに駆け寄った。

「お義姉様！　今日は課題を済ませてから来たので、一緒に出かけましょう！」

ちょろちょろとキャロルにまとわりつくモナは子犬のようだ。

モナはふと、キャロルが手にしていた本に気付く。

「お義姉様、何か魔獣について調べていたのですか？」

「はい。尾火栗鼠について教えてもらっていました」

「尾火栗鼠」と聞いた瞬間、モナがとても嫌そうに顔のパーツを中央に寄せた。モナもオズウィン同様、尾火栗鼠が大嫌いらしい、というのがその表情だけでうかがえる。

「あの迷惑栗鼠がどうかしたのですか？　まさか、お義姉様の部屋にでたとか!?」

モナが小さく叫び、両頬を押さえて跳ね上がる。

キャロルが首を横にふり否定すると、モナは胸をなでおろす。

「尾火栗鼠だけは屋内に入れないでくださいね!?　あれはちゃんと処理しないと尻尾だけでも火が付きますから！」

「ええ？　そんなに危ないのですか？」

「とっても危ないですよ！」

モナの言葉に、オズウィンもうんうんと力強く同意している。二人の話によると火事になる、ということだがそこまで嫌う必要があるのだろうか？　もっと危険で厄介な魔獣はいると思うのだが……とこのときキャロルは考えていた。

モナはキャロルが頬をかいている様子に説明を始めた。

「お義姉様、尾火栗鼠は見た目こそ可愛らしいですが、酷い害獣なんですよ。昔、その可愛らしい見た目から海側の魔境から離れたところの貴族が『あんなに可愛らしい動物を殺すなんて、辺境は野蛮だ』と言って辺境に文句をつけてきたことがあるんです」

「そういえば以前ニューベリーを訪れた、動物保護の研究をしている貴族の学者が似たようなことを言っていたような……」

キャロルは記憶をたどるように視線を上にやる。

――なにも殺さなくていいじゃないですか！　人里から追い払えばいいだけでしょう⁉

そう、熊が村に現れた時に狩人組合に来た学者が叫んでいたことがあった。ひとたび熊が人を襲えば村一つ壊滅する恐れがある。なので熊が人里に降りて畑などを荒らした日には即日キャロルと狩人組合で狩っていた。

――熊が人を襲う前に狩れてよかった、と伝えたら、顔を真っ赤にしていたっけ……

キャロルは学者が男爵家の者だったため、一応熊に襲われないように領地の外まで安全に送り出した。後で学者の親に文句を言われても困るからだ。

その後、その学者の親が謝罪に来たので、おそらくキャロルの両親が何かしら手を打ったのかもしれない。

ぼんやりと碌なフィールドワークをしていない学者のことを思い出していると、モナがプリプリとまだ怒っていた。

「お義姉様も似た経験があったんですね！　まったく、魔獣の脅威を理解していない内地や海側の貴族は！」

「だがモナ、それで昔辺境の貴族がやらかしたことがあっただろう？」

オズウィンが先程とは異なった方向で渋い表情になる。モナも「あー……」と思い出したくないことを思い出した、という嫌な顔をした。

首をかしげているキャロルに、オズウィンが頭をかきながら語り出す。

「さっき尾火栗鼠を愛玩動物と同じように考えていた貴族の話をしただろう？」

キャロルはこくりと頷く。「やらかし」とやらにその貴族が関わっているのだろうか？

「実は……尾火栗鼠を狩るな、と言った貴族のところにペットとして送りつけた者が辺境にいたんです」

キャロルは先程までの情報と合わせて、ことの顛末に見当が付いた。そして「ああー……」と乾いた笑いを口から漏らした。

「もしかしてその尾火栗鼠のせいで屋敷が火事になったのですか？」

オズウィンとモナはコクコクと頭を縦に振る。

キャロルは頭を抱えた。

尾火栗鼠をただの愛玩動物と考えた貴族は、その赤い毛と目のくりくりした様子にとても心をときめかせただろう。おそらく手に乗せて餌でも与えようとしたに違いない。

檻から出して、近くに可燃性のモノがあれば……その後はどうなるかおわかりだろう。

「その貴族は頭に尾火栗鼠が乗ってきて、その拍子に被っていたカツラが燃えて頭がつるっつるになってしまったそうです」

「しかもその後尾火栗鼠が逃げてしまって屋敷が火事になり、借金を抱えることになったそうだ」

「わぁ……お気の毒……」

尾火栗鼠を送りつけた辺境の者はそうなることを見越していたのだろう。そんな風に身をもって学ばされてしまったつるつる貴族も憐れではあるが、辺境の忠告に聞く耳を持たなかった可能性が高いので自業自得感が強い。

よほど尾火栗鼠について頭に来ていたのだろう。モナは鼻息荒く、オズウィンは眉間に深いシワが寄ったままだ。

「お義姉様！　尾火栗鼠狩りに行きましょう！」

モナが声を上げ、オズウィンもそれに乗る。

「行こう、キャロル嬢！　今の時間、意外と奴らはウロチョロしている！　秋や来年のために今狩ろう！　山火事の心配がない方がキャロル嬢もこの先安心して過ごせるだろう！」

「そうだわ、お義姉様！　迷惑栗鼠を血祭りに上げてやりましょう！　辺境農家を守るため、そして山火事防止のために！」

「奴らの尻尾という尻尾を毟り取り、すべて窯にくべてやるんだ！」

物騒な方向に盛り上がっているアレクサンダー兄妹に、キャロルは押される。キャロルの目には二人が宗教画に描かれた恐ろしい悪魔のように見えてきた。

「ははは……」

そこでキャロルはオズウィンの言葉を反芻した。

「ごく普通に私が『この先』も辺境にいるって思ってくださっているんだ……」

胸にムズッとしたものを覚えたのだった。

◇◇◇

ジェイレンの許可を得て、三人は辺境の農村に訪れていた。最近、このあたりで尾火栗鼠が目撃されたらしい。

「あの、オズウィン様、モナ様……流石にその武器は大げさでは……？」

「そんなことありませんよお義姉様っ！　確実に仕留めるにはこれが一番です！」

そう言ってモナが見せるように持ち上げているのはメイスの一種である。球体状の頭部に複数のトゲが生えた、特徴的な柄頭をしていた。だがそんな凶悪凶暴という表現が相応しい武器を携えるふたりの殺意の高さに、キャロルは鳥肌が立った。

「お義姉様こそ、それでいいのですか？」

「ええ、まあ。ニューベリー領ではこれをよく使っていたので」

キャロルは金属の罠カゴと、ワイヤーでできた括り罠を手にしていた。もちろん、別途使用予定の弓矢や小型のスリングショットを持っている。

キャロルからするとオズウィンとモナの方が「それでいいの？」と思う装備だった。

「でもキャロル嬢、そういう罠では見つけ次第仕留められないのでは？」

「いや、とりあえず捕まえればいいですよね？　金属なら燃えることもありませんし、設置を工夫すれば火事になる恐れもありませんよね？」

そんな、尾火栗鼠への殺意が高いのはわかるが「栗鼠を見たら必ず殺す」でなくてもよいのではないか、とキャロルは考えていた。

「だって尾火栗鼠は……」

「うわぁん！」

やや腑に落ちない表情のアレクサンダー兄妹の言葉を遮り、子どもの泣き声が届いた。

何事かと三人が早足で近寄ると、十歳くらいの少年が母親に叱られて泣いているようだった。

「きちんと網をかけてから掃除しなさいって言ったじゃない！」

「かけたもん！　でも網に穴が開いてたなんて知らなかったんだもん！」

わんわんと泣く少年と叱る母親。何か少年に不注意があって叱られているらしい。オズウィンが親子に声をかける。

「やあ、何かあったのかな？」

「ああ、オズウィン様！　この子が飼育箱に網をちゃんとかけなかったせいで、錦糸蚕《きんしかいこ》が何匹も尾火栗鼠に食べられちゃったんです！」

「なんだって⁉」

「数えたら蟻蚕《ぎさん》が百は食われていたんです！」

錦糸蚕は美しい金色に輝く生糸を生み出す虫である。日の光に当てれば豪華絢爛《ごうかけんらん》な輝きを生み出し、月光に当てれば幻想的な光を帯びる。

美しさだけではない。細く柔軟かつ適度な弾力を持つ錦糸蚕はヒトの体に親和性が高い。急速に傷の修復をする治療魔法の代用——例えば傷の縫合や火傷した皮膚の修復——としても期待がされている。

錦糸蚕の繭《まゆ》で作られた布は質にもよるが、シンプルなワンピース一着分で太陽金貨三枚はくだらない。

ワンピースを作るのに必要な蚕はおおよそ千五百から三千匹程度。百匹も食べられたなら単純に計算して、満月銀貨十二から二十四枚分の損害である。錦糸蚕に与える餌は決まっているし、世話をしてかかった餌代燃料費諸々考えれば……なかなかに痛い損害であることが想像できる。

彼らが受けた被害を考えたキャロルは顔が青くなっていた。

そんなにたくさん食べられてしまっては生活ができるのだろうか？　キャロルは少年と家族の生活が心配になった。

「ん？」

キャロルは急に悪寒を感じた。肌がポツポツと鳥肌になっている。どうやら原因は——

「尾火栗鼠狩りだあああああ！」

「尻尾を全て千切るぞッ!!」

アレクサンダー兄妹だった。

どうやら錦糸蚕を食べられたことで怒りの針が振り切れたらしい。ふたりはトゲ付きメイスを振りかぶり、雄叫びを上げる。

まるで悪人を裁く地獄の拷問官のような形相である。しかも完全に頭に血が上っていた。

モナはキャロルの周りをじゃれついているときとはまったく異なる、歯を剥き出しにしながら威嚇する狂犬状態。

オズウィンに至っては見たこともない怒りの形相で幼児が見たら漏らしかねない恐ろしい顔になっていた。実際、先程まで泣いていた少年のズボンに染みができ、足下の地面に水たまりができていた。

「安心してくれ！　今日尾火栗鼠を狩りに来たんだ！　それと村長に報告すれば父上から支援金が出る！」

「私たちが尾火栗鼠を捕まえるから、安心してちょうだい！」

オズウィンとモナは「尾火栗鼠死すべし」と叫び、そのまま森の方向へかけだしていってしまった。

キャロルは置いてけぼりを食らってしまった。だがあまり動揺はしていない。

アレクサンダー兄妹があまりにも切れ散らかしているせいで、かなり冷静になっていた。

「ぼく、とりあえずズボンを穿き替えてこようか？」

少年の背中を押して、家に入らせる。オズウィンの形相のせいで怯えていた少年は、小走りで家の中に入っていった。

キャロルは残った母親の方を見て、挨拶をする。

「わたくし、オズウィン様の婚約者でキャロル・ニューベリーと言います。尾火栗鼠用の罠設置をしたいので、村長とお話しさせていただけますか？」

「え、ええ。はい。こっちです」

アレクサンダー兄妹の様子にあっけにとられていた母親は、キャロルの言葉で我に返ったらしい。

キャロルは開拓村の村長に挨拶と罠設置の許可をとりに行く。

開拓村の村長との話し合いはすんなりいき、しかも村民の数名が罠設置を手伝ってくれる。おかげでキャロルは罠の設置を滞りなく済ませることができた。

「それでは、罠を誤って踏んだりしないよう、地図に印をつけたところには近付かないよう伝達をお願いいたします」

「はい、承知いたしましたニューベリー様。それとオズウィン様とモナ様ですが……」

村長は深々と頭を下げた後、ちら、とキャロルの背後を見る。

キャロルの背後で木が折れる音や、ドゴンドゴンと地面を殴りつける音がする。どうやらオズウィンとモナが尾火栗鼠を林の中で追い回しているらしい。

良く聞き取れないが時折怒号と罵詈雑言が上がっている。声の感じからオズウィンとモナだけではないらしい。

「一部の村の者も一緒になって『尾火栗鼠憎し』で追い回しているようなので、止めていただいた方がよろしいかと……」

「はい、そうですね……」

村長は申し訳なさそうに、それでいて引いた表情でキャロルに伝える。どうやら村長は村をとりまとめるだけあって頭辺境ではないらしい。

若干、オズウィンたちに怯えているような様子であったが、冷静な考えができるらしい。尾火栗鼠に焼かれるより先に森林を破壊されてしまうのを防ぎたかったようだ。

折角設置した罠も破壊されかねないと考えたキャロルは、村長に礼を言いオズウィンたちを止めに向かうのだった。

◇◇◇

日が傾き、空の色が茜色に変化しだした頃――

「たくさん獲れましたね、お義姉様!」

モナは尻尾を吊された尾火栗鼠を見て嬉しそうに笑う。すでに息の根は止められており、擦れて火が付きかねない尾はこれから切り取るところだ。

「モナ様もオズウィン様もたくさん狩られたようで……」

モナとオズウィンが狩った尾火栗鼠は、どれも体の一部が潰れており、個体によってはミンチになっていた。これでは肉に毛が入り込んでしまい、とても食べられない。ただでさえ少ない可食部位が悲惨なことになっていた。キャロルの狩った尾火栗鼠と比べると、違いは一目瞭然である。

「(憎しみが込められている……)」

キャロルはあまり直視したくない状態の尾火栗鼠を細目で見る。

「お義姉様の狩った尾火栗鼠の方がきれいね。料理に使うなら罠猟のほうがいいわね」

「確かに。怒りにまかせて結構な数を狩ったが、労力を考えるならキャロル嬢のやった罠猟の方が効率がいいしな」

オズウィンは反省するように頭をかいていた。

「おふたりが狩った尾火栗鼠の方が多いですし、今日はとりあえずよいではないですか」

「でも罠にかかった分とお義姉様が弓矢で狩った数の方が多いわ」

「数匹の違いですよ。それに罠の設置は手伝ってもらいましたし」

「そーれーでーもーっ！」

モナを宥めるキャロルは、燃えにくい布袋に尾火栗鼠の尻尾と他の部位を分けて入れる。尻尾は毛を毟って着火剤に使うらしい。

キャロルたちはとりあえずある程度原形を留めている尾火栗鼠の尻尾を毟り取る。

皆無心になって尾火栗鼠の尻尾を引きちぎっていた。尻尾毟りは人手があったことですぐに終わる。持ってきた大袋は一杯だ。

「ふう、これでこのあたりの尾火栗鼠はかなり減ったのではないでしょうか」

「いやぁ、ありがとうございます。親栗鼠もたくさん獲れたので、当分増えないでしょう。助かりました」

モナは回収された罠のカゴと括り罠を興味深げに見ている。

「それでは私はまた罠の設置をしてきます」

キャロルの言葉にモナはふたつしばりの髪をハネさせてキャロルに飛びついた。

「私も行きます！　お義姉様の設置した罠、私もやってみたい！」

「使い方はわかりますか？」

「なんとなく！」

モナは中型以上の魔獣を相手にすることが多いため、小さな魔獣を捕まえるなどめったにしない。罠に使うカゴや括りももっと大型で厳ついのだ。

まるでミニチュアのように思えて面白いらしい。

「では設置の仕方、お教えしますね。モナ様」

——大型魔獣と戦うことに熟達しているモナ様にあれこれ説いても余計な話かもしれないけれど……。

キャロルたちはカゴを持って設置場所へ向った。

◇◇◇

キャロルたちは村長と村人にいくつかの罠を設置したことを伝え、定期的に見回るよう頼んだ。

辺境で小動物を捕まえる罠があまりないのは相手が魔獣であることも理由の一つだろう。もう一つ。すぐに手が出て即座に自分で対峙したがる辺境の性質なのではないかとキャロルは考えた。

「さて、そろそろ帰るか」

オズウィンの声に、三人は帰り支度を始める。

そこへぽてぽてと運動神経の鈍そうな歩き方の獣が横切った。

「あれ？」

キャロルはその獣を目で追いながら考えた。ここがニューベリー領であれば犬猫かアライグマだ。だが今通った変わった模様の獣はどれにも該当しない。

そもそも今キャロルたちがいるのは辺境の開拓村である。

普通の――魔素の影響を受けていない動物はいないはずだ。なぜかやたらと毛艶がいい。それに耳のところに何か付いていていた。

「あ、水狢」

「えっ、水狢って魔獣、ですよね？」

モナもオズウィンも、魔獣が目の前を通り過ぎているというのに、まったく気にしていない。

尾火栗鼠の時は怒り狂っていたというのにこの差はなんだ、とキャロルはふたりを不思議そうに見ていた。

「あのー、さっきの魔獣は狩らなくていいのですか？」

キャロルが尋ねると、アレクサンダー兄妹はきょとん、とする。顔を見合わせてから顔の前で手を振った。

「ああ、いいんだキャロル嬢。水狢はこの村全体で飼われているようなものだから」

「あ、もしかしてアレが地域で飼われている猫と同じとおっしゃっていた？」

「ああ、アレだ」

こっくり首を縦に振るオズウィンと、水路の前足の下に手をやり抱き上げるモナ。

モナは抱き上げた水狢をキャロルに見せるように差し出した。

「ほら、お義姉様。この水狢、耳に識別票が付いているでしょう？」

「本当ですね。それと数字と村の名前が書かれている？」

「こうやってどこで飼っているかの識別票をつけているんです。これが付いている水狢はその村や町で飼っているので狩らないんです」

モナは水狢を降ろして頭を撫でる。水狢は気持ちよさげに目を細めていた。満足するとまたぽてぽてとどこかへ向かっていく。

魔獣が放し飼いにされている状況に、キャロルは驚いていた。しばらく水狢を目で追っていると、ひらひらと蝶が飛んできた。すると水狢が頬をぷくっと膨らませ、蝶目がけて水を発射する。突然の行動にキャロルが少し跳ね上がるが、アレクサンダー兄妹は「おっ」と目を見張り喜んでいる。

「あの蝶の幼虫は農作物を食い荒らすんだ。水狢はああやって蝶を捕って食べたり、葉に付いた幼虫を食べてくれる」

「だから水狢は辺境の農家にとって益獣なんですよー」

「はー……そうだったんですか……」

オズウィンとモナの説明を聞きながら、キャロルは蝶をむしゃむしゃと食べる水狢を眺めていた。

「(魔獣だからって全部が全部害になるわけじゃないんだなぁ……)」

辺境に来なければわからないことだった、とキャロルはしみじみ思う。しかしそこでふと、気になることが思い浮かんだ。

「もし水貉が畑を荒らした場合、どうなるんですか？」

キャロルの口からこぼれた疑問に、オズウィンとモナはきょとん、とする。

そして口を揃えてこう言った。

「仕留めるに決まっているじゃないか（でしょう？）」

——あっ、意外とドライ……

［特別書き下ろし］

現代コルフォンス教における聖書の解釈

ドラコアウレア王国の国教であるコルフォンス教は現在、教皇と六名の枢機卿を中心に回っている。そしてそこに特例的に教会運営上層部に収まっているのが「塩の聖女」セレナ・アンダーウッドである。

ドラコアウレア王国の辺境に地伏竜が現れ、辺境伯子息とその婚約者が見事討伐を成し遂げた数日後——教皇とすべての枢機卿、そして聖女が円卓に着席していた。

教皇の左右にそれぞれ三名の枢機卿、正面には聖女。

今ここにいるのはコルフォンス教の重要人物達の集まりということで、ディアスを始め腕利きの僧兵達が警護に集まっていた。

中にはまだ若い僧兵がおり、この集まりに緊張して表情が硬くなっているものがいる。どれだけ厳しい修行を耐えた僧兵であっても、教会の重要人物が揃っていれば重圧に思うらしい。

「本日は皆、集まってくれてありがとう。誰も欠けることなく、無事集まれたことを神に感謝しましょう」

教皇・ジェレマイアはふっくらとした肉付きの頬を優しげに緩ませた。彼のやわらかそうな指先は円とTを合わせたコルフォンス教のシンボルを描く。

それに倣い、六名の枢機卿と聖女は同じように手を動かし、円とTのシンボルを模《かたど》り祈った。

しばし祈りのために沈黙したジェレマイアは目を細めて微笑む。その老年であるにもかかわらず綺麗な肌の頬を持ち上げた。

ジェレマイアの左隣には丸眼鏡にやわらかそうなオールドローズの髪の男性がいる。聖女・セレナとよく似た笑みを浮かべる彼は、彼女の父・シスルである。

彼もまた、ディアスほどではないが背も高く筋肉質であった。しかし不思議とそれが気にならず圧迫感がないのは彼の醸し出す空気がやわらかく、おっとりしているからだろう。

彼は枢機卿の中でも若年であるにもかかわらず、次期教皇と噂されている。

そのおっとりとした雰囲気とは真逆に、修羅場と伏魔殿をくぐり抜けてきた強者であることはこの場の全員が知っていることだった。

「それでは本日の『聖書を読む会』を始めさせていただきます」

シスルの言葉に他五人の枢機卿と娘のセレナは拍手をする。

この会の名前を聞いた者の多くは疑問に思うだろう。コルフォンス教の頂点の人物達が、「聖書を読む」のだ。教会で説法をする彼らが、である。

今更という印象を受けるだろう。しかし会において、誰もその疑問を口にすることはない。

それぞれが厚い聖書を取り出し、円卓に置く。聖書はそれぞれの年齢に相応しい使い込みをされていた。

「それでは『世界創造』のページをご覧ください」

各々、聖書の始めに書かれている「世界創造」のページを開く。

神が混沌をかき混ぜ、天と地と海を創り、世界を創った。

神は燃える金と銀の樹を天に置き、太陽と月とした。

神が大地に息を吹きかけ、森が生まれた。

神が乳を滴らせ、獣が生まれた。

神が血を滴らせ、人が生まれた。


神の血から生まれた人は知恵を持った。

神は人に言った。地に住み、地を走る獣と水に住む魚と森や大地の実りを糧にするようにと。

そして神は人に「魔法」という力を与えた。


有名な世界創造である。

子どもでもそらんじることができるほど、市井《しせい》に広く知れ渡っている。

シスルは聖書を片手に、教皇と他の枢機卿、そして娘を見渡す。少々大げさではあるが、役者のような手振りで、彼は話を進めた。

「『世界創造』には、神は我らに『地を走る獣と水に住む魚と森や大地の実りを糧にするように言った』と記されています。皆様の解釈をお聞かせください」

シスルの問いかけに、まず一番に答えたのは枢機卿が一人、ベルである。

グレイヘアのベルは、壮年であるにもかかわらず複雑な色香を孕んだ女性である。真っ赤な唇を蠱惑《こわく》的に動かし、にこやかにシスルの問いに回答した。

「現代の聖書で『魚』と訳されている部分は、古語だと『泳ぐもの』です。聖書が書かれた時代、海獣も『泳ぐもの』とされており、現在でいわゆる『魚』とされているものとは異なっておりますわ」

ベルはさらに続ける。

「古語に則って解釈するならば、海中を漂う海藻も、足を動かし海底から浮いて移動する蟹も、二枚貝を動かして海中を飛ぶ貝も『泳ぐもの』ということになりますわ」

そこにどっしりとした体型の口ひげを蓄えたいかにも権威のありそうな壮年の枢機卿が、その威厳ありげな響く声で発言をする。

「『地を走る獣』の部分、古代は鳥も含んでいた。現代では鳥は空を飛ぶという印象が先行しがちだが、奴らは始終飛んでいるわけではない」

「ダリウスの言うとおり。ただ鳥はいわゆる『飛翔』ばかりしているわけじゃないだろう？　ピョンピョン跳ねる鳥はどうなんだろうねぇ」

口ひげの枢機卿をダリウスと呼んだ、飄々とした表情で色眼鏡をかけた枢機卿の男はダリウスと同年程度に見える。しかし軽快な物言いと声の明るさから、人に見た目より大分若い印象を与えるようだ。

声音は茶目っ気を含んでおり、演技じみた身振り手振りで話す様は、舞台俳優のようだった。

ダリウスは自分の正面に座るタイレルに、呆れたように視線をやりながら額に手を当てる。

「タイレル、子どものように揚げ足を取るんじゃない」

「いや大事なことだよ？　神学者はいつだって『グラタン皿の隅をスプーンでこそげる』ようにどうでもいいことに文句をつけるんだ。教会の教義に物申す連中は本当に暇で今の生活に不満しかない奴らばっかりだから基本的に相手にしたくないんだよ～」

タイレルは少々大げさなくらい肩をすくめる。

「だからそういうどーでもいい揚げ足とりみたいなこともはっきりさせとかなきゃいけないと思うんだよねぇ。キミもそう思うだろ？　グラハム」

タイレルは隣にかける右腕のない枢機卿に話しかけた。

白髪の房が所々に見られるグラハムという男は、ベルとはまた異なった色香を孕んでいる。年齢を重ねて若さによる凜々しさは減っているが、心を乱す魔性的な麗しさは増しているようだ。

「そうだな。そこははっきりさせた方が良い。兎は『走る』と表現するより『跳ねる』とされることの方が多い。だが、大昔から『地を走る獣』の分類にされている。それにとても『走る』と呼べない速度の動物もいるがこれを食すことは禁止していないだろう？」

グラハムは顎を撫でながら、皺の刻まれた口元を撫でた。

「私は亀をよく食べるが、確かにアレは『走る』とは言えない速さだからなぁ」

豪快に笑う女性は、枢機卿の中でいっとうりっぱな肉体を揺さぶっている。武闘派らしい筋肉が、白い聖衣の上からでもうかがえた。ダリウスとセレナに挟まれて円卓にかける筋肉質な女性――ケイティは、良く日に焼けた褐色の肌をピカピカに輝かせている。

「亀は外敵と遭遇した際、カラに隠れることが多い。だが逃げる際、己のできる最高速度での『逃走』はする。アレで一応彼らにとって『全速力』なんだよ」

亀に配慮してか、ケイティは「のろま」という表現はしなかった。おそらく神学者たちに「中傷」と取られないよう気遣ったのだろう。

「古語を現代訳すると『走る』にされてしまいがちですが原典に記載されている古語の意味は『足を動かす動作』全般をさしますわ。ですから亀も兎同様『地を走る獣』で問題ないと思いますの」

聖女セレナは古語の説明を交えて意見を述べる。

教皇と枢機卿の面々はセレナの言葉にうんうんと頷く。

そこに更にセレナが言葉を続けた。

「それに『神が乳を滴らせ』の部分についても、古語では『白き雫』という意味ですから母乳ではなくせ、んぐ」

いつも通り穏やかな笑顔のまま話をするセレナの言葉を遮るように、ディアスがその大きな手でセレナの口を覆った。

彼女の続けようとしたであろう言葉に見当が付き、ダリウスは眉間のシワを伸ばすように指をぐりぐりとあてがった。

「聖女セレナ……君はもう少し慎みを持った言葉選びをだな……」

「はは、いやですねダリウス殿。娘はただ古語の学術的視点からの意見を述べようとしただけなのに。まるで娘が破廉恥みたいではないですか」

シスルは白々しいほど明るく笑う。彼の娘であるセレナも、ディアスに口を押さえられたまま、ニコニコとしている。

まったくもってそっくりな笑い方をするアンダーウッド親子に、ダリウスは隠そうともせず深い溜息を吐いた。他の枢機卿も教皇さえ特に注意もせずニコニコ、もしくはニヤニヤ笑っている。

その様子からダリウスが一際、潔癖――いや清廉である証明のようだった。

「ディアスくん、そろそろ娘を離してあげてくれないかい？」

「は、承知いたしましたシスル様」

ディアスはセレナから手を離し、再び元の位置に戻る。

ディアスが元の位置に戻る際じとりとした目でセレナを見ていたが、セレナはどこ吹く風という様子であった。

◇◇◇

聖書の解釈について話が進み、時計の長針が一周したころ、ジェレマイア教皇がスッと手を掲げ、円卓の面々をぐるりと見渡した。

「一度、休憩を挟みましょう。お茶とお茶請けをお願いします」

ジェレマイア教皇の言葉に、シスルが小ぶりなコールベルを振り鳴らす。リリン、と澄んだ音が響くと円卓の間に茶と菓子の係が現れた。

枢機卿のベルが立ち上がり、その指先まで優美な動きで語り出す。

「本日のお茶とお菓子はわたくしが用意させていただきました。お菓子はパイ生地にたっぷりのカスタードクリームを詰めて焼いたタルト。甘さは控えめにしておりますので、お好みでフルーツソースをかけてください。お茶は爽やかな香りの優美黄金《エレガントゴールド》という柑橘を干して加えたものです」

ベルの説明とともに細かい絵の描かれた皿に乗せられたパイが配膳される。拳ほどの大きさのパイはこんがりとした焼き目がついていて、飾り気はない。それでも洒落者と名高いベルの手配した菓子だ。期待は高まる。

配膳係が目の前で熱を操る魔法を使い、湯を沸かす。配膳係は抜かりなく、茶器を温めており、大きなティーポットに茶葉を入れて即座に茶を蒸らした。

茶葉と乾燥した薄切りの果実が、湯の流れに沿って優雅に泳ぐ。十分に色と香りの付いた湯は、澄み切った美しい琥珀色をしている。カップに注がれた途端、爽やかな香りがあたりに広がった。

ジェレマイアはカップに風信子《ヒヤシンス》の宝石で飾られた銀のスプーンをいれ、数度かき混ぜる。

風信子と銀でできた食器は毒に反応する。この食器の開発により、毒味役をもうける必要がなくなった。この発明により温かい物は温かい内に、冷たい物は冷たい内に食べられるようになり喜んだ高貴な身分のものは多い。

スプーンに曇りもなく、風信子の宝石にも変化がないことを確認してから持ち手を摘まみ、顔に近づける。

「ああ、いい香りですね」

ジェレマイアに倣い、枢機卿とセレナはスプーンで茶をかき混ぜてから香りを楽しむ。鼻を通り抜ける酸味を含んだ柑橘の香りは目を覚まさせる。一口に含めば、甘味料を入れていないのに軽い甘さを含んだ茶が口内を潤した。

「さ、タルトもどうぞ」

サクサクパリパリのパイ生地と完璧な焼き目の付いたカスタードを、スプーンと揃いのフォークで切り崩して行く。風信子に変化はない。

一切れ、口の中にタルトを運ぶ。噛めばさくりと小気味よい音と食感で楽しませてくれるパイ生地は、小麦の風味がとてもよい。焼かれたカスタードは甘すぎず、濃厚で、舌の上で蕩ける。ベリー系のソースをかければ甘酸っぱさで味が変わる。

ジェレマイアは実に嬉しそうにタルトを食す。そして間に挟むようにして茶を啜れば、口内だけでなく鼻腔まで幸せに包まれた。

「ベルの選ぶ菓子はいつも洒落ていて味もいい」

「ありがとう、ケイティ」

「パイ生地もクリスピーで大変いい。どこの物か後で聞いても？」

「もちろん。奥様もきっと喜ぶわ。後ほど店に話も通しておくわ、ダリウス。グラハムもどう？」

「ああ、頼む」

この後ダリウスとグラハムは妻のためにカスタードパイを買い求めるだろう。彼らが妻にカスタードパイを持っていけば、きっと妻達は顔をほころばせるに違いない。今のセレナのように口内で濃厚なクリームを愉しみ、表情をほころばせるだろう。

「本当、この濃厚なカスタードがまた美味しいこと……ディアス」

セレナがディアスを手招きする。セレナはフォークにタルトをのせ、それをディアスに差し出した。

「はい、あーん」

「……」

枢機卿達の手が止まり、視線が二人に集まる。警備に付いている僧兵達は、視線こそ寄越さないが意識をディアス達に向けているのは明白だった。

「いやぁ、こちらのソースも美味しいですねぇ」

ジェレマイアだけがメロンソースで味を変え、もくもくとタルトを楽しんでいた。

「……」

ディアスは観念したように、素早くセレナの差し出したフォークに食いつき、タルトを口に入れた。

——卵も牛乳もよい物を使っているのだろう。とても濃くてほどよい甘さのカスタードが心地よい。おそらく少々の香り付けに混成酒が使われている……

分析するようにタルトを咀嚼してから飲み込んだディアスを見て、セレナが嬉しそうに笑っている。

「今度作ってくださいまし、ディアス」

「……ああ、わかった」

まだ新婚であるセレナとディアスの様子に、甘い空気を漂わせる。

ベルは微笑ましいものを見るように目を細め、ケイティとタイレルは茶化すように口笛を吹き「仲がいいねぇ」と笑う。グラハムとシスルが特に気に留めていないのに対し、ダリウスだけは頬を染めて「ウォッホン！」とわざとらしく咳払いをした。

ダリウスの咳払いに、ディアスは頭を下げて定位置に戻った。

「ふう。大変美味しいお菓子とお茶でした」

新婚夫婦のやりとりの間、ジェレマイアはお茶とお菓子を堪能したらしく、おかわりを求めた。もうよい年であるにもかかわらず健康に教皇を務めているのは健啖家《けんたん》であることと毎日の昼寝も欠かさず夜もしっかり寝ているためであろう。

ジェレマイアが二度おかわりを平らげた後、コルフォンス教「世界創造」の解釈について、話し合いが再開されるのであった。

◇◇◇

「それで、亀を『地を走る獣』とするのであれば、今回辺境で討伐された『地伏竜』はどうなるでしょう?」

シスルのその言葉から、今までの話し合いがこの前振りであることがわかった。数百年ぶりの世代交代で追いやられた龍穴の元・主――「地伏竜」。巨大な魔獣が起こした竜害は辺境を襲ったが、幸運にも王国に甚大な被害を与えはしなかった。

幸い、強力な新兵器と辺境伯の子息であるオズウィン・アレクサンダーの活躍により、早い段階で地伏竜が討伐できている。竜害による被害は収まり、ドラコアウレア王国の平和は守られた。

次に出てくるのは残された地伏竜の死体の処理問題である。

地伏竜は龍穴の主であっただけのことはあり、鱗の一枚であっても大変価値のある資源となるであろうことが見込まれた。

――これは大きく金が動くに違いない。

シスルは一大事業かつ大きな経済活動に繋がるであろうこの地伏竜の肉を、食用として流通させることを望んでいた。そこに神学者や活動家たちの横槍を入れさせたくなかったのである。

現在「魔獣肉一般化」の活動の中心になっているのは現国王夫妻とアンダーウッド家である。王妃・アイリーンは辺境伯の姉であるし、アンダーウッド家へ婿入りしたディアスもまた辺境伯と従弟関係である。

この二人がいることで、王家と教会では魔獣肉を食すことを「是」とする動きが広がっていた。それでもまだまだ魔獣食は辺境以外ではゲテモノやイロモノ扱いである。

王国は現在豊かであるとはいえ、すべての民が肉や卵といったタンパク源を日常的に摂取できる訳ではない。貴族であっても財政や領地の豊かさによっては肉がごちそうであることもままある。

畜産だけではとても追いつかない。これから王国が豊かになれば人口は増え、それに伴い食料問題は必ず出てくる。

王国民の栄養状況向上のためにも魔獣肉を普及させたい――そういった思惑からシスルは魔獣肉を「一般的な食肉」の地位に押し上げようとしている。

龍穴の元主である地伏竜も魔獣である。しかしその強さと神秘性、希少性は他の魔獣と一線を画す。

地伏竜に興味を持つ者が現れるのは間違いない。その力にあやかりたいという理由から手を出す者も少なくはないだろう。

スムーズに魔獣肉を普及させるためにも、「地伏竜を食すことは是」と、教会の「お墨付き」を得ること、そして「グラタン皿の隅をスプーンでこそげる」神学者と利権に敏感な活動家を黙らせること――シスルは今回の「聖書を読む会」でそれを狙っていた。

そのため聖書の「世界創造」の部分から枢機卿の解釈を語らせたのである。

――地伏竜という大資源とこの機会……絶対に無駄にしない。

シスルの細められた目がかすかに開かれる。

「ケイティはどうお考えですか？」

シスルの視線が自分の正面にかけるケイティに向かう。「亀を食べる」と言ったケイティ。彼女はセレナの言っていた古語の訳的にも納得していたので、白い歯を見せてシスルを見た。

「地伏竜も亀同様、アレで全力で『走っていた』だろうよ。端から見ればそうは見えなくても『走っていた』。必死に『足を動かして』いただろう。だから地伏竜は『地を走る獣』と解釈していいと思う」

「ありがとうございます」

シスルは笑みを浮かべて答える。シスルはタイレルを飛び越え、グラハムを見た。

「グラハムはどう考えますか？」

グラハムは左手で顎を撫で、「うーむ」としばし考える仕草を取った。

「兎ほど軽快さはない。しかし『跳ねる』兎が『地を走る獣』とされるなら、腹這いで移動していた地伏竜も『地を走る獣』と解釈していいだろうさ」

すんなりと二名の枢機卿が地伏竜を『地を走る獣』とした。シスルはあと二名の枢機卿から同意が得られれば、ことは上手く行くだろう。ひっくり返されるとしたら、教皇・ジェレマイアの意見が反対である時くらいだろう。

「でもさ、腹這いする魔獣を『地を走る獣』と呼ぶには違わない？　ボクは釈然としないなぁ」

茶々を入れるように──楽しそうな声で意見を口にしたのはタイレルだった。

口元に浮かべている笑みに嫌味な様子はない。しかし色眼鏡の向こうにある目は挑発的だ。

「地伏竜はあの巨体だ。『足を動かして』はいただろうが、実質腹這いが主となる移動手段だったのでは？」

ダリウスも反対意見らしい。

シスルは二人の言葉ににっこりと笑みを崩さないまま首を傾ける。三人の間に険悪な様子はない。

「ダリウス。たしか三人目の孫がはいはいを始めた頃だったかな？」

「あ、ああ。そうだが？」

急に孫の話になり、ダリウスは不思議そうな顔をする。シスルは両手を合わせ、まるで小さな子どもに対するように優しく語りかける。

「ようやく自分の手脚で動き回れるようになったんだ。さぞ可愛らしくて愛しいだろうね」

「まあな」

おほん、とほんのり頬を染めながら自分の可愛い孫が懸命にはいはいする姿を思い浮かべていた。

「以前は手脚を一生懸命動かしていても、はいはいできるだけの手脚の力がないから、懸命に腹這いしていただろう？　でも今は手と『足を動かして』懸命にはいはいをしている、そうだろう？」

回りくどいシスルの言い方に、ダリウスは首を傾けるが、とりあえず肯定をする。

「君は懸命に『足を動かして』はいはいするお孫さんを、まだ腹這いしているというのかい？」

シスルが話を急激な角度で曲げてきた。

ダリウスは疑問符を頭の上に大量に浮かべていた。

「地伏竜はあの巨体だからどうしても腹はついてしまっていたが、移動に二対の足を使って移動しているよ。それだけの筋力があった。つまり腹這いになっているのは体の大きさからくる結果であって、腹這いで移動しているわけではないんだよ」

「つまり？」

言わんとすることはわかるが、ダリウスはシスルに言葉を求めた。

「地伏竜……アレは腹這いしているのではなく、形としてははいはいに近いんだ！」

ぐっと拳を握りしめ語るシスル。ダリウスはこのまだるっこしいやりとりに頭を抱え、溜息を吐く。

「それと先日移動速度を割り出したところ、赤子のはいはいよりも地伏竜の方がよほど速かったらしい。だから赤子よりも『走っている』と言っていいのでは？」

「あー、それなら『地を走る獣』扱いしていいんじゃない？　赤ちゃんより速く移動できるなら走っているってしても」

タイレルは笑いながらコロリと意見を変えた。ダリウスも額に手を当てたまま「いいんじゃないか……？」と呆れているようだった。

「さて、ベルはどう思いますか？」

残された枢機卿はベルのみだ。

ベルは赤い唇で弧を描き、磨かれた爪の手を組んでセレナを見た。

「聖女セレナは地伏竜を実際に見たそうですね？」

「ええ、大変大きな魔獣でしたわ」

不意打ちのように話題が向けられたものの、セレナは笑みを浮かべたままベルに答えた。ベルもまた口元に笑みを浮かべ、目を細める。

「貴女の目から見て、地伏竜は『走って』いたかしら？」

ベルの問いかけを咀嚼してから、セレナは口を開いた。

「『走って』おりましたわ。大きい分、その一歩が遅かったのは事実です。けれど移動は亀や赤子よりよほど速かったと思います」

「そう、なら私も地伏竜は『走る獣』としてよいと思うわ」

「は、それでは枢機卿全員、『地伏竜は地を走る獣である』という見解でよろしいでしょうか？」

枢機卿全員が合意を示す拍手をする。セレナも拍手をしていた。

「ジェレマイア様。最後にご意見を賜ってもよろしいでしょうか？」

ダメ押し、とでもいうようにシスルはジェレマイアにも意見を求める。枢機卿の意見が統一されているのだ。ここで反対意見が出ることはほぼない。

教皇ジェレマイアは少し考えるように顎に手をやった。そしてしばし唸ったかと思うと、シスルに向かって首を傾ける。

「地伏竜は分類としては蜥蜴という話を聞きました」

「そうですね。そのようであると話は聞き及んでおります」

「私はそこそこ大きな蜥蜴を『地を走る獣』として食したことがあります」

ジェレマイアは悪戯っぽい笑みを浮かべて目を細めた。

「蜥蜴の肉はなかなかに美味でした。『地を走る獣』である地伏竜も美味しいのでしょうか？」

シスルはジェレマイアの言葉に『待っていました』と言わんばかりの笑みを浮かべた。

「それでは是非食してください。実は辺境から地伏竜の肉を運んでおります」

ニコニコと微笑むジェレマイアは手を掲げ、一同を見渡す。

「それでは『聖書を読む会』を終了しましょう。そして『地を這う獣・地伏竜を食す会』を開こうではありませんか」

教皇の言葉に枢機卿と聖女は拍手をし、「聖書を読む会」は終了した。

一同はぞろぞろと移動し、地伏竜の肉の待つ中庭へ向かうのだった。

◇◇◇

「ジェレマイア様ッ！　間もなく肉が焼けますのでお待ちを！」

艶やかな黒髪の女性がトングを使い、炭の上で加工肉を焼いている。

「おお、アイダ。それが地伏竜かな？」

ジェレマイアがニコニコとした表情で艶やかな黒髪の女性——アイダの手元をのぞき込む。

アイダはビシッ！　音が鳴りそうな勢いで踵を合わせて背筋を伸ばす。

「はいっ！　ジェレマイア様！　間もなく中まで火が通ります故、少々お待ちくださいッ！」

まるで軍人のようにジェレマイアに敬礼する彼女だった。

「まあ、炭火焼きですか？　何で味付けをしてあるのかしら？」

セレナがアイダの焼く肉を背を伸ばしてのぞき込むと、アイダは睨み付けながら叫ぶ。

「セレナ・アンダーウッド！　貴様はジェレマイア様と他の枢機卿の後だ！」

くわっと見開いた目と歯茎を見せる勢いで開かれた口——アイダはまるで番犬のようだ。

アイダに吠えられたものの、セレナは笑顔を崩さない。

「教皇猊下専属の料理人であるアイダさんのことは信頼しておりますが、毒味もせずに教皇猊下にお出しするのですか？」

「出すわけなかろうがッ！　私がするッ！」

「あら、それではさっきの発言は意地悪ですか？」

「一番年若いのだから待っていろ！　この暴食！」

「アイダ、あまり乱暴な言葉を使うものではありませんよ」

ジェレマイアが優しく窘《たしな》めると、アイダは花がほころぶように幸せそうな表情になる。

「申し訳ありませんジェレマイア様！」

ジェレマイアに尻尾を振る駄犬、アイダに、枢機卿の一部——特にダリウスは呆れたような表情をしていた。

教皇専属の料理人・アイダは幼き頃ジェレマイアに拾われて以来、忠実な下部《しもべ》——他の人間に対してはほぼ狂犬——となっていた。しかし彼女の料理の腕は素晴らしく、前例のない地伏竜の肉を味わい尽くす調理方法を短期間で編み出していた。

アイダは目の前で風信子と銀のフォークを使い、味見もかねて一口食べる。その様子から毒の心配はない、と自ら証明した。

「地伏竜の焼きハムです！」

地伏竜の肉で作られたハムは厚く切られ、ステーキのような見た目だ。しかし豚肉のハムと異なり、脂身は少ない。見た目は鶏で作ったハムに似ているようだ。

あれだけ巨大であったにもかかわらず、筋繊維のキメは細かい。

「最初はそのまま、次にバターと卵黄のソースをかけてお召し上がりくださいッ！」

「ああ、とても美味しそうだ。それではいただきましょう」

アイダの言葉に従い、ジェレマイアは地伏竜のハムに何もつけずに一切れ口に運ぶ。

「おお、これは……ただハムにして焼いただけではないですね。大変、大変美味です」

ジェレマイアはもくもくと地伏竜のハムを頬張る。

長きにわたり生きた竜であるにもかかわらず、まったく硬くない。むしろ適度な歯ごたえがあり、それでいてほぐれやすい。

アイダの下処理が天才的なのだろう。ジェレマイアだけでなく、枢機卿全員が唸った。

「あら、美味しい。ディアスもどうぞ」

「……セレナ、自分で食べるからフォークを貸してくれ」

「い・や」

セレナはディアスにハムを差し出し、食べさせている。新婚夫婦は教皇と枢機卿（内一名は父親）がいても仲睦まじく戯れ合うらしい。

アイダが歯ぎしりをしながら睨んでいるが、ディアスはともかくセレナはまったく気にしていないようだった。

「それではバターと卵黄ソースをかけていただいてみましょうか」

ジェレマイアがぺろりと地伏竜のハムを平らげ次を求める。

アイダは見事な手際で薄切りにしたハムを花弁状に盛り付け、雫型の器でバターと卵黄のソースをかける。

「ジェレマイア様、どうぞ！」

「ありがとう、アイダ」

ジェレマイアはアイダから皿を受け取り、バターと卵黄のソースをしっかりと絡めてハムを口に運ぶ。

「おお……これはまた……バターの脂と卵黄ソースが合わさり、まろやかになった脂が口の中で地伏竜のハムの味を一層際立たせている」

「へぇ、これはいい。想像以上だ、アイダくん」

「フンッ！　当然だ！」

シスルの褒め言葉にアイダは胸を張る。

教皇専属の料理人であることに最大の誇りをもつ彼女は、料理に関しては自尊心の塊である。ふんす、と鼻息荒くふんぞり返っていた。

シスルは地伏竜ハムを咀嚼しながら思考していた。

塩漬けも考えていたが、ハムであれば流通もしやすい上に調理もしやすい。手軽さは普及において何よりも重要だ――

「おや？」

シスルが考えながら食べている内に、用意されていたハムが半分程度になっていた。

「お父様、教皇猊下がよくお召し上がりになっていらっしゃいますから、早くおかわりしないとなくなりましてよ？」

セレナの言葉で他の枢機卿達もかなりの量を食べていることにシスルは気付いた。

「ふむ、これなら地伏竜の流通は心配なさそうだね」

シスルはいそいそとおかわりを貰いにアイダに皿を差し出すのだった。

［特別書き下ろし］

キャロルの知らない想定外の話

その日、キャロルはメアリに誘われ、刺繍をしていた。月の市で購入した裁縫に必要な道具一式を揃えて。

暖かな日が降り注ぐ中、刺繍枠を持ちながら布に針を刺している。

その場にはアイザックもおり、部屋には和やかな空気が流れ――

「一、二、三、四、五、六……いーっ！」

てはいなかった。

キャロルは針に糸を巻き付け、そっと引き抜こうとしていた。しかし糸をギチギチに巻き付けていたらしく、針が上手く抜けずにいる。しかも抜く時に力が入りすぎたようで、本来均等になるはずの螺旋の形の片方が細くなってしまっているようだ。

「あーっ！　また失敗した！」

キャロルは失敗したステッチを切り、もう一度やり直そうとする。どうやら小さな赤い薔薇と白い薔薇を刺繍していたようだ。

小指の先くらいの小さな花の図案が布に描かれている。

「キャロル、力むと糸にゆとりがなくなってしまうわよ」

メアリは薄めの布に花を刺繍している。白い布に白い糸で花を描いているようだ。細かく均一な縫い目で華麗な百合を縫うメアリの針運びは軽やかだ。

一方のキャロルは糸の先を結び直し、もう一度薔薇の花びらを表現するステッチを作ろうとしていた。

実際、このステッチ自体はそこまで難しい物ではない。

キャロルは皮にブスブスと刺繍する方が性に合っているためか、指先に力が入りすぎているのだ。

忌々しげに刺繍枠を掲げて睨むキャロルは口を横に広げて歯を食いしばっている。その顔には「苦手」と描かれているように見えた。

「このステッチ、昔から苦手なんです……！　うっかり針に巻く回数間違えちゃったり、きつく巻きすぎて針が引き抜けなくなるしで……」

キャロルは眉間に皺を寄せながら慎重に糸を針に巻き付ける。だが巻き付ける回数を数える姿は少々苛ついているようだった。

「キャロルさんはもう少し大きめの図案のものをした方が良いのではないかしら？　それに花とか有機的な図案よりも、直線多めで一定リズムのある幾何学模様の方がやりやすいかもしれないわ」

アイザックはメアリの隣で緑の布に白い糸で細かい模様の刺繍をしていた。彼の手の平程度の大きさであるが、そこにはあまりにも細かい刺繍図案が描かれていた。

キャロルは目を平べったく細めてその図案を見るが、細かさに、ぎえ、と喉の奥を鳴らした。

針を刺しては糸を引っかけ、針を刺しては引っかける――繰り返し繰り返しそれを続けるアイザックの手元を、キャロルはじっと見つめる。

ほぼ同じタイミングで縫い始めたというのに、アイザックは美しい花の形が見えてきている。手際の良さには感動を覚えそうだった。

細かい図案を一本の糸で縫うアイザックに、キャロルがハタ、と気付く。

「ちょっと待ってくださいアイザック様、それ……刺繍じゃなくてレースを作っていらっしゃいます？」

「ええ、そうよ」

キャロルはギョッと目を見開いた。

一本の糸でひとつひとつ丁寧に縫い上げられているそれがニードル・ポイントレースだと気付いたときキャロルは軽く引いていた。

ニードル・ポイントレースは種類によっては親指の爪と同じ面積を仕上げるのに平均で半日近くかかることもある。デザインパターンの輪郭の内側をステッチで埋める繊細できめ細かいレースはそれはもう熟達した職人技術である。

それをわずかな時間で全体像が見える程度に仕上げ、一部ではあるが美しい花が姿を見せつつあるアイザックの技術に鳥肌が立った。

メアリはアイザックの手元をのぞき込み、口元を押さえる。

「初めて魔獣素材を使ったと言っていたのに、するする使いこなしているのね！　図案も贅沢に花をあしらっている上に輪郭を埋める部分も揃っていてとても綺麗！」

「魔獣素材でレースを作ったのが初めてなのよ。この糸、とても滑らかで少し扱いが難しいけれどとても綺麗なのよ？」

アイザックの超絶技巧も相まって、その緻密なレースは輝いて見える。まるで神の召し物のようだ。

アイザックのレースの出来に、キャロルは驚嘆していた。

「学生時代からアイザックが器用なことは知っていたけれど、こんなに素晴らしいレースを縫ってしまうなんて……しかも使っているのが辺境のシルクなら、教皇猊下の祭礼服を飾るのにも使えそうじゃない！」

「もうっ、メアリったら褒めすぎよ」

メアリは実に楽しげにアイザックを褒めるが、そんな笑って済ます物ではない。

使っている魔獣の素材にもよるが、ヴェールに出来る程度の大きさなら太陽金貨一枚はくだらない。細密で美しい、熟達した職人の作ったモノであれば更に満月銀貨五十枚……いや太陽金貨一枚分追加されてもおかしくない。

アイザックが生み出すレースはそれと同等と言っていいくらい素晴らしいものになるに違いない。完成品を見せれば、上級貴族がこぞって欲しがるだろう。

一財産築けそうな技術である。

「ペッパーデーは服飾で地位を築いたから。家にそういった資料はたくさんあったの」

——あ、そうか……アイザック様はあまり外に出ていなかったんだ……

アイザックはペッパーデー家の中であまりよい扱いはされていなかった。人との付き合いも限られ、教育も魔法学園に入学するまで兄ほど手をかけられていなかったのだろう。

その代わりすぐに金に変えられるものを生み出す技術を磨いていたようだ。

「アイザックは本当に器用ね。こんなに素敵なレースを作ってしまうのだもの！」

メアリはニコニコしながらアイザックを褒め続ける。それに照れくさそうな顔をするアイザック

――キャロルは目の前で展開された甘い光景に喉がギュッとなった。

キャロルは口の中に広がる甘い幻覚を洗い流そうとお茶を口に含むが、お茶まで甘い気がして口角が下がる。

キャロルが眉をひそめていると、コンコンと部屋の扉をノックされる。

「はい、今開けます」

扉を開けるとオズウィンがいた。

その格好は乗馬の格好で、オズウィンの要件が何かすぐに見当が付いた。

「失礼、キャロル嬢今大丈夫かな？　ジェットを少し走らせようと思うんだ。よければ少し狩りも……」

「行きます！」

キャロルはメアリとアイザックに断りを入れてから急いで裁縫道具を片付け、オズウィンと共に部屋を飛び出す。

「メアリお姉様！　アイザック様！　また後ほど！」

よほど細かいステッチを縫うことにストレスがたまっていたのだろう。キャロルは実に嬉しそうな横顔で部屋を出て行った。

オズウィンもふたりに軽く会釈をしてから部屋を出て行った。

嵐のような様子に、しばし目を瞬かせていたメアリとアイザックであったが、窓の外から聞こえる馬のいななきにはっとした。

今ここにはふたりしかいない――

ニューベリー領にいた頃も、辺境に来てからも完全なふたりきりになるというのはほぼなかった。強いて言うなら辺境へ向かう馬車の中くらいである。

この状況に、アイザックは頬をほんのり染めていた。一度レースを縫う手を止め、メアリを見つめる。

「あのね、メアリ……私、アルフォンティウス様に認めてもらえるよう頑張るわ。早くメアリと結婚できるように」

アイザックはメアリの手にそっと自分の指先で触れる。その触れ方はレースを扱う以上に注意深く、慎重だ。

メアリを宝物のように思っているのが、触れ方にさえ表れている。

メアリは深い緑色の目でアイザックを見つめ、彼の言葉に相槌を打ちながら聞いている。

「キャロルさん、きっとペッパーデーや王都から離れたほうがいいと考えてくれたのね。辺境へ連れてきてくれたこと、感謝している。そしてメアリ、貴女が一緒に来てくれたことも」

アイザックはキャロルとメアリに感謝し、やわらかく微笑んだ。

――余談ではあるが、キャロルはアイザックを辺境へ連れてきた本当の理由を伝えていない。

「辺境の方が内地よりも功績を立てやすいですよ！」「一代貴族が最も排出されるのが辺境ですから！」とキャロルのゴリ押しにアイザックは半ば言いくるめられていた。

だがその少々強引な行動も、アイザックはキャロルなりの気遣いからだと思っている。

実際はキャロル自身が魔獣を倒し、それをアイザックに肩代わりさせて功績を立てさせようとしているだけなのだが……。

魔獣を取り除かれたはずだというのに、アイザックの目は人の心を魅了する力があった。見つめられれば、そのまま彼の言いなりになってしまいそうなくらいの魅力が。

メアリはアイザックの言葉を待ち、笑みをたたえている。

「貴女のために、ここで成果を上げるわ。だからメアリ、貴女にかけるレースのヴェールを持ち上げるのを少しだけ待っていてくれる？」

「ヴェールを上げる」つまり結婚の際の誓いの口づけを意味する。その言葉にメアリはアイザックの手を取り、自分の頬に当てた。

メアリは彼の手に頬を擦り付けるようにして寄せる。

「嬉しい……わたし、いくらでも待つわ。絶対結婚しましょうね、アイザック」

頬を染めるメアリは乙女の表情だ。

潤んだ瞳は一層大きく見え、ふっくらとした唇は瑞々しいピンクの薔薇のようだ。波打つキャラメルブロンドの髪は光の輪郭が出来ている。実際は窓からの光の加減でそうなっているだけなのだが。

アイザックにはその姿が慈愛を司る清らかな精霊のように見えた。その美しいと表するのもおこがましいと――少なくともアイザックにはそう――思える姿に紅潮し、手が小刻みに震えた。

「アイザック……」

「メアリ……」

ふたりの距離は自然と近くなる。

ゆっくりと唇が近付いてゆき、触れそうなほどの距離に――

「メアリお嬢様！　いらっしゃいますでしょうか！　旦那様と奥様からお届け物です！」

近付くかと思えば、扉のノックと共にメイドのマリーの声に中断された。

慌てて離れるアイザックは椅子から転げ落ちそうになる。アルフォンティウスに結婚を認められるまでそういったことをしてはマズいというのに、つい雰囲気に流され口づけてしまうところだったからだ。

「失礼いたします！　あれ、アイザック様もいらしたんですね」

「え、ええ。一緒に刺繍をしていたの……」

アイザックは取り繕うようにマリーに笑いかける。動揺を隠すため、胸元をぎゅうと掴んでいるが頬の赤らんだ様子は隠せていない。

――メ、メアリがあんまりにも愛らしすぎたから……

ぽっぽと赤らんだ頬を両手で押さえるアイザックに、マリーは首をかしげる。マリーは、メアリに小包《こづつみ》を手渡し、深々と頭を下げた。

「こちらです、お嬢様」

「ありがとう、マリー」

どうやらまた「マリー急便」としてニューベリー領と往復してきたらしい。マリーが部屋を辞した後、メアリは咳払いをしてから小包を開く。

中に入っていたのは書類と封書だった。書類の表紙には「読み終えたらすぐに処分するように」とだけ書かれている。

「何かしら？　これ……」

パラパラと書類に目を通したメアリは、そこに書かれていたものに目をぱっとさせた。そしてすぐ封書を開き、中身を確認する。

手紙の内容に視線を走らせると、つぼみの花が開くように笑顔になっていった。

「メアリ、どうかしたの？」

「アイザック！　ペッパーデー領の人たちに取り憑いていた魔獣がすべて取り除かれたそうよ！」

「えっ！」

アイザックは目を見開き、両手で口を押さえた。

「手紙と書類に書いてあったの！　それにお父様とお母様が職人たちを直接雇用して服飾事業を改めて始めるって！　王家と教会も手伝ってくださったって！」

アイザックはメアリの告げた内容に息を呑む。

メアリは「ほら！」と書類の中身を見せ、そこには各所で魔獣降ろしをされていた職人たちの名簿や現在の状況が載っていた。

アイザックはオズウィンの魔法により、急速に魔獣を取り除かれた。しかしアレはなかなかに乱暴な手段だったのである。

職人たちにはアイザックに行われたものよりも体に負担がかからない、時間をかけた魔獣を除去する方法をとっていたとのことだった。彼らの体と精神への負担を減らすため少々時間がかかっていた、と書類には書かれている。

魔獣を取り憑かされ、酷使されていた服飾職人たちが解放された、という話にアイザックは涙をこぼした。

アイザックはペッパーデー領の職人らに何も出来なかった。

領主の家の人間であるにもかかわらず、魔獣を取り憑かされていた人々の苦しみをどうする手立てもなかった。そして彼らを顧みることも気にかけることも出来ないくらい、自分のことで精一杯だったのである。

アイザックの心にはいつも、彼らに対して情けない気持ちと罪悪感がつきまとっていた。

「コンラート様……ルイーズ様……」

アイザックは真珠のような涙をぽろぽろとこぼし、ニューベリー男爵夫妻に感謝した。

「アイザック、よかったわね……」

アイザックの背中をさするメアリの声と手つきは優しい。アイザックが落ち着くまで、メアリは彼の背中を何度も撫でた。

◇◇◇

「メアリ……私決めたわ。服飾産業をペッパーデーの……いえ、ニューベリーの柱の一つにしてみせるわ！　絶対、絶対にっ！」

「まあっ、わたしも応援……いいえ、一緒に頑張るわ！　アイザック、わたしたちなら出来るわ！」

メアリとアイザックは手を繋ぎ、見つめ合う。ふたりは決意に燃え、誓う。

「ここは辺境！『アイリーン好み』にぴったりの素材はいくらでもあるわ！　魔獣素材の加工技術はたくさん学べる！　いくらでも持ち帰れる技術はあるわ！　キャロルが頼んでくれて、ジェイレン様が技術学習の許可をくださっているもの！」

ジェイレンはキャロルがオズウィンの婚約者になった時点で、ニューベリー家への支援を惜しまないと決めている。金銭的援助だけでなく技術支援をするつもりだと、両家の間で話されていた。

特に魔獣素材の加工技術については辺境以外で学べるところはまだまだ少ない。

ジェイレンからすると魔獣素材普及という狙いもあるが、親切心からメアリに魔獣素材の加工技術をニューベリーに持って帰ってもらうつもりであったのだ。

「アイリーン様も先日激励の手紙をくださったし、シスル様も魔獣加工についてはよくよく学ぶよう仰っていたもの。これはもう運命よ！」

メアリは力説していたが、ジェイレンの姉・王妃アイリーンとセレナの父・枢機卿シスルの場合、ジェイレンほど純粋な動機ではない。このふたりは魔獣素材を大きく広めたい、未来の辺境伯夫人の実家と友好関係を持ちたいという考えがあった。

アイザックの特技や絶対に結ばれたいという思いを知った上で誘導していたのである。ニューベリー領の服飾産業支援もその一環だ。

ある意味純粋なふたりは、彼らに大変都合よく誘導され、メアリもアイザックもよい方向でやる気を出している。

愛だの恋だのというものは、どうにも深慮を巡らす力を奪うようだ。

「『アイリーン好み』は徐々に広がっているし、その中でも他との差別化をはかりたいわね……どうしたらいいかしら？」

メアリが溌剌《はつらつ》と問いかけると、アイザックは考え込むようなポーズを取った。考えをまとめていたらしく、しばらく黙ってから、意を決したようにメアリを見つめる。

「メアリ、私、今までにないタイプの下着を作ろうと思っているの」

「下着？」

凛々しい表情をしていたアイザックであったが、メアリが自分の言ったことを復唱したためハッとする。

焦ったようにバタバタと身振り手振りで弁明を始める。

「そっ、そのいかがわしいつもりはないのよ！　ほら、辺境に来てからよく体を動かすようになったじゃない？　メアリはコルセットを使っているけれど、アレだと動きづらいでしょう？　かといって今流行っているブラジャーはコルセットのように骨がないからホールド力が弱いし……！」

わたわたと顔を赤らめながら説明するアイザックを、メアリは深い緑の目で黙って見つめる。

「さらしの布で押さえつけるのが多いと聞くし……グレイシー様に至っては何も使っていらっしゃらないし……」

アイザックは元々女性として過ごしてきただけあって、女性の下着事情には精通していた。しかも服飾を産業にする家に育っているのだから、基礎知識は豊富である。アイザックの口から現状の下着の問題点が流れるように出てきた。

アイザックが話しきった頃、メアリは顎に手をやり、キリッとした顔で答えた。

「アイザックの言うとおりだわ。わたし、辺境でお仕事させてもらうようになってからコルセットの息苦しさを強く感じるようになったもの。キャロルも狩りや手合わせの時、胸が揺れて痛くならないように胸の上をベルトで押さえているの。きっと辺境の女性たちも似たり寄ったりよ」

メアリはアイザックを揶揄ったり変な目で見ず、真面目に答える。

アイザックはメアリの答えに目を輝かせ、自分のアイディアをどんどん出していく。

「もっと伸縮性のある素材を使ってベルトの代わりに使うとか、肩紐を工夫して支える力を強化するとか、やりようはたくさんあると思うの」

「肌触りも大事だと思うわ。支える力が強かったりしても、ゴワゴワして肌によくない素材だったりすれば擦れて傷になってしまうものね」

メアリもアイザックのアイディアの補強とこれから必要な知識や技術、材料などについてまとめていく。

しばらく話し合い煮詰まった後、ふたりはアイデアを紙にまとめていた。

これからやるべきこと、相談すべきこと、許可を取ること……やることはたくさんある。

「よしっ！　まずはグレイシー様にお話しして、許可を取りましょう！　きっと上手く行くわ！」

嬉しそうな顔をするメアリに、アイザックは頬を染める。アイザックは急にもじもじとし始め、伏せ目がちにしていた。

なにか言いたげなようだが、アイザックははっきりしない。

「それで、メアリ。これは相談なのだけれど……」

「なあに？　アイザック。なんでも言ってちょうだい。わたし、貴方のためならなんだって頑張るわ！」

メアリは右腕に力こぶを作って見せ「ムン！」と眉を凜々しくさせた。

アイザックは頬を染め、しばらくもごもご言いよどんだ後、目をつむり、か細い声をひり出す。

「わ、私の作る下着の着用モデルをしてほしくて……っ」

「サイズを測らせてちょうだい……」と耳まで真っ赤な状態で、アイザックは頼んでいた。

メアリは目をぱちくりさせた後、頬をポッと赤く染めた。しばらくもじもじとした後、アイザックの耳元に顔を寄せ、小さな声で言った。

「ふたりきりのときに、こっそりね……？」

「っ!!」

このとき、ふたりはこの場の雰囲気に陶酔して勢いで発言していた。

冷静になればメイドに採寸させればいい話であるのだが、ちょっぴり艶めかしい空気を、ふたりは崩せずにいた。

こうしてキャロルの予定とは異なる方向で、ふたりは功績を挙げようとしていた。

ふたりのアイデアが、後に大きな流行を作り出すことを、まだ誰も知らない。

あとがき

『魔獣狩りの令嬢』第二巻をお手にとってくださり心より感謝いたします。鍛治原成見です。

二度目になりますが、あとがきに何を書けばいいか悩んでしまいますね。

まずは二巻発売にあたり関わってくださった方々に御礼を申し上げます。

担当Mさんをはじめとする校正・デザインの皆さん。今回も素敵な絵を描いてくださった縞先生。コミカライズチームの皆さん、TOブックスの方々、二巻を出すにあたり尽力してくださった皆さん。登場キャラクター作成にあたり協力してくれたTさん、一巻から変わらず執筆の応援と協力をしてくれた妹、支えてくれる家族。WEB版を読んで応援してくださっている皆さん。

そして何より二巻をお手にとってくださったあなた様。

誠にありがとうございます。

一巻発売後はたくさんの方から感想や評価をいただき、感謝する毎日を過ごしておりました。細かいところまで読み込んで感想をくださる方、ブログやSNSに感想を載せてくださる方、購入のご連絡をくださる方――ありがたくて毎回心が震えています。一巻でも書かせていただきましたが、ひとときでも楽しんでいただけたらと思っていたので大変嬉しいです。脳が焦げるほど悩みながら執筆したので、無事出版できたことで人心地がつきました。

さて、二巻ではキャロルが魔境開拓最前線の辺境に引っ越したことで大変な目に遭ってしまいました。ですが辺境文化や人に馴染めない部分がありながらも少しだけ成長し、新たな登場人物たちとも親交を深めていきます。オズウィンとの関係もより信頼できる仲になり、キャロルのオズウィンに対する気持ちにも変化が現れました。

今回は地伏竜を倒したことで、キャロルは名実ともに「木っ端貴族」ではなくなりました。なにせ英雄的功績を得てしまったわけです。それでもキャロルのメンタルはまだまだ「木っ端貴族」のままです。

第三巻では、そんなキャロルのもとへ隣国の王子・アーロンが登場し、「木っ端貴族」メンタルの原因となったトラウマに触れていきます。オズウィンへの想いが変わっていく中、キャロルの身分に対する異常な恐れについて書かせていただきます。

ただでさえ辺境で文化的なギャップに翻弄されているキャロルが、他国の王子にも振り回され……ある意味、地伏竜よりも厄介な相手にのたうち回りながら悩みます。少しずつ成長し、オズウィンとの関係も深くなっていくキャロルを見守ってください。そして次回はメアリが活躍します。

これからもキャロルとオズウィン、メアリや他の登場人物たちのあれこれを楽しんでいただければ幸いです。

改めて『魔獣狩りの令嬢』制作に関わってくださったすべての方、あとがきまで読んでくださったあなた様。ありがとうございます。

また次の本でお会いできることを楽しみにしております。

鍛治原成見

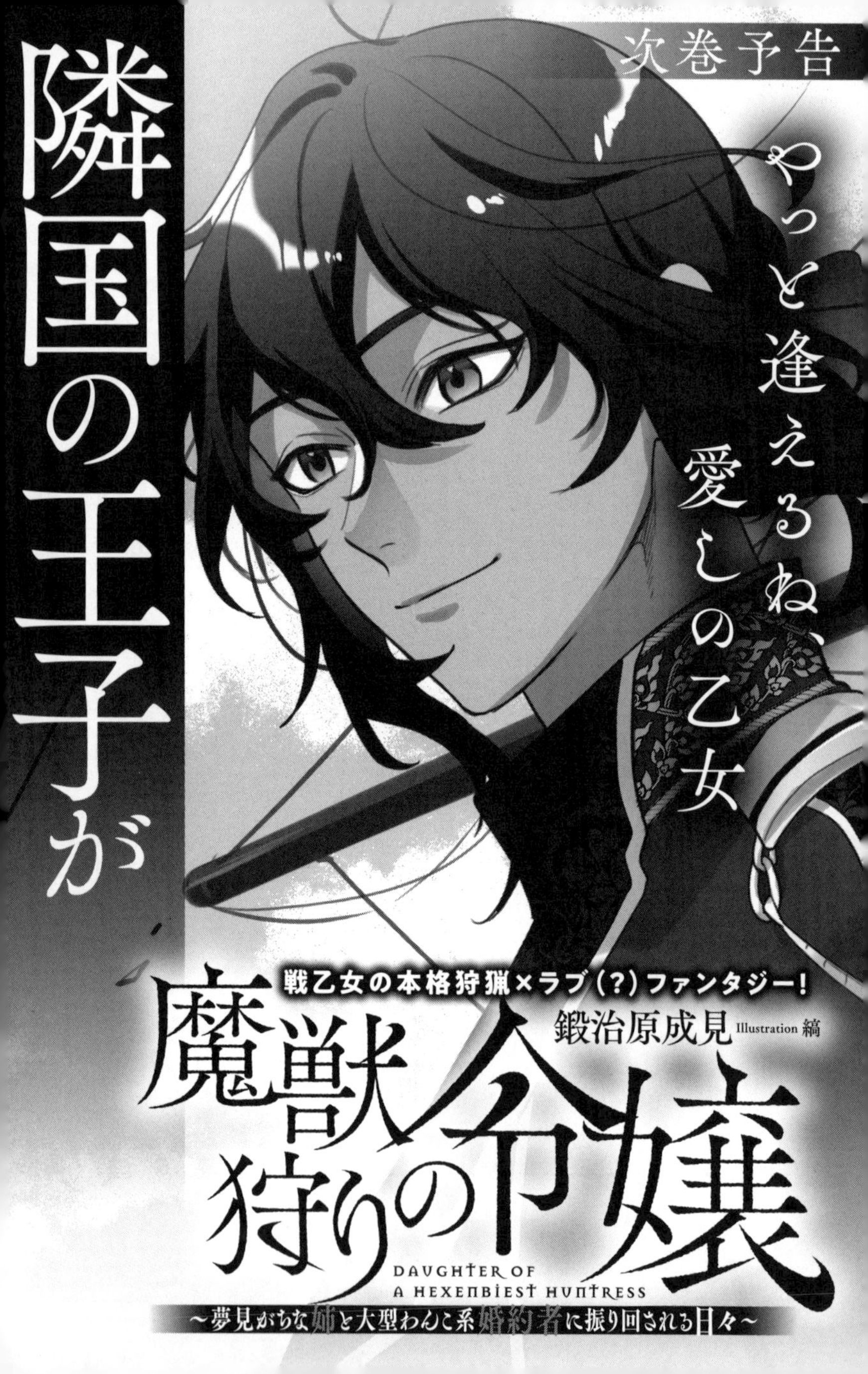
次巻予告
やっと逢えるね、
愛しの乙女
隣国の王子が
戦乙女の本格狩猟×ラブ（？）ファンタジー！
魔獣狩りの令嬢
鍛治原成見 Illustration 縞
DAUGHTER OF A HEXENBIEST HUNTRESS
～夢見がちな姉と大型わんこ系婚約者に振り回される日々～

NOVEL
キャロルに求婚!?
俺の婚約者は、キャロル嬢以外ありえない
逃げ出したいのですが…
第③巻
2024年発売予定!
コミカライズ企画進行中!

魔獣狩りの令嬢２
～夢見がちな姉と大型わんこ系婚約者に振り回される日々～

2024年３月１日　第1刷発行

著　者　**鍛治原成見**

発行者　**本田武市**

発行所　**TOブックス**
〒150-0002
東京都渋谷区渋谷三丁目1番1号　PMO渋谷Ⅱ　11階
TEL 0120-933-772（営業フリーダイヤル）
FAX 050-3156-0508

印刷・製本　中央精版印刷株式会社

ISBN978-4-86794-097-6

Printed in Japan